【臺灣現當代作家
研究資料彙編】86

段彩華

國立台灣文學館
出版

部長序

　　文學是時代和社會的產物，所反映的必然是「那個時代、那個地方、那些人」的面貌；倘若我們想要接近或理解某一特定時空的樣態，那麼誕生於那個現實語境下的作家及其作品往往是最好的媒介之一。認識臺灣文學、建構一部完整的臺灣文學史，意義也就在這裡，而這當然有賴於全面且詳實的作家及作品研究。臺灣現當代文學的誕生及發展，自 1920 年代以降，歷時將近百年；這片富饒繁茂的文學沃土，仰賴眾多文學前輩的細心澆灌、耐心耕耘，滋養出無數質量俱優的作品，成績有目共睹，是以我們更應該珍惜呵護，以維繫其繽紛盎然的榮景。

　　懷抱著這樣的心情，欣見《臺灣現當代作家研究資料彙編》以馬拉松的熱力和動能，將第六階段的編選成果呈現在讀者面前。這個計畫從 2010年開展，推動至今，邁入第七年，已替 80 位臺灣現當代的重要作家完成研究資料的彙編纂輯。在這份長長的名單上，不乏許多讀者耳熟能詳的文學大家，但更重要也更有意義的地方在於，透過國立臺灣文學館、計畫執行單位以及專業顧問團隊的共同討論商議，將許多留下重要作品卻逐漸為讀者甚至是研究者遺忘的資深作家，再度推向文學舞臺，讓他們有重新被閱讀、被重視、被討論的機會，這或許是我們今日推展臺灣文學、希望讓更多人看見前輩的努力之價值所在。

　　本階段所出版的作家包括楊守愚、胡品清、陳之藩、林鍾隆、馬森、段彩華、李魁賢、鍾鐵民、三毛、李潼共十位，其出生年代從 20 世紀初期

到中葉，文類涵蓋小說、詩、散文、兒童文學、翻譯，具體而微地展現了
臺灣文學的豐富樣貌。延續前此數階段專業而詳實的風格，每冊圖書皆蒐
集、整理作家的影像、小傳、生平年表、作品評論，並由學有專精的主編
學者撰寫研究綜述，為讀者勾勒出一幅詳實精確的作家文學地圖，不僅是
文學研究者查找資料的重要依據，同時也能滿足一般讀者的基本需求，是
認識臺灣作家與臺灣文學發展的重要讀本。在此鄭重向讀者推介，也請海
內外關心及研究臺灣文學之各界方家不吝指正，以匯聚更多參與及持續前
行的能量。

　　　　　　　　　　　　　　　　　　文化部部長

館長序

　　在漫漫的歷史長河中回望，文學作家及其作品總是時代風潮、社會脈動最好的攝影師，透過文字映照社會的面貌、人類靈魂的核心，引領讀者進入真實美善與醜陋墮落並存的世界。認識作家，有助於對其作品的欣賞，從而理解他所置身的時空環境及其作品風貌；這不僅關乎作家自身的創作經歷和文學表現，同時也是探究文學發展脈絡的根基，並據此深化人文思想的厚度。

　　臺灣文學發展至今，歷經千百年的綿延與沉澱，在蓄積豐沛能量的同時，亦呈現盎然的生機與蓬勃的朝氣。若欲以此為基礎，建構一部詳實完整的臺灣文學史，勢必有賴於詳實且審慎的作家和作品研究，故而全面梳理研究資源、提升資料查考與使用的便利性，也就顯得格外重要。國立臺灣文學館於 2010 年啟動《臺灣現當代作家研究資料彙編計畫》，就是以上述觀點為前提，組成精實的編輯與顧問團隊，詳盡蒐集、整理臺灣現當代重要作家的生平、年表與研究資料，選錄具有代表性的評論文章，編列成冊，以完整呈現作家的存在樣貌、歷史地位及影響。至 2016 年底，此一計畫已進入第六階段，總計完成 90 位作家的研究資料彙編。最新出版的十位作家為楊守愚、胡品清、陳之藩、林鍾隆、馬森、段彩華、李魁賢、鍾鐵民、三毛、李潼，兼顧作家的族群、性別、世代以及創作文類的差異，既體現了臺灣文學研究總體成果中最優質精緻的部分，同時也對未來的研究指向與路徑，提出了嶄新而適切的看法，必將有助於臺灣文學學科發展的

擴展與深化。

　　本計畫歷年所完成的出版成果，內容詳實嚴謹，獲得文學界人士和讀者的高度肯定，各界並期許持續推展，以使臺灣作家研究累積更為厚實的基礎。在此也要向承辦單位所組成的編輯團隊，以及長期參與支持本計畫的專家學者致上最深的謝意，也請海內外關心及研究臺灣文學各界方家不吝指正，以匯聚更多向前邁進的能量。

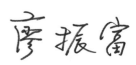

國立臺灣文學館館長

編序

◎封德屏

緣起

　　1995 年 10 月 25 日，在臺灣師範大學教育大樓的 201 室，一場以「面對臺灣文學」為題的座談會，在座諸位學者分別就臺灣文學的定義、發展、研究，以及文學史的寫法等，提出宏文高論，而時任國家圖書館編纂張錦郎的「臺灣文學需要什麼樣的工具書」，輕鬆幽默的言詞，鞭辟入裡的思維，更贏得在座者的共鳴。

　　張先生以一個圖書館工作人員自謙，認真專業地為臺灣這幾十年來究竟出版了多少有關臺灣文學的工具書，做地毯式的調查和多方面的訪問。同時條理分明地針對研究者、學生，列出了十項工具書的類型，哪些是現在亟需的，哪些是現在就可以做的，哪些是未來一步一步累積可以達成的，分別做了專業的建議及討論。

　　當時的文建會二處科長游淑靜，參與了整個座談會，會後她劍及履及的開始了文學工具書的委託工作，從 1996 年的《臺灣文學年鑑》起始，一年一本的編下去，一直到現在，保存延續了臺灣文學發展的基本樣貌。接著是《中華民國作家作品目錄》的新編，《臺灣文壇大事紀要》的續編，補助國家圖書館「當代文學史料影像全文系統」的建置，這些工具書、資料庫的接續完成，至少在當時對臺灣文學的研究，做到一些輔助的功能。

　　2003 年 10 月，籌備多年的「臺灣文學館」正式開幕運轉。同年五月《文訊》改隸「財團法人台灣文學發展基金會」，為了發揮更大的動能，開始更積極、更有效率地將過去累積至今持續在做的文學史料整理出來，讓

豐厚的文藝資源與更多人共享。

　　於是再次的請教張錦郎先生，張先生認為文學書目、作家作品目錄、文學年鑑、文學辭典皆已完成或正在進行，現在重點應該放在有關「臺灣現當代作家評論資料目錄」的編輯工作上。

　　很幸運的，這個計畫的發想得到當時臺灣文學館林瑞明館長的支持，於是緊鑼密鼓的展開一切準備工作：籌組編輯團隊、召開顧問會議、擬定工作手冊、撰寫計畫書等等。

　　張錦郎先生花了許多時間編訂工作手冊，每一位作家的評論資料目錄分為：

　　（一）生平資料：可分作者自述，旁人論述及訪談，文學獎的紀錄。

　　（二）作品評論資料：可分作品綜論，單行本作品評論，其他作品（包括單篇作品）評論，與其他作家比較等。

　　此外，對重要評論加以摘要解說，譬如專書、專輯、學術會議論文集或學位論文等，凡臺灣以外地區之報刊及出版社，於書名或報刊後加註，如中國大陸、香港、新加坡等。此外，資料蒐集範圍除臺灣外，也兼及中國大陸、香港、新加坡、日本、韓國及歐美等地資料，除利用國內蒐集管道外，同時委託當地學者或研究者，擔任資料蒐集工作。

　　清楚記得，時任顧問的學者專家們，都十分高興這個專案的啟動，但確定收錄哪些作家名單時，也有不同的思考及看法。經過充分的討論後，終於取得基本的共識：除以一般的「文學成就」為觀察及考量作家的標準外，並以研究的迫切性與資料獲得之難易度為綜合考量。譬如說，在第一階段時，作家的選擇除文學成就外，先考量迫切性及研究性，迫切性是指已故又是日治時期臺籍作家為優先，研究性是指作品已出土或已譯成中文為優先。若是作品不少而評論少，或作品評論皆少，可暫時不考慮。此外，還要稍微顧及文類的均衡等等。基本的共識達成後，顧問群共同挑選出 310 位作家，從鄭坤五、賴和、陳虛谷以降，一直到吳錦發、陳黎、蘇偉貞，共分三個階段進行。

　　「臺灣現當代作家評論資料目錄」專案計畫，自 2004 年 4 月開始，至 2009 年 10 月結束，分三個階段歷時五年六個月，共發現、搜尋、記錄了十餘萬筆作家評論資料。共經歷了三位專職研究助理，近三十位兼任研究助理。這些研究助理從開始熟悉體例，到學習如何尋找資料，是一條漫長卻實用的學習過程。

接續

　　「臺灣現當代作家評論資料目錄」的專案完成，當代重要作家的研究，更可以在這個基礎上，開出亮麗的花朵。於是就有了「臺灣現當代作家研究資料彙編暨資料庫建置計畫」的誕生。為了便於查詢與應用，資料庫的完成勢在必行，而除了資料庫的建置外，這個計畫再從 310 位作家中精選 50 位，每人彙編一本研究資料，內容有作家圖片集，包括生平重要影像、文學活動照片、手稿及文物，小傳、作品目錄及提要、文學年表。另外每本書分別聘請一位最適當的學者或研究者負責編選，除了負責撰寫八千至一萬字的作家研究綜述外，再從龐雜的評論資料中挑選具有代表性的評論文章，平均 12～14 萬字，最後再附該作家的評論資料目錄，以期完整呈現該作家的生平、創作、研究概況，其歷史地位與影響。

　　第一部分除資料庫的建置外，50 位作家 50 本資料彙編（平均頁數 400～500 頁），分三個階段完成，自 2010 年 3 月開始至 2013 年 12 月，共費時 3 年 9 個月。因為內容充實，體例完整，各界反應俱佳，第二部分的 50 位作家，接著在 2014 年元月展開，第一階段及第二階段共出版了 30 本，此次第三階段計畫出版 10 本，預計在 2016 年 12 月完成。

成果

　　雖然過程是如此艱辛，如此一言難盡，可是終究看到豐美的成果。每位編選者雖然忙碌，但面對自己負責的作家資料彙編，卻是一貫地認真堅持。他們每人必須面對上千或數百筆作家評論資料，挑選重要或關鍵性的

評論文章，全面閱讀，然後依照編選原則，挑選評論文章。助理們此時不僅提供老師們所需要的支援，統計字數，最重要的是得找到各篇選文作者，取得同意轉載的授權。在起初進度流程初估時，我們錯估了此項工作的難度，因為許多評論文章，發表至今已有數十年的光景，部分作者行蹤難查，還得輾轉透過出版社、學校、服務單位，尋得蛛絲馬跡，再鍥而不捨地追蹤。有了前面的血淚教訓，日後關於授權方面，我們更是如臨深淵、如履薄冰，希望不要重蹈覆轍，在面對授權作業時更是戰戰兢兢，不敢懈怠。

　　除了挑選評論文章煞費苦心外，每個作家生平重要照片，我們也是採高標準的方式去蒐集，過世作家家屬、友人、研究者或是當初出版著作的出版社，都是我們徵詢的對象。認真誠懇而禮貌的態度，讓我們獲得許多從未出土的資料及照片，也贏得了許多珍貴的友誼。許多作家都協助提供照片手稿等相關資料，已不在世的作家，其家屬及友人在編輯過程中，也給予我們許多協助及鼓勵，藉由這個機會，與他們一起回憶、欣賞他們親人或父祖、前輩，可敬可愛的文學人生。此外，還有許多作家及研究者，熱心地幫忙我們尋找難以聯繫的授權者，辨識因年代久遠而難以記錄年代、地點、事件的作家照片，釐清文學年表資料及作家作品的版本問題，我們從他們身上學習到更多史料研究可貴的精神及經驗。

　　但如何在規定的時間內，完成每個階段資料彙編的編輯出版工作，對工作小組來說，確實是一大考驗。每一冊的主編老師，都是目前國內現當代臺灣文學教學及研究的重要人物，因此都十分忙碌。每一本的責任編輯，必須在這一年多的時間內，與他們所負責資料彙編的主角──傳主及主編老師，共生共榮。從作家作品的收集及整理開始，必須要掌握該作家所有出版的作品，以及盡量收集不同出版社的版本；整理作家年表，除了作家、研究者已撰述好的年表外，也必須再從訪談、自傳、評論目錄，從作品出版等線索，再作比對及增刪。再來就是緊盯每位把「研究綜述」放在所有進度最後一關的主編們，每隔一段時間提醒他們，或順便把新增的

評論目錄寄給他們（每隔一段時間就有新的相關論文或學位論文出現），讓他們隨時與他們所主編的這本書，產生聯想，希望有助於「研究綜述」撰寫的進度。

在每個艱辛漫長的歲月中，因等待、因其他人力無法抗拒的因素，衍伸出來的問題，層出不窮，更有許多是始料未及的。此次第二部分第三階段驟遇陳之藩卷主編陳信元教授溘逝，陳信元教授為兩岸現當代文學研究及出版之前驅者，精研之廣而深，直至逝世前仍心念其業，令人哀痛！此計畫專案執行至今，陳信元教授已擔任其中六本主編，對本計畫貢獻良多。此次他所主編的《臺灣現當代作家研究資料彙編・陳之藩》一卷亦費心盡力，然最後之「研究綜述」一文，撰述四千餘字後，因病體虛弱，無法繼續，幸賴鄭明娳教授慨然應允，接續完成。

再者，又如，每本書的選文，主編老師本來已經選好了，也經過授權了，為了抓緊時間，負責編輯的助理們甚至連順序、頁碼都排好了，就等主編老師的大作了，這時主編突然發現有新的文章、新的資料產生；再增加兩三篇選文吧！為了達到更好更完備的目標，工作小組當然全力以赴，聯絡，授權，打字，校對，重編順序等等工作，再度展開。

此次第二部分第三階段共需完成的 10 位作家研究資料彙編，年齡層較上兩個階段已年輕許多，因此到最後的疑難雜症，還有連主編或研究者都不太清楚的部分，譬如年表中的某一件事、某一個年代、某一篇文章、某一個得獎記錄，作家本人及家屬絕對是一個最好的諮詢對象，對解決某些問題來說，這是一個好的線索，但既然看了，關心了，參與了，就可能有不同的看法，選文、年表、照片，甚至是我們整本書的體例，於是又是一場翻天覆地的大更動，對整本書的品質來說，應該是好的，但對經過多次琢磨、修改已進入完稿階段的編輯團隊來說，這不啻是一大挑戰。

1990 年開始，各地縣市文化中心（文化局），對在地作家作品集的整理出版，以及臺灣文學館成立後對日治時期作家以迄當代重要作家全集的編纂，對臺灣文學之作家研究，也有了很好的促進作用。如《楊逵全

集》、《林亨泰全集》、《鍾肇政全集》、《張文環全集》、《呂赫若日記》、《張秀亞全集》、《葉石濤全集》、《龍瑛宗全集》、《葉笛全集》、《鍾理和全集》、《錦連全集》、《楊雲萍全集》、《鍾鐵民全集》等，如雨後春筍般持續展開。

　　經過近二十年的努力，臺灣文學的研究與出版，也到了可以驗收或檢討成果的階段。這個說法，當然不是要停下腳步，而是可以從「臺灣現當代作家評論資料目錄」所呈現的 310 位作家、10 萬筆資料中去檢視。檢視的標的，除了從作家作品的質量、時代意義及代表性去衡量外、也可以從作家的世代、性別、文類中，去挖掘有待開墾及努力之處。因此這套「臺灣現當代作家研究資料彙編」，大部分的編選者除了概述作家的研究面向外，均有些觀察與建議。希望就已然的研究成果中，去發現不足與缺憾，研究者可以在這些不足與缺憾之處下功夫，而盡量避免在相同議題上重複。當然這都需要經過一段時間去發現、去彌補、去重建，因此，有關臺灣文學的調查、研究與論述，就格外顯得重要了。

期待

　　感謝臺灣文學館持續推動這兩個專案的進行。「臺灣現當代作家評論資料目錄」的完成，呈現的是臺灣文學研究的總體成果；「臺灣現當代作家研究資料彙編」的出版，則是呈現成果中最精華最優質的一面，同時對未來臺灣文學的研究面向與路徑，作最好的建議。我們可以很清楚的體會，這是一條綿長優美的臺灣文學接力賽，我們十分榮幸能參與其中，更珍惜在傳承接力的過程，與我們相遇的每一個人，每一件讓我們真心感動的事。我們更期待這個接力賽，能有更多人加入。誠如張恆豪所說「從高音獨唱到多元交響」，這是每一個人所期待的。

編輯體例

一、本書編選之目的，為呈現段彩華生平、著作及研究成果，以作為臺灣
　　文學相關研究、教學之參考資料。

二、全書共五輯，各輯內容及體例說明如下：

　　輯一：圖片集。選刊作家各個時期的生活或參與文學活動的照片、著
　　　　　作書影、手稿（包括創作、日記、書信）、文物。

　　輯二：生平及作品，包括三部分：

　　　　　1.小傳：主要內容包括作家本名、重要筆名，生卒年月日，籍
　　　　　　貫，及創作風格、文學成就等。

　　　　　2.作品目錄及提要：依照作品文類（論述、詩、散文、小說、
　　　　　　劇本、報導文學、傳記、日記、書信、兒童文學、合集）及
　　　　　　出版順序，並撰寫提要。不收錄作家翻譯或編選之作品。

　　　　　3.文學年表：考訂作家生平所進行的文學創作、文學活動相關
　　　　　　之記要，依年月順序繫之。

　　輯三：研究綜述。綜論作家作品研究的概況，並展現研究成果與價值
　　　　　的論文。

　　輯四：重要文章選刊。選收國內外具代表性的相關研究論文及報導。

　　輯五：研究評論資料目錄。收錄至 2016 年 11 月底止，有關研究、論
　　　　　述臺灣現當代作家生平和作品評論文獻。語文以中文為主，兼
　　　　　及日文和英文資料。所收文獻資料，以臺灣出版為主，酌收中
　　　　　國大陸、香港、日本和歐美國家的出版品。內容包含三部分：

　　　　　1.「作家生平、作品評論專書與學位論文」下分為專書與學位
　　　　　　論文。

　　　　　2.「作家生平資料篇目」下分為「自述」、「他述」、「訪談」、
　　　　　　「年表」、「其他」。

　　　　　3.「作品評論篇目」下分為「綜論」、「分論」、「作品評論目
　　　　　　錄、索引」、「其他」。

目次

輯一◎圖片集

影像◎手稿◎文物

1946年秋，就讀江蘇徐州建國中學初中二年級時的段彩華。（文訊文藝資料中心）

1951年10月15日，時年18歲於幼年兵連受訓的段彩華，攝於臺南。（文訊文藝資料中心）

1956年，時年23歲任《精忠報》校對及採訪記者的段彩華，攝於高雄鳳山。（文訊文藝資料中心）

1957年，段彩華於高雄愛河畔留影。（國立臺灣文學館提供）

1960年代初期，於座談會中侃侃而談的段彩華。（段彩華家屬提供）

1960年代初期，段彩華於花蓮太魯閣砂卡礑步道留影。（段彩華家屬提供）

1960年代初期,段彩華(中)與幼年兵同袍大塊朵頤,因勤於寫作,日常食量非常之大。(段彩華家屬提供)

1965年4月11日,段彩華與文友同遊宜蘭途中,於火車內手握吊環後空翻,搏眾一粲。(段彩華家屬提供)

1966年3月26日,獲第二屆青年文藝獎金小說獎。右起:朱夜、段彩華、楊璞子(楊牧,筆名葉珊得獎,由其妹代領)、鄭愁予。(段彩華家屬提供)

1967年，段彩華於臺北陽明山中山樓留影。（段彩華家屬提供）

1967年，段彩華與文友至朱西甯、劉慕沙宅第雅集。前排左起：周介塵、蔡文甫、蕭白、朱西甯、劉慕沙；後排左起：段彩華、楚茹、蔡丹冶、舒暢、盧克彰、心岱。（國立臺灣文學館提供）

1967年，熱愛攝影的段彩華在戶外換底片，此生活經驗成為書寫集錦攝影的短篇小說〈雪山飛瀑〉之靈感。（段彩華家屬提供）

1968年，段彩華於新北野柳留影。（段彩華家屬提供）

1969年，陳爾靖探訪文友，攝於《幼獅文藝》辦公室。左起：段彩華、陳爾靖、瘂弦、朱一冰。（段彩華家屬提供）

1970年，段彩華與親戚李氏（右）於新北中和自宅合影。（段彩華家屬提供）

1975年6月，段彩華應邀擔任救國團主辦的復興文藝營講師，演講「幽默小說創作」。（段彩華家屬提供）

1972年7月，練習武術的段彩華，攝於新北金山海水浴場。（段彩華家屬提供）

1975年7月21日，文友雅集。前排左起：洛夫、段彩華、郭晉秀、羊令野、葉蓁；中排左起：
尼洛、蓉子；後排左起：孫如陵、郭嗣汾、司馬中原。（段彩華家屬提供）

1975年11月，應邀參加全國文藝界東北亞訪問團，
於日本留影。右起：段彩華、陳紀瀅、王集叢、王
忠夫。（國立臺灣文學館提供）

1977年夏，段彩華憑藉童年記憶手製蘇北風箏，攝
於新北永和新居。大量製作家鄉風箏之餘，並於
1978年3月1～2日在《中華日報》連載了短篇小說
〈風箏之鄉〉。（段彩華家屬提供）

1977年冬，段彩華與長女段西寶（右）、次女段北寶（左）合影於新北華夏工業專科學校（現華夏科技大學）。（段彩華家屬提供）

1978年，段彩華全家福。左起：妻子蔡嘉枝、次女段北寶、段彩華、長女段西寶。（段彩華家屬提供）

1980年代初期，時任《幼獅文藝》主編的段彩華，攝於臺北幼獅文化公司。（段彩華家屬提供）

1983年，文友雅集紀念。左起：馬叔禮、段彩華、羅門。（國立臺灣文學館提供）

1986年春節，段彩華（中）與長子段東寶（右）、次女段北寶（左）於自宅中拍攝生日照片。（段彩華家屬提供）

1986年12月，段彩華與貢敏（左）合影於金門榕園。（國立臺灣文學館提供）

1987年3月，時值花季，與文友遊陽明山。左起：段彩華、上官予、徐瑜、李曉丹。（國立臺灣文學館提供）

1988年，段彩華遊山東曲阜孔廟，於魯壁碑前留影。（段彩華家屬提供）

1989年1月18日，華欣文化中心於臺北聯勤俱樂部宴請文友。前排左起：宋瑞、張默、沈靖、辛鬱、王璞、鄧文來、呼嘯、朱星鶴；中排左起：朱白水、公孫嬿、魏子雲、朱介凡、尹雪曼、鍾雷、林適存；後排左起：段彩華、朱西甯、楊震夷、陸英育、司馬中原、繆綸、程國強、王怡、鄧雪峰、蔡文甫、王賢忠、蕭白、張放、謝雄玄。（創世紀詩雜誌社提供）

華欣文藝作家餐敘合影　78.元.18

1992年12月4日，應邀出席中國作家協會於臺北國軍英雄館主辦的「文藝創作與社會關懷座談會」。（段彩華家屬提供）

1995年，段彩華於基隆和平島留影。（段彩華家屬提供）

1998年11月12日，段彩華（左）與潘人木（中）、司馬中原（右）合影於
苗栗華陶窯。（司馬中原提供）

2000年，國軍文藝金像獎初評評審會議合影。前排左二起：碧果、段彩
華、張騰蛟；後排左起：曾焰、曹小鵬（後）、溫小平、林錫嘉、白
靈、李宜涯、田新彬。（文訊文藝資料中心）

2006年6月9日，應文訊雜誌社社長封德屏之邀訪臺南國立臺灣文學館，與文友於陶板屋餐敘。前排左起：畢璞、陳若曦、陳昱成（前）、岩上、蓉子、封德屏、張默、鄭雅雯（前）、曾麗蓉（後）；二排左起：岩上夫人胡瑞珍、段彩華、愛亞、陳彥儀、盧芳蕙、黃志銘；後排左起：向明、桑品載、劉維瑛（後）、隱地、簡弘毅 。（文訊文藝資料中心）

2008年9月12日，應邀出席文訊雜誌社與國家圖書館於臺北縣政府舉辦的「瞬間‧永恆——臺灣資深作家照片展」。左起：段彩華、陳若曦、吳明月、胡卜凱、李斌、王榮文、方祖燊。（文訊文藝資料中心）

2012年冬，段彩華於臺北士林官邸菊花展留影。（段彩華家屬提供）

2013年夏，段彩華晚年留影。（段彩華家屬提供）

1967年1月1日，段彩華致林海音函。信中除敬佩林海音主編《純文學》之精神外，另提及短篇小說《押解》稿成一事，針對小說問題期望林海音給予指教。（國立臺灣文學館提供）

1974年，林惺嶽所繪之段彩華素描。（翻攝自《段彩華自選集》，黎明文化公司）

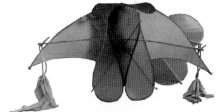

1979年，段彩華手製風箏，攝於臺北華夏工業專科學校（今臺北華夏科技大學）。（段彩華家屬提供）

幼獅月刊　專用稿紙

家誠兄：您的回信收到几天了，因忙於⋯劉導事故，至今天才回信給您。

謝謝您的贈書，同時，我也寄了一本我的發表小說給您，清查收悉。

佐青信中，知悉和趙雲一直都在寫作，一默默的耕耘，這种執著的精神，實在佩服。我也很想念圖密兄弟，以前在過去更鑄圖密，看過媽們合出的集子，覺得文筆非常優美，此次更有信心，作品質方面，您們的文章具有優雅的風格，且可讀性極高，鑑於目前的需要，

編輯

（1981年4月9日，段彩華致王家誠函。信中除向王家誠及趙雲邀稿，並提及當前《幼獅文藝》編輯狀況。（國立臺灣文學館提供）

1985年2月，段彩華發表於《文訊》第16期〈筆墨風霜三十年〉手稿，文中追述自1944年小學五年級第一次接觸新文學後受到啟蒙，爾後堅定創作的心路歷程。（文訊文藝資料中心）

〈筆墨風霜三十年〉　段彩華

在讀小學五年級時，老師規定每天要寫大字，把紙鋪好，我是一個只帶毛筆不帶視台黑墨的學生，把擱在回用紙上的鄰近同學磨好的墨。

一天，看見桌上擺著一信同學的視台還離墨時，看我彎過身後面一拿回家閱讀，就從這「我停止寫字，把書全起來看，那就是謝冰心的往事。

住姓陳的同學願意借給我拿回家閱讀，就從這時起，隨著那少年不辭辛苦，在大雪中向西奔跑，生長在蘇北的我，那時正是春天，大隨。

三四五胜更新安缺，在那邊讀初級中學。我出。

兩天兩夜次抵達徐州，徐州比新安鎮大的多了，陳了。

我高興的是，徐州有几座規模很大的書店，有三家電影院，還有几座規模很小的書攤租書店。

陳列的大部份都之舊時各家的書作。我坐在電影院裡，儘着銀幕上一面看電影，一面用心靈新文藝書籍都有，小街上还有租書攤。

浮的声音說北平話，覺得比我們家鄉的土話，儘近好听多了，功課餘暇，就猛讀文藝書籍，燈近。

馬森先生：書函敬悉，謝々您的約稿。聯合文學，自創刊至今，一直都有美譽，在您接掌總編輯的任務後，一定更能發揚創佳績。我現在正為一家副刊寫長篇，俟情節進展到某一單元，即可為聯合文學"起筆，寫一個短篇小說。大概月內可（三十天）可以交稿。

編安

段彩華敬上 76.10.19.

1987年10月19日，段彩華致馬森函。信中懇謝馬森對其創作之肯定，並允諾《聯合文學》邀稿一事。（國立臺灣文學館提供）

1991年1月23日，《幼獅文藝》編輯群致送段彩華的榮退紀念卡片。（段彩華家屬提供）

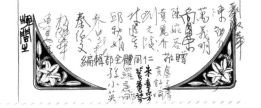

段彩華自傳

我生於民國二十二（一九三三）年農曆正月十八日（陽曆二月十二日），酉時降生。生肖屬雞。

幼年時，我母親對我說，酉時之天剛黑不久，這定是我一生愛好睡覺時，要進離睡覺，是個好兆頭。說她一生愛飲雞，這還在安慰我，要等我長大，好安慰她。……

我才知道，這福永遠都能的實現。曾天下的母親都是這樣祝福她的孩子。

有多少。在我出生以前，我母親曾生過一個男孩，在嬰兒時期就夭折了。據我母親說，我那位小哥哥，也是生在寒冷的天氣，滿月以後，祖母怕他凍著，用皮襖蓋在小哥哥的身上，小哥哥是在他裹著皮襖裡，竟將皮襖掉到自己的小臉上，蒙在鼻子上，等我母親發視時，小哥哥已經不能掙扎，窺臉和嘴唇發青，混身發硬，這已經悶死。

祖母和母親曾有過爭辯，祖母說是母親餵……

1999年3月，〈段彩華自傳〉未完手稿，文中詳述幼時家庭生活。（文訊文藝資料中心）

山的傷痕
段彩華

離開搭建著合成屋和帳篷的學校運動場，車子再向前開，漸漸的進入山區。有些是無感的，餘震仍未停止，每隔一段時間就有一次。

我們押運的這輛中型貨車上，裝載著棉被、食品、紙盒和鐵盒的飲料，各種罐裝和盒裝的食品、雙人和單人的蚊帳，還有香腸、臘肉、風雞和風鴨……整整的塞滿一車子。

之去救災，而是去冒險。在山下，費盡心思的人是有使命感的，大家都有一種感覺，這不聊天，誰我一個人的在駕駛室裡，陪著賴進才成的四個人，林敏和張宣武坐在車內，那個矮壯的漢子是塊硬木頭，除了睜大眼睛向車外，連一句話也不說，只能聽見車輪震動的聲音。

我們繞的這條路，才登上山不到半小時，就看出……

2000年，段彩華短篇小說〈山的傷痕〉手稿。（國立臺灣文學館提供）

2002年，長篇小說《北歸南回》手稿。（國立臺灣文學館提供）

2006年4月，段彩華發表於《文訊》第246期〈長篇小說的新境界〉手稿。
（文訊文藝資料中心）

杭州龍井
碧蘿春
孩童論茶要求加糖
秀才論茶頭々是道
學子論茶挑灯提神
文人論茶詩書琴画
劳工論茶消除疲劳
雅人論茶風花雪月
販夫論茶不拘礼数
仕女論茶柔雅韵致
走卒論茶有味就好
員外論茶不惜萬金

文山金萱
翠玉
農忙論茶但求解渴
享官論茶貢品相贈
閑人論茶花生瓜子
清官論茶一樣清々
茶商論茶樣々好茶
皇帝論茶唯我独尊
茶農論茶步々功夫
老人論茶苦盡甘來
茶師論茶据理詳論
情侶論茶濃情蜜意

大紅袍
普洱茶

2002～2006年，段彩華詩作〈茶的打油詩〉手稿，未完稿。（段彩華家屬提供）

水滸傳思想評論
序
段彩華

施耐庵著《水滸傳》，是中國有史以來第一部白話文的長篇小說。在修辭上，又是熔鑄南北方言，以及語體文於一爐的小說。有了這多層的意義，這部作品流走傳播，以及富和遺事忠有江湖上的說書人流走傳播，以及宣和遺事忠有水滸傳甚至和水滸傳完全無關的各種故事流成，創作出這部奇異的作品，對後世影響極大。

施耐庵乃憑藉生活體驗，文集合各種藝術之大成，創作出這部奇異的作品，對後世影響極大。

小說不會去攀接政治，政治卻會找上小說。在明朝和清朝，水滸傳屢經數次政治災難，皇帝據官府查板，下聖旨全面性的焚燒並燒去版模，嚴禁民間不許私藏！不許閱讀！

在藝術中凡屬於神品，都會受到天地人的庇護，產生之不滅的因果律中，這部奇書還是被造之大劫中傳留下來。

2009年，段彩華〈水滸傳思想評論〉手稿。（段彩華家屬提供）

第一章
一、黑夜悶後一隻狗
大轟炸大逃亡

人的記憶是從苦難閒始的。我的生命卬証了這句話。

大約是三歲時的五月天，晚上七點到八點鐘光景。（所有的時間觀念，都是執筆時根據種情景推算出來的。在沒有記憶以前，是一片黑暗。人是活在茫茫的黑暗中，藉由苦難閒啟光明。）

我的年齡比我大的小朋友學習捉迷藏。人家藏起來，會有人找。我藏起來，多半不會有人找。有一條門縫裡特別黑，我朝那條門縫裡躲藏，讓別人找不到。

突然一陣狗叫聲，伴合著狗的翻轉動作，把我掀倒了！腿上感到劇烈的疼痛，我大叫著哭起來。

我模糊的影像中，父親和北坊子（註：旅店。）段二胖子在爭吵。父親說：「狗咬小孩兒，就該打死！」

段二胖子說：「狗宿在門次睡覺，是你的小孩

2010年，傳記〈大動亂中小玩童——段彩華童年回憶錄〉手稿，文長近九萬字，文中詳述其童年生活，呈展出家庭對其後創作生涯的影響。（文訊文藝資料中心）

落幕
段彩華

空氣喲空氣
再見
陽光啊陽光
擺擺
水呀水
沙揚那拉
即使睜大眼睛
也是盲然的
◀飛昇另一個星系
沒有親痛和陌生的掌聲
也听不見歲月累積的哭泣

2010～2015年，段彩華詩作〈落幕〉手稿，詩中吐露自18歲以中篇小說〈幕後〉崛起文壇後一生心境的寫照，預感自己不久於人世。（段彩華家屬提供）

給新生代的作家　許世久

新世紀的筆
不必再排成隊
隨著雁陣
過衡陽
飛北塞
焚風
熱浪
趁著寒流

好鳥兒啣著雪花
使地球隨著翅膀旋繞舞
峽野飄子
不必看旗帜招展
經鄉土的眷恋
衝向三洋五大洲

沒有網羅
沒有極限
唱著各種歌曲
譜出不同顏色的霞
在宇宙的鏡子裡

2010～2015年，段彩華詩作〈給新生代的作家——許世久〉手稿，詩中吐露作者自身生活經驗受限於飽經戰亂的時代，不若現今新世代作家生長於珍貴的承平時代，擁有較為寬裕的創作環境，對此寄予祝福及厚望。（段彩華家屬提供）

2015年，綠光劇團《押解：菜鳥警察老扒手》，由吳念真與李明澤改編自段彩華短篇小說〈押解〉，蘊釀三十年後以現代化節奏重新詮釋小說於時代中刻畫的社會意義。（綠光劇團提供）

輯二◎生平及作品

小傳◎作品◎年表

小傳

段彩華（1933～2015）

　　段彩華，男，筆名默康、小華、笑山人、孟上元、周簡段、段南山、笑史、項里雪、軒轅弧車，籍貫江蘇宿遷，1933 年 2 月 12 日（農曆 1 月 18 日）生，2015 年 1 月 13 日辭世，享壽 82 歲。

　　徐州市立中學肄業。1949 年於長沙從軍，隨即來臺，1954 年初任職高雄鳳山陸軍總部《精忠報》校對、採訪記者，1959 年晉升少尉，任陸軍總部副官處書刊中心書庫管理員，至 1962 年退役。曾於革命實踐研究學院（今國家發展研究院）受訓，並曾擔任中國青年寫作協會第 18 屆總幹事、《幼獅文藝》編輯、《幼獅文藝》主編、中國青年寫作協會祕書、中國青年寫作協會常務理事、《國是評論》總編輯、《中華戰略學刊》總編輯。曾獲中華文藝獎金委員會「五四」獎金中篇小說第三獎、第二屆青年文藝獎金小說獎、中國青年救國團頒贈「55 年度青年獎章」、第二屆國軍文藝金像獎金獎、第三屆中興文藝獎章小說獎、第 30 屆中國文藝獎章小說創作獎、第 34 屆國軍文藝金像獎特別貢獻獎、第 34 屆中山文藝創作獎、第 45 屆中國文藝協會小說類榮譽文藝獎章。

　　段彩華的創作文類以小說為主，兼及論述、散文和傳記。1951 年，首部中篇小說《幕後》以 18 歲之姿獲中華文藝獎金委員會「五四」獎金中篇小說第三獎，被譽為「天才小說家」，以第一人稱道出生逢亂世的苦痛與無奈，用詞精準流暢、結構嚴謹，少有虛字，深具畫面感與實象性。其創作

風格可分作三期：1950 至 1960 年代作品多以無根的漂泊為背景，體現戰爭流離之情狀，如《幕後》、《神井》、《雪地獵熊》，時代苦悶與離鄉之孤獨充盈文字之間；1961 至 1965 年，短篇小說〈雨傘〉、中篇小說〈流浪拳王〉的完成，奠定段彩華小說的蒙太奇藝術風格，作品已臻新境；1970 年代之後，以《北歸南回》為界，題材更趨多元豐熟，對於現實生活描繪展延深入，冷眼之中燭照現實社會的血絲與對世界的溫情關懷，展現作家取面寬實，含蘊深廣之多向性。司馬中原稱段彩華為「嚴苛的自渡者」，其文學風格「恆以敏銳的感性捕捉經歷的時空，在融化同時召喚起生存的驚醒，將赤裸裸的感知，一無保留的陳列在文學的巨案上，於自其本身所經歷的生命縱線上不斷完成自我的擴張和征服，以自我作為基座，從傳統中裸脫出來，向人們顯陳一種原始的人類生命的基形。」文章含蓄而近亦物亦我，無物亦無我之境。萬胥亭亦指段彩華小說的意向活動即是電影鏡頭的推移，較一般電影更多主觀攝影的鏡頭；文字的節奏明快，剪接的技巧俐落，分鏡之細微，融合了意識流和超現實的內涵與結構，層次厚實，呈現了獨有的蒙太奇藝術效果，展露 1960 年代小說創作的新局向。

除文學創作外，段彩華亦善寫詩、劇本、戲評、書法、繪製風箏等，因幼時家庭背景的影響，使文學內裡富有深邃的中國美學色彩。

段彩華少時遭逢戰火與流離，親睹大時代炮火下的悲喜，卻始終以快樂生活實踐自己的人生觀與寫作觀，從都市到村野，從群居到獨處，從山林到水湄，行筆揉合剛柔，透過造境與寓境運筆，不斷完成自我的擴張和征服，在荒涼幽深的歷史長河中，段彩華以自覺者之聲，揭示人類心靈的殘破與無助，以輕靈詩意的筆繪，昇華時代沉痛，鏡折出大時代悲劇之下幽晦的人間微光。

作品目錄及提要

【小說】

幕後

臺北：文藝創作出版社
1951 年 10 月，32 開，79 頁
中華文藝獎金委員會叢書・現代小說選第三集

中篇小說。全書共十章，為作者首部小說，透過主角第一人稱視角，描繪身在戰亂時代遭遇之人事物，在潔淨的語言意境下，道出生逢亂世的苦痛與無奈。正文前有張道藩〈序〉。

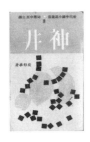

神井

高雄：大業書店
1964 年 5 月，40 開，319 頁
當代中國小說叢書 3

短篇小說集。本書透過鄉土風貌的情景刻畫投射自我感知，在漂泊的背景中藉以揭示東方世界生存面貌。全書收錄〈插槍的枯樹〉、〈無門草屋〉、〈蛇醫〉、〈星光下的墓地〉、〈羞態〉、〈鋼絲空盪〉、〈嬰兒爬墳〉、〈神井〉、〈雨傘〉、〈花園夫人〉、〈紅色花籃〉、〈玩偶〉、〈九龍崖〉、〈碧潭風雨〉、〈潭屍〉、〈七月黑潭〉、〈女人〉、〈花彫宴〉、〈毛驢上坡〉、〈小孩求雨〉、〈貨郎挑子〉、〈祖林的風水〉、〈病厄的河〉、〈兩個外祖母的墳地〉、〈狂妄的大尉〉共25 篇。正文前有司馬中原〈段彩華及其《神井》〉。

山林的子孫

臺北：幼獅書店
1969 年 6 月，32 開，320 頁

長篇小說。全書共 19 章，為作者將自己與臺灣排灣族生活所得之見聞描繪而出的故事。透過順序手法書寫青年沙塔的成長歷程，以原漢之間文化綜攝之現象貫穿全書，揭露 1980 年代以前文壇鮮少處理的臺灣原住民議題。

雪地獵熊

臺北：三民書局
1969 年 9 月，40 開，217 頁
三民文庫 63

短篇小說集。本書集結創作於 1962 至 1968 年間的短篇小說，內容雖為早期作品，卻早已顯見創作技巧之扎實，透過意識流與超現實手法，俐落呈現小說鏡頭的意向轉移。全書收錄〈塞上打雁〉、〈雪地獵熊〉、〈風雨港汊〉、〈亂石灘〉、〈營火〉、〈溪邊喇叭〉、〈流浪到風景區〉、〈被告〉、〈春天夭逝的孩子〉、〈毒彈〉、〈送草車〉、〈荒屋〉、〈三馬入峪〉共 13 篇。正文前有編輯部〈三民文庫編刊序言〉

五個少年犯

臺北：白馬出版社
1969 年 12 月，40 開，210 頁
白馬叢書 1

短篇小說集。本書集結創作於 1962 至 1968 年間的短篇小說，各篇主題簡明劇情卻深具戲劇性，末尾收束輕淡，留人涵咀。全書收錄〈駱家南牆〉、〈魔針〉、〈隴海夜快車〉、〈蘆橋夜〉、〈蜂兵鴉陣〉、〈五個少年犯〉、〈惹禍的星期天〉、〈觀光船〉、〈少女日記〉、〈大霧〉、〈街市下午〉、〈五毛錢銅板〉共 12 篇。正文前有編輯部〈我們的話〉、段彩華〈自序〉、〈作者簡介〉、華生〈段彩華這個人〉。

鷺鷥之鄉
臺北：陸軍出版社
1971 年 5 月，40 開，156 頁

短篇小說集。本書敘寫一位陸軍官兵運用自身智慧，在艱困環境中達成任務，透過詩意的象徵手法，表現出作者惡戰，祈求和平世界的理想。全書收錄〈叫聲〉、〈鷺鷥之鄉〉、〈馬陵斜澗〉、〈山地的奇事〉、〈鐵碉堡和軍車〉共五篇。

華欣文化 1974

華欣文化 1974

屠門
臺北：華欣文化事業中心
1974 年 6 月，32 開，176 頁
華欣文學叢書 12

臺北：華欣文化事業中心
1974 年 10 月，32 開，176 頁
華欣文學叢書 12

長篇小說。全書共 17 章，敘寫國內屠宰業由傳統屠宰走向電化屠宰的轉變過程，以平實細膩的筆觸揭露豬戶、肉攤、傳統屠戶間的矛盾與利弊。

1974 年 10 月華欣版：因書名不吉，易名為《三家和》，內容與同年 6 月華欣版相同。

花彫宴
臺北：華欣文化事業中心
1974 年 7 月，32 開，179 頁
華欣文學叢書 10

短篇小說集。本書透過描寫時代漂泊下的小人物故事，反映出戰爭戕害家鄉的無力與無依，懷鄉之情不脫其間，無奈掙扎之中飽含對未來生活的積極期待。全書收錄〈五個約會〉、〈七月黑潭〉、〈外鄉客〉、〈貨郎挑子〉、〈酸棗坡的舊墳〉、〈花彫宴〉、〈花園夫人〉、〈六月飛蝗〉、〈雨傘〉、〈嬰兒爬墳〉、〈神井〉共 11 篇。

段彩華自選集

臺北：黎明文化公司
1975 年 1 月，32 開，286 頁
中國新文學叢刊 25

短篇小說集。本書集結創作於 1957 至 1970 年間的短篇小說，以平實冷靜的筆法剪裁現實社會的幽微，並透過委婉嘲諷的象徵手法，揭露物質文化下人性矛盾灰暗之處。全書收錄〈黃色鳥〉、〈孩子和狼〉、〈毛驢上坡〉、〈小孩求雨〉、〈九龍崖〉、〈插槍的枯樹〉、〈病厄的河〉、〈門框〉、〈鋼絲空盪〉、〈無門草屋〉、〈狂妄的大尉〉、〈星光下的墓地〉、〈玩偶〉、〈壽衣〉、〈紅色花籃〉、〈女人〉、〈山崩〉共 17 篇。正文前有、國防部總政治作戰部〈印補國軍官兵文庫叢書前記〉、作家照片及手跡、〈年表〉，正文後有〈作品書目〉。

華欣文化 1976

中華文藝月刊 1976

段彩華幽默短篇小說選

臺北：華欣文化事業中心
1976 年 1 月，32 開，284 頁
華欣文學叢書 38

臺北：中華文藝月刊社
1976 年 1 月，32 開，284 頁
中華文藝叢書 5

短篇小說集。本書看似以第一人稱作為出發點嘲諷他人，實則藉第一人稱嘲諷自我，透過不同鏡位的書寫映照自我省思餘留下的普世關懷。全書收錄〈喜酒〉、〈廣告世紀〉、〈小鬼〉、〈鄉村豪客〉、〈紙公雞和風車〉、〈含羞草和驢子〉、〈請驢〉、〈瑪猛哈雅家的旅行〉、〈大卸八塊〉、〈大廈的喜劇〉、〈押解〉、〈臨時助手〉共 12 篇。
中華文藝版：內容與華欣版相同。

龍袍劫

臺北：名人出版社
1977 年 10 月，32 開，346 頁

長篇小說。全書共 25 章，作者將清朝末年的家鄉傳說作為原型加以改寫，以龍袍被劫為主線，冷眼刻畫出中國歷史中獨裁專制社會的盲弊與殘暴，透過文末龍袍的移轉，象徵一個時代的更迭與轉變，節奏明快、武事風格極深。正文前有段彩華〈《龍袍劫》前言〉。

流浪拳王

臺北：天華出版公司
1978 年 8 月，32 開，275 頁
天華文學叢刊 8

短篇小說集。本書視作「電影」實驗小說，透過電影運鏡的書寫技巧，在場景對換與人物心境轉移當中描摹出具有實境感風格之作品。全書收錄〈孩子・小鳥・蜂窩〉、〈淇河渡口〉、〈老漁人〉、〈野棉花〉、〈嬰兒〉、〈插映的片子〉、〈流浪拳王〉、〈心病〉、〈櫻花恨〉共九篇。

賊網

高雄：臺灣新聞報社
1980 年 6 月，32 開，616 頁
臺灣新聞報叢書 1

長篇小說。全書共 38 章，以男主角方浩然與白果莊莊主女兒林秀菁相戀為開端，揭示封建制度下女性渴望掌握自我命運的覺醒與困境。

流浪的小丑

臺北：駿馬文化事業社
1986 年 7 月，25 開，214 頁
駿馬文集 8

短篇小說集。本書為作者幽默短篇小說之集結，以虛實的筆致敷陳不同題材，將時空情境托於紙上，寓情於物、簡練自然，予人感官上另一視野。全書收錄〈雪山飛瀑〉、〈棋仙〉、〈兩個冠軍〉、〈武術教師〉、〈三瓶葡萄酒〉、〈多產母親〉、〈流浪的小丑〉、〈國際友軍〉共八篇。正文前有司馬中原〈一射中的──序段彩華《流浪的小丑》〉。

野棉花

臺北：爾雅出版社
1986 年 12 月，32 開，226 頁
爾雅叢書 56

短篇小說集。本書集結創作於 1951 至 1986 年間的短篇小說，為創作生涯 36 年的自我回顧與紀念。全書收錄〈門框〉、〈貨郎挑子〉、〈淇河渡口〉、〈野棉花〉、〈兩個外祖母的墳地〉、〈雨傘〉、〈酸棗坡的舊墳〉、〈外鄉客〉共八篇。正文前有段彩華〈自序〉，正文後有〈作者書目〉。

一千個跳蚤

臺北：世茂出版社
1986 年 12 月，32 開，228 頁
世茂文叢 4

短篇小說集。本書為作者幽默短篇小說之集結，以巧合與氣氛營造，反映時下社會風氣，並對此進行反思。全書收錄〈悍婦〉、〈失車記〉、〈塞浦路斯葡萄〉、〈計劃車禍〉、〈偷蟒〉、〈一千個跳蚤〉、〈外景隊風波〉共七篇。正文前有段彩華〈序〉。

百花王國
臺北：世茂出版社
1988 年 1 月，新 25 開，234 頁
世茂文叢 8

短篇小說集。本書為作者將自身對臺灣社會三十年來的體察以傳奇手法平實描繪，以「夢」代入世變，展露出對現代社會的嘆息與無奈。全書收錄〈花市〉、〈蝴蝶王國〉、〈夢幻圖〉、〈百花王國〉、〈石板屋〉、〈離島奇事〉、〈泥人傳奇〉、〈攔門挑戰演義〉共八篇。正文前有段彩華〈序〉。

上將的女兒
臺北：九歌出版社
1988 年 9 月，32 開，277 頁
九歌文庫 259

長篇小說。全書共 14 章，為作者改編自傳記書刊中百字小品故事，敘述上海總司令霍上將女兒霍玉嬌女扮男裝，與男主角葉正麟深入敵營找尋父親臥血之處，其間夾敘與漁家之女崔綠娃的三角關係，以細膩的筆觸反映身處戰亂時代百姓的痛苦與堅強。正文前有段彩華〈自序〉。

奇石緣
臺北：華欣文化事業中心
1991 年 3 月，新 25 開，253 頁
華欣文庫 10

短篇小說集。本書集結山林怪異、都市傳奇、拓荒者遭遇、小人物悲喜主題之作品，以洗練的筆觸烘托社會各層的人生面貌。全書收錄〈碧峯農莊〉、〈兩瓶土〉、〈奇石緣〉、〈葬牛〉、〈情火〉、〈病嗓記〉、〈父母心〉、〈午夜出診〉、〈怪廟〉共九篇。

花燭散

臺北：九歌出版社
1991 年 5 月，32 開，415 頁
九歌文庫 306

長篇小說。全書共 30 章，以民國初年為背景，敘寫新娘丁淑月嫁靳家驃之子靳朋玉前遭土財主王仲勝之子王明杰所擄，逢遇一連串險阻與磨難後，最後仍以悲劇收場，情節緊湊紮實、人物刻畫生動，予人親臨實境之感。

清明上河圖

臺北：九歌出版社
1996 年 6 月，25 開，450 頁
九歌文庫 963

長篇小說。本書以名畫《清明上河圖》遭竊為始，敘寫朝廷派官兵尋畫的過程，並安排清明上河圖作者張擇端後人張光白穿插其中，手法巧妙，用思穩密，別於前作用數字標記章節，首啟各節命名的方式，章章相合，有一氣之效。全書計有：1.宮中盜走寶物名畫；2.追緝者；3.十八盤道上的拚殺；4.太監嫖妓；5.算盤珠子的聲音；6.姘婦捲逃；7.明敲梆子暗劫獄；8.柳樹林裡兩場拚鬥；9.杏花枝下劍染紅；10.客棧內外的搏鬥；11.奪回的名畫；12.攔路搶劫；13.黑夜繪畫；14.賣畫；15.半夜放火；16.劫車；17.密室展畫；18.探山見畫；19.黃河滾滾漂木桶；20.第二次買畫等 39 章。

北歸南回

臺北：聯合文學出版社
2002 年 6 月，25 開，320 頁
聯合文叢 219

長篇小說。本書以三個故事為骨幹，並以其中兩個故事為軸心，透過穿引歸鄉人事，勾勒出大時代共同的歷史記憶與傷痛，情景交融，蘊含生命溫厚與諒解。全書計有：1.留住痛疾待還鄉；2.家信難寫更難寄；3.老榮民還鄉的難題；4.陌生女兒的照片和回信；5.兩封回信一笑一哭；6.歸鄉路上笑話百出；7.回到故鄉；8.石壩見證三代長缺；9.午宴和野宴；10.失去籍貫的空中飛人；11.藏秘信引起吃老醋；12.山居朋友的重託；13.探親途中各種心情；14.亂世病和後遺症；15.車廂中的回憶；16.夢裡的家園都消失；17.被改變的和被埋葬的；18.袋袋留種代代相傳；19.舊情的反彈；20.南京啟示錄等 24 章。正文前有段彩華〈序〉。

段彩華小說選集

臺北：臺灣商務印書館
2006 年 11 月，25 開，346 頁
現代文學典藏 219

短篇小說集。本書以 1960 至 1980 年代為分界，汲取大時代下的社會灰暗，筆法詼諧，行文簡練，直指人生現實面。全書收錄〈六月飛蝗〉、〈雪山飛瀑〉、〈第一千萬位〉、〈黃楊村〉、〈曠野的哭聲〉、〈三代同臺夢〉、〈山的傷痕〉、〈凶案〉、〈午夜出診〉、〈天才堂倌〉、〈賭場絕技〉共 11 篇。正文後有〈段彩華書目〉。

放鳥的日子

新北：新北市文化局
2013 年 11 月，25 開，239 頁
北臺灣作家作品集 121

短篇小說集。本書取材生活或生命經歷，透析自我與社會間的關係，運筆穩健、安排嚴實。全書收錄〈牧野星隱〉、〈火災〉、〈放鳥的日子〉、〈財運〉、〈暗巷〉、〈黑魔術和彩衣〉、〈綁票〉、〈夜宿破廟〉、〈探病〉、〈華山棋局〉、〈夜變〉共 11 篇。正文前有朱立倫〈市長序〉、段彩華〈自序〉、吳鈞堯〈續寫流域〉，正文後有段彩華〈我的第一信仰〉。

【論述】

國劇故事第三集

臺北：行政院文化建設委員會
1992 年 7 月，18x25.8 公分，91 頁
國劇欣賞叢書

本書為作者論析國劇之評賞，就劇目時代背景、人物安排、劇情鋪陳、藝術表現分篇改寫及解構，詳述國劇藝術於中國傳統下的定位與流變。全書收錄〈李亞仙〉、〈臨江驛〉、〈穆柯寨和轅門斬子〉等十篇。正文前有郭為藩〈序〉、段彩華〈自序〉、〈作者簡介〉。

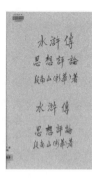

水滸傳思想評論

臺北：自印
2009 年 3 月，19.4x21 公分，78 頁

本書集結作者連載於 1968 年 6 月至 1969 年 1 月《新文藝》第
147～154 期之《水滸傳》論述，按其藝術、思想、劇情結構、
人物安排分章析論，系統性揭露施耐庵創作思想要義。全書計
有：1.水滸傳的思想體系；2.各人落草的原因不同；3.梁山泊三
首領等六章。正文前有段彩華〈序〉，正文後有段彩華〈後記
之一〉、段彩華〈後記之二〉，附錄〈參考書籍〉。

【散文】

新春旅客

臺北：中華文藝月刊社
1976 年 11 月，32 開，254 頁
中華文藝叢書 12

本書為作者記述生活見聞與戲劇鑑賞之評論。全書收錄〈新春
旅客〉、〈湖畔〉、〈漂泊的古物及其他〉等 13 篇。

無限時空逍遙遊

臺北：文史哲出版社
2009 年 8 月，25 開，222 頁
文學叢刊 205

本書為作者觀照自身旅遊經驗，透過深厚敘寫手法，映照對社
會的感懷，富含哲思理蘊。全書分「忘月卷」、「逍遙遊卷」、
「評賞卷」三卷，收錄〈大廈病〉、〈一首流行歌的秘辛〉、〈怪
病、針灸及其他〉、〈深入作者的精神世界〉等 33 篇。正文前
有段彩華〈自序〉。

【傳記】

民國第一位法學家──王寵惠傳

臺北：近代中國出版社
1982 年 1 月，25 開，294 頁
近代中國叢書・先烈先賢傳記叢刊

本書為近現代中國法學奠基者王寵惠傳記，記錄其自少年時期受到革命思想之薰陶，至從政之路上及其一生在外交、司法、文化方面對現代中國及國際的影響與貢獻。全書計有：1.淵源；2.旭日；3.海的啓示；4.在日本；5.紐約相聚等 13 章。正文前有秦孝儀〈先烈先賢傳記叢刊序言〉、王寵惠照片，正文後有〈王寵惠先生大事年表〉、段彩華〈後記〉。

轉戰十萬里──胡宗南傳

臺北：近代中國出版社
1985 年 3 月，25 開，194 頁
近代中國叢書・先烈先賢傳記叢刊

本書為陸軍一級上將胡宗南傳記，記錄其秉持自身仁哲公忠體國，清廉堅貞與愛才惜人的一生。全書計有：1.家世和變遷；2.英勇的少年；3.生命的蛻變；4.初展長才；5.向北方挺進等 18 章。正文前有秦孝儀〈先烈先賢傳記叢刊序言〉、胡宗南照片及手跡，附錄〈本文主要參考資料〉。

協和四方──李烈鈞傳

臺北：近代中國出版社
1987 年 6 月，25 開，204 頁
近代中國叢書・先烈先賢傳記叢刊

本書為革命將領李烈鈞傳記，記錄其一生自求學以來，追隨孫中山踏入革命之路，絕棄營私，為國謀事決議，至死仍心繫國家，為中華民國奠基立國之巨柱。全書計有：1.走出鄉關；2.在日本留學；3.誤遭陷害；4.培育菁英；5.肅奸和擴充海軍；6.安定安徽保衛武昌；7.督統江西；8.孤軍奮戰等 25 章。正文前有秦孝儀〈先烈先賢傳記叢刊序言〉、李烈鈞照片及手跡，正文後有段彩華〈後記〉。

文化建設 1999　　文化建設 2001

王貫英先生傳

臺北：文化建設基金管理委員會
1999 年 6 月，25 開，395 頁

Taipei：Taipei Municipal Library
2001 年 9 月，25 開，508 頁

本書為平民教育家王貫英傳記，記錄其離鄉
捨身報國乃至效崇武訓興學，以儒德精神弘
揚中華文化之精神。全書分「出鄉記」、「抗
戰記」、「渡海記」、「拾荒記」四部，收錄
〈奇怪的夢境〉、〈聽父親講故事〉、〈村歌野
調初展才能〉、〈開鎖後的失踪〉、〈草原上的艷遇〉、〈父子狀元和父子同學〉、〈興
學是一種轉機〉、〈隔簾相親兩奇怪〉等 50 章。正文前有林澄枝〈序〉、王甲乙
〈代序——利他主義的實踐者〉、段彩華〈自序〉，正文後有段彩華〈後記——到
桓家村尋根〉，附錄〈饅首賦〉、〈興學歌〉、〈本書參考資料〉。
2001 年版：英譯本。正文前刪去林澄枝〈序〉、王甲乙〈代序——利他主義的實
踐者〉，正文後刪去附錄〈饅首賦〉、〈興學歌〉、〈本書參考資料〉。

我當幼年兵

臺北：彩虹出版社
2003 年 3 月，25 開，312 頁
彩虹叢書

本書為作者自傳，記錄作者來臺後的親身經歷與懷想，以深切
沉穩的動態敘寫技巧展現了作者的創作理念與現世關懷。全書
計有：1.從新兵連到小兵連；2.小兵當作大兵練；3.幸運的和
不幸的；4.決定一生的啟示；5.十七歲的才智等 15 章。正文前
有〈作者簡介〉、段彩華〈序〉、段彩華〈我的第二家園〉，正
文後附錄段彩華〈戲迷世家〉、段彩華〈膽結石割除時的快
樂〉、段彩華〈母親的醃菜罐子〉、〈作者書目〉。

震驚隨護人員的大力士鍾愛民傳

臺北：自印
2011 年 12 月，19.4x21 公分，111 頁

本書由鍾愛民口述，段彩華紀錄整理，為蔣宋美齡貼身護衛鍾
愛民傳記，記錄其自幼至長氣力過於常人戲劇性的一生。全書
計有：1.家世和傳說；2.世變；3.外鄉尋親；4.到海南島；5.三
隊長等 13 章。正文前有段彩華〈序〉，正文後附錄鍾愛民紀念
照片。

文學年表

1933 年	2 月	12 日（農曆 1 月 18 日），生於江蘇省宿遷縣新安鎮。父段貴堂，母許氏，為家中長子，下有一妹段彩英。
1938 年	11 月	中日戰爭爆發，與家人往鄉下逃難，自圈子至西貴，期間曾於西貴讀私塾，熟稔《三字經》、《百家姓》、《論語》、《孟子》等經典。
1939 年	9 月	就讀新安鎮小學校。
	本年	因父親好藏書與習武，家族熱愛戲曲，加之大伯父段貴和為戲園子老闆，自幼便好讀書與看戲，成為往後影響其創作風格重要的因素。
1941 年	本年	小學四年級開始學習寫作文，因父親患肺結核，將祈求父親病癒的心情寫進〈我做了一個夢〉，受到父母的讚譽，自此更勤於寫作。
1944 年	夏	小學五年級時，從同學處借到冰心《往事》，開始接觸新文學。
	11 月	父親段貴堂因肺結核逝世。
1945 年	本年	自新安鎮小學校畢業。
1946 年	春	國共內戰爆發，全家逃往徐州，就讀徐州建國中學，期間有作文〈賈汪遠足記〉，深獲恩師徐俊濤的讚賞。
1947 年	本年	完成第一篇短篇小說，題名與內容現已散佚。
1948 年	夏	自徐州建國中學畢業。
	秋	就讀徐州市立中學高中部。

	11 月	因戰亂離開徐州，隨山東第三聯合中學流浪，爾後陸續遷至湖南省衡山縣、霞流市、李家大屋居住。
1949 年	5 月	隨堂兄段彩祥和同學們於長沙從軍，隨即來臺。
	6 月	因年齡只有 16 歲，被調往幼年兵連，於臺南市第二中等學校受訓。
1950 年	8 月	15 日，幼年兵連擴充成「陸軍總司令部幼年兵總隊」訓練中心，駐於臺南三分子營區，因患心臟病遭受同儕恥笑，受到李華甫排長的鼓勵，亦回想起在徐州建國中學讀書時，徐俊濤老師對其指導，意識到「*別人是用體力來當兵，自己必須用腦子來當兵*」，自此奠定文藝創作志向。
	本年	結識司馬中原、尼洛等。
	本年	參加軍中的話劇演出，體會「*導演這項職務雖然近似遊戲，卻是一門學問。他必須通徹人性，了解各種各樣的人生和各行各業的特點，才能勝任*」。自此著手研究導演和編劇工作，並開始蒐集創作理論的資料、閱讀各種劇本，將電影中許多技巧運用到小說創作中，影響其後作品「特別注重動作和視覺效果」。
1951 年	2 月	所屬連隊改為「教導總隊第一團第三營第十一連」。
	7 月	詩作〈趕路〉發表於《自由青年》第 3 卷第 2 期。
	8 月	詩作〈你，戰火裡的廢鐵——給頹唐的青年朋友〉發表於《自由青年》第 3 卷第 5 期。
		14 日，於高雄鳳山完成來臺後處女作中篇小說〈幕後〉。
	10 月	中篇小說〈幕後〉原以筆名「默康」投稿，後以本名段彩華發表於《文藝創作》第 6 期。
		中篇小說《幕後》由臺北文藝創作出版社出版。

　　　　　　　　　　　　獲選中華民國國軍第二屆克難英雄，接受總統蔣中正點
　　　　　　　　　　　　名及賜宴。

1952 年　　2 月　　27 日，短篇小說〈隔〉發表於《半月文藝》第 4 卷第 5
　　　　　　　　　　期。

　　　　　　5 月　　4 日，《幕後》獲中華文藝獎金委員會「五四」獎金中篇
　　　　　　　　　　小說第三獎（第一、二獎從缺）。

　　　　　　6 月　　5、20 日，短篇小說〈牯牛子回家〉連載於《半月文
　　　　　　　　　　藝》第 5 卷第 3～4 期。

1953 年　　4 月　　1 日，參加中國文藝協會於臺北舉辦的「小說研究組」
　　　　　　　　　　第二期。

　　　　　　　　　　5 日，短篇小說〈圈套〉發表於《半月文藝》第 8 卷第 5
　　　　　　　　　　期。

　　　　　　冬　　　「陸軍總司令部幼年兵總隊」訓練中心解散，調派高雄
　　　　　　　　　　鳳山陸軍總部《精忠報》發行部。

1954 年　　春　　　結識時任繪圖員的朱西甯。

　　　　　　3 月　　正式調任高雄鳳山陸軍總部《精忠報》發行部，擔任校
　　　　　　　　　　對、採訪記者。

　　　　　　4 月　　短篇小說〈兩個外祖母的坟地〉發表於《綠洲》第 1 卷
　　　　　　　　　　第 12 期。

1956 年　　1 月　　7 日，短篇小說〈野狼打轉〉以筆名「項里雪」發表於
　　　　　　　　　　《聯合報》6 版。本文後改篇名為〈雪夜狼打轉〉。

　　　　　　3 月　　21 日，短篇小說〈雪地獵熊〉以筆名「項里雪」發表於
　　　　　　　　　　《聯合報》6 版。本文後改篇名為〈熊的踪跡〉。

　　　　　　7 月　　8 日，短篇小說〈曾打雁家〉以筆名「項里雪」發表於
　　　　　　　　　　《聯合報》6 版。

1957 年　　2 月　　9 日，短篇小說〈崖〉以筆名「軒轅弧車」發表於《聯
　　　　　　　　　　合報》6 版。

	4 月	26 日，短篇小說〈將軍的畫像〉以筆名「軒轅弧車」發表於《聯合報》6 版。
	12 月	18 日，完成中篇小說〈狂妄的大尉〉，1968 年 8 月發表於香港《祖國月刊》。
1958 年	7 月	1 日，短篇小說〈舊戲〉發表於香港《大學生活》第 4 卷第 3 期。
	8 月	17 日，完成短篇小說〈鳥網〉，1958 年 9 月 5 日發表於香港《中國學生周報》第 320 期，「穗華」8 版。
	9 月	1 日，短篇小說〈曠野的解約〉發表於香港《大學生活》第 4 卷第 5 期。
	10 月	30 日，完成短篇小說〈湖畔〉。
1959 年	春	完成〈雨中客車〉。
	夏	短篇小說〈曠野的解約〉、〈舊戲〉、〈將軍的畫像〉、〈鳥網〉，中篇小說〈狂妄的大尉〉輯錄於司馬中原著短篇小說集《春雷》。
	秋	晉升少尉，調往陸軍總部副官處書刊中心，擔任書庫管理員。
	10 月	9 日，〈新春旅客〉發表於香港《中國學生周報》第 377 期，「穗華」11 版。
	11 月	21 日，詩作〈赫魯雪夫畫像〉發表於香港《大學生活》第 5 卷第 13 期。
	12 月	25 日，〈不朽烟鬼的喜劇〉發表於香港《中國學生周報》第 388 期，「穗華」12 版
	冬	完成短篇小說〈街市下午〉，1962 年 1 月發表於《現代文學》第 12 期。
		完成短篇小說〈蛇醫〉，1962 年 11 月發表於《文苑》第 1 卷第 12 期。

1960 年	2 月	21 日,詩作〈改變〉發表於香港《大學生活》第 5 卷第 19 期。
	春	完成短篇小說〈女人〉,1962 年 10 月 27～29 日連載於《徵信新聞報‧人間副刊》7 版。
	5 月	27 日,短篇小說〈野狼打轉〉以〈雪夜狼打轉〉為題發表於香港《中國學生周報》第 410 期,「穗華」12 版。
1961 年	4 月	4 日,完成短篇小說〈神井〉,同年 4 月 11 日以〈神井（村野的傳說）〉為題發表於《聯合報》7 版。
		11 日,完成短篇小說〈金鐲〉,本文內容於 1964 年 2 月 27 日略有調整,1962 年 4 月 21 日發表於香港《大學生活》第 7 卷第 23 期。
		20 日,完成短篇小說〈星光下的墓地〉,同年 4 月 25 日發表於《聯合報》7 版。
		26 日,完成短篇小說〈凶宅〉,同年 5 月 1 日發表於《聯合報》7 版;1973 年 1 月發表於香港《文藝世界》第 16 期。
	6 月	8 日,完成短篇小說〈雨傘〉,同年 10～11 月以〈雨傘（村野的傳說）〉為題連載於香港《大學生活》第 7 卷第 11～12 期。
		14 日,完成短篇小說〈羞態〉,同年 6 月 17 日發表於《聯合報》6 版。
		19 日,完成短篇小說〈鋼絲空盪〉,同年 6 月 23 日發表於《聯合報》6 版。
		24 日,完成短篇小說〈花園夫人〉,同年 6 月 30 日發表於《聯合報》6 版。
	7 月	19 日,完成短篇小說〈病厄的河〉,同年 8 月 12 日發表於《聯合報》6 版。

20 日，完成短篇小說〈玩偶〉，1962 年 2 月 5 日發表於香港《大學生活》第 7 卷第 18 期。

8 月　11 日，完成短篇小說〈嬰兒爬墳——村野的傳說〉，同年 9 月 8 日發表於香港《中國學生周報》第 477 期，「穗華」10 版。

9 月　8 日，完成短篇小說〈碧潭風雨〉，同年 9 月 13 日發表於《聯合報》6 版。

19 日，完成短篇小說〈插槍的枯樹〉，同年 11 月 3 日發表於香港《中國學生周報》第 485 期，「穗華」10 版。

10 月　12 日，完成短篇小說〈潭屍〉，同年 10 月 17 日以〈潭邊〉為題發表於《聯合報》6 版。

1962 年　1 月　22 日，完成短篇小說〈塞上打雁〉，同年 3 月 2 日發表於香港《中國學生周報》第 502 期，「穗華」10 版。

2 月　13 日，完成短篇小說〈紅色花籃〉，同年 2 月 18 日發表於《聯合報》6 版。

17 日，完成短篇小說〈無門草屋〉，同年 4 月 6 日發表於香港《中國學生周報》第 507 期，「穗華」10～11 版。

5 月　8 日，完成短篇小說〈熊的踪跡〉，同年 6 月 22 日發表於香港《中國學生周報》第 518 期，「穗華」11 版。

28 日，完成短篇小說〈七月黑潭〉，同年 7 月 5 日發表於香港《大學生活》第 8 卷第 4 期。

6 月　16 日，短篇小說〈小孩求雨〉發表於《聯合報》6 版。

20 日，短篇小說〈野孩子〉發表於《聯合報》6 版。

22 日，完成短篇小說〈小鬼〉，同年 8 月 1 日發表於香港《華僑文藝》第 1 卷第 3 期。

26 日，完成〈從我的「十歲」說起〉，同年 7 月 27 日發

表於香港《中國學生周報》第 523 期,「穗華」4 版。

7 月　11 日,完成短篇小說〈再見・軍營〉,同年 7 月 16 日以
筆名「項里雪」發表於《中央日報》6 版。

16 日,完成短篇小說〈喜酒〉,同年 7 月 19～20 日連載
於《聯合報》8 版。

30 日,完成短篇小說〈營火〉,同年 8 月 17 日發表於香
港《中國學生周報》第 526 期,「穗華」10～11 版。

8 月　16 日,完成短篇小說〈國際友軍〉。

20 日,完成短篇小說〈友丸洋行的鎗聲〉,同年 12 月發
表於《情報知識》第 4 卷第 6 期。

28 日,完成短篇小說〈祖林的風水〉,同年 10 月 26 日
發表於香港《中國學生周報》第 536 期,「穗華」7 版。

　秋　服役期滿,自少尉職退伍,結束軍旅生涯,專事寫作。

9 月　6 日,完成短篇小說〈貨郎挑子〉,同年 9 月 11 日發表
於《聯合報》8 版。

9 日,完成〈聲音〉,1963 年 1 月 25 日發表於香港《中
國學生周報》第 549 期,「穗華」7 版。

20 日,完成短篇小說〈五個少年犯〉,1962 年 12 月 21
日、28 日連載於香港《中國學生周報》第 544、545
期,「穗華」7 版。

26 日,完成短篇小說〈流浪到風景區〉,同年 11 月 1 日
發表於《野風》第 168 期。

10 月　12 日,完成短篇小說〈送草車〉,同年 11 月 10 日發表
於《中央日報》6 版。

18 日,完成短篇小說〈流浪小丑〉,1965 年 1 月發表於
《幼獅文藝》第 133 期。

30 日,完成短篇小說〈鄉村豪客〉,同年 11 月 10～11

日連載於《聯合報》8 版。

11 月　21 日，完成短篇小說〈星夜的突襲〉，同年 11 月 30 日發表於《中央日報》6 版。

12 月　10 日，完成短篇小說〈毛驢上坡〉，同年 12 月 13 日發表於《聯合報》8 版。

15 日，完成短篇小說〈三瓶葡萄酒〉，同年 12 月 29～30 日連載於《聯合報》8 版。

31 日，完成短篇小說〈惹禍的星期天〉，1963 年 5 月 31 日發表於香港《中國學生周報》第 567 期，「穗華」6 版。

1963 年　1 月　2 日，完成〈影子〉，1964 年 10 月 9 日發表於香港《中國學生周報》第 638 期，「穗華」6 版。

18 日，完成短篇小說〈山地的奇事〉，同年 1 月 30～31 日連載於《中央日報》6 版。

2 月　8 日，完成短篇小說〈駱家南牆〉。

16 日，完成短篇小說〈山上兵營〉，同年 2 月 21 日發表於《聯合報》8 版。

3 月　13 日，完成短篇小說〈櫻花恨〉，同年 7 月 26、8 月 2 日連載於香港《中國學生周報》第 575、576 期，「穗華」，6、8 版。

4 月　20 日，完成短篇小說〈花彫宴〉，同年 4 月 24～25 日連載於《聯合報》8 版。

5 月　13 日，完成短篇小說〈廣告世紀〉。

28 日，完成短篇小說〈少女日記〉，同年 6 月 8～9 日連載於《聯合報》8 版。

6 月　13 日，完成短篇小說〈荒屋〉，同年 8 月發表於《情報知識》第 5 卷第 2 期。

29 日，完成短篇小說〈戰黃河〉，同年 8 月發表於《新文藝》第 89 期。

7 月　8 日，完成短篇小說〈江北轉戰〉，同年 11 月 22 日發表於香港《中國學生周報》第 592 期，「穗華」6 版。

24 日，完成短篇小說〈馬陵斜潤〉，同年 8 月 1～2 日連載於《中央日報》9 版。

26 日，〈祝福和切望〉發表於香港《中國學生周報》第 575 期，「穗華」2 版。

9 月　7 日，翻譯詹姆斯・巴頓〈白驢〉，同年 10 月 7 日發表於《聯合報》7 版。

23 日，完成短篇小說〈被告〉。

10 月　下旬，完成短篇小說〈三馬入峪〉，同年 12 月發表於《新文藝》第 93 期，1967 年 1 月發表於《幼獅文藝》第 157 期。

12 月　20～24 日，短篇小說〈隴海夜快車〉連載於《聯合報》7 版。

短篇小說〈溪邊喇叭〉發表於《自由青年》第 351 期。

1964 年　2 月　18 日，完成短篇小說〈魔針〉。

3 月　短篇小說〈都馬調〉發表於《自由青年》第 357 期。

5 月　短篇小說集《神井》由高雄大業書店出版。

6 月　17～18 日，短篇小說〈琢璞記〉連載於《中央日報》10 版。

7 月　短篇小說〈家鄉的路過客〉發表於《創作》第 24 期。

8 月　短篇小說〈夜走大淇河〉發表於《情報知識》第 6 卷第 2 期。

10 月　短篇小說〈被控告的婦人〉發表於《婦友》第 121 期。

短篇小說〈夾河之戰〉發表於《情報知識》第 6 卷第 4

期,「隨軍參謀日記」專欄。

11月　17 日,完成短篇小說〈毒彈〉,同年 11 月 29 日發表於
《聯合報》9 版。

短篇小說〈固本秋收〉發表於《新文藝》第 104 期。

12月　18、25 日,短篇小說〈觀光船〉連載於香港《中國學生
周報》第 648、649 期,「穗華」6 版。

短篇小說〈兵進瓦口山〉發表於《情報知識》第 6 卷第
6 期,「隨軍參謀日記」專欄。

1965 年　1 月　5 日,完成短篇小說〈沙家窪之變〉,同年 2 月發表於
《新文藝》第 107 期。

29 日,完成短篇小說〈五個約會〉,同年 3 月 28 日發表
於《聯合報》7 版,「名家小說集粹」專欄。

2 月　短篇小說〈跟踪者〉發表於《婦友》第 125 期。

3 月　19 日,短篇小說〈嬰兒〉發表於香港《中國學生周報》
第 661 期,「穗華」6～7 版。

5 月　17 日,短篇小說〈含羞草與驢子〉發表於《徵信新聞
報‧人間副刊》7 版。

7 月　12 日,完成中篇小說〈流浪拳王〉,同年 8 月發表於
《幼獅文藝》第 140 期。

31 日,完成中篇小說〈鐵碉堡和軍車〉。

短篇小說〈霧〉發表於《新文藝》第 112 期。

9 月　12 日,應邀出席「談現代戲劇」座談會,與會者有魏子
雲、瘂弦、陳映真、朱橋、林佛兒、劉大任等。會後紀
錄以「從《先知》《等待果陀》的演出談現代戲劇」為題
發表於同年 10 月《幼獅文藝》第 142 期。

10月　〈版稅折書像什麼話〉發表於《幼獅文藝》第 142 期。

短篇小說〈古行宮——隨軍參謀日記〉發表於《新文

藝》第 115 期。

11 月　13 日，〈談平劇樂曲的改進〉發表於《徵信新聞報・徵信週刊》6 版。

14 日，應邀出席「怎樣建立嚴正的文藝批評」座談會，與會者有于還素、趙滋蕃、司馬中原、羊令野、管管、魏子雲、趙滋蕃、張菱舲等。會後紀錄發表於同年 12 月《幼獅文藝》第 144 期。

短篇小說〈沉船〉發表於《幼獅文藝》第 143 期。

短篇小說〈渡河掃蕩〉發表於《情報知識》第 7 卷第 6 期。

12 月　7～10 日，短篇小說〈紙公鷄和風車〉連載於《徵信新聞報・人間副刊》7 版。

1966 年　1 月　〈最要緊的批評工作〉發表於《幼獅文藝》第 145 期。

28 日，短篇小說〈山上空屋〉以筆名「項里雪」發表於香港《中國學生周報》第 706 期，「穗華」6 版。

3 月　15 日，應邀出席現代文學雜誌社於臺北國軍文藝活動中心舉辦的「第一屆現代藝術季」座談會，與會者有王文興、朱西甯、侯健、陳映真、鄭愁予、瘂弦、洛夫、司馬中原等。

26 日，獲第二屆青年文藝獎金小說獎。

29 日，獲中國青年救國團頒贈「55 年度青年獎章」。

4 月　1 日，應邀出席於臺北舉辦的「全國後備軍人第一屆文藝大會」，與會者有郭嗣汾、司馬中原、舒暢、高陽、吳明、墨人等。

〈寫作生活〉發表於《幼獅文藝》第 148 期，「青年文藝獎金得獎作家自畫像」專題。

5 月　14 日，〈走訪三地門〉連載於《徵信新聞報・人間副

刊》7 版。

短篇小說〈叫聲〉發表於《情報知識》第 7 卷第 11 期。

6 月　15 日，接受黃姍訪問，訪問文章〈段彩華的寫作生涯──回憶童年絢麗多彩‧外界讚美燭淚心語‧印象抽象象徵綜合〉發表於《自由青年》第 412 期，「作家群像」專題。

〈影評：《故鄉劫》〉發表於《幼獅文藝》第 150 期，合評者有田原、謝冰瑩、于還素、劉慕沙等。

8 月　15 日，完成短篇小說〈塞浦路斯葡萄〉，同年 9 月 5～6 日連載於《徵信新聞報‧人間副刊》6 版。

短篇小說〈水中小屋〉發表於《現代》第 4 期。

10 月　24 日，以短篇小說〈三馬入峪〉獲第二屆國軍文藝金像獎金獎。

短篇小說〈鬼〉發表於《情報知識》第 8 卷第 4 期。

11 月　〈離亂草〉收錄於《幼獅文藝》第 155 期，「全國青年學藝大競賽得獎作品」專輯。

1967 年　1 月　2～21 日，中篇小說〈拳手們〉連載於《徵信新聞報‧人間副刊》6 版。

7 日，應邀出席於臺北明星咖啡館舉辦的「保衛小說文學的領土」座談會，與會者有朱西甯、尼洛、季季、楚戈、林懷民等。會後紀錄發表於同年 2 月《幼獅文藝》第 158 期。

12 日，完成短篇小說〈柳枝〉，同年 2 月發表於《新文藝》第 131 期。

2 月　短篇小說〈押解〉發表於《純文學》第 2 期。

5 月　短篇小說〈荒山上〉發表於《情報知識》第 8 卷第 11 期。

6 月	〈飄泊的古物及其他〉發表於《純文學》第 6 期。
7 月	短篇小說〈外鄉客〉發表於《純文學》第 7 期。
9 月	12 日，完成短篇小說〈孩子‧小鳥‧蜂窩〉，同年 9 月 30～10 月 10 日以〈孩子們小鳥蜂窩〉為題連載於《徵信新聞報‧人間副刊》9 版。
11 月	26 日，完成短篇小說〈情場〉，同年 12 月 12～13 日連載於《徵信新聞報‧人間副刊》9 版。
1968 年　2 月	14 日，〈電影《破曉時分》觀後〉發表於《徵信新聞報‧人間副刊》9 版。 26 日，完成短篇小說〈五毛錢銅板〉，同年 3 月 16～17 日連載於《徵信新聞報‧人間副刊》9 版。
3 月	18 日，完成短篇小說〈風雨港汊〉，同年 4 月 14 日發表於《徵信新聞報‧人間副刊》10 版。 短篇小說〈酸棗坡的舊坟〉發表於《純文學》第 15 期。
4 月	12 日，完成短篇小說〈鳥叫〉，同年 4 月 28 日發表於《徵信新聞報‧人間副刊》10 版。 28 日，完成短篇小說〈到馬祖去〉，同年 5 月 20～21 日連載於《徵信新聞報‧人間副刊》10 版。
5 月	22 日，完成短篇小說〈臨時助手〉，同年 6 月 9 日發表於《徵信新聞報‧人間副刊》10 版。 27～29 日，應邀出席於臺北中山堂舉辦的第一屆全國文藝會談，與會者有余光中、鍾梅音、林海音、司馬中原、朱西甯、鄭愁予、高陽、彭邦楨、瘂弦、蕭白、隱地、桑品載、古丁等。後以「百壽頌」為題集結 100 位作家賀詞，同年 11 月發表於《新文藝》第 152 期。
6 月	〈水滸傳思想評論〉連載於《新文藝》第 147～154 期，至 1969 年 1 月止。

7 月	20 日，完成短篇小說〈偷椰子的賊〉，同年 8 月 6～7 日連載於《徵信新聞報・人間副刊》10 版。	

7 月　　20 日，完成短篇小說〈偷椰子的賊〉，同年 8 月 6～7 日連載於《徵信新聞報・人間副刊》10 版。

短篇小說〈鷺鷥之鄉〉連載於《情報知識》第 10 卷第 1～2 期，至 1968 年 8 月止。

9 月　　29 日，完成短篇小說〈湖上故人〉，同年 10 月 29～30 日連載於《中央日報》9 版。

10 月　　28～30 日，短篇小說〈野棉花〉連載於《中國時報・人間副刊》10 版。

11 月　　短篇小說〈暴風雨裏〉發表於《文壇》第 284 期。

12 月　　30 日，完成短篇小說〈春天夭逝的孩子〉，1969 年 1 月 23、25 日連載於《中國時報・人間副刊》10 版。

短篇小說〈白鳳溪邊〉發表於《作品》第 1 卷第 3 期。

1969 年　1 月　　19 日，完成短篇小說〈兩艘癱戰艇〉，同年 2 月 14～15 日連載於《中央日報》9 版。

3 月　　10 日，完成短篇小說〈門框〉，同年 3 月 31～4 月 2 日連載於《中國時報・人間副刊》11 版。

30 日，短篇小說〈十一隻鴨子〉發表於《中華日報》10 版。

短篇小說〈前線的故事〉發表於《情報知識》第 10 卷第 9 期。

4 月　　9 日，完成短篇小說〈黑船〉，同年 4 月 23～24 日連載於《中國時報・人間副刊》10 版。

短篇小說〈黃色鳥〉發表於《純文學》第 28 期。

〈平劇腳本《李亞仙》之欣賞〉發表於《幼獅文藝》第 184 期。

5 月　　16 日，完成短篇小說〈月圓之夜〉，同年 6 月 2～3 日連載於《中國時報・人間副刊》10 版。

6月　6 日，完成短篇小說〈怪廟〉，同年 7 月發表於《文藝》
　　　月刊第 1 期。

　　　13 日，完成短篇小說〈失馬〉，同年 7 月 21～22 日連載
　　　於《中國時報・人間副刊》10 版。

　　　17 日，完成短篇小說〈葬牛〉，同年 9 月發表於《幼獅
　　　文藝》第 189 期。

　　　29 日，完成短篇小說〈偷蟒〉，同年 8 月 9～10 日連載
　　　於《中國時報・人間副刊》11 版。

　　　長篇小說《山林的子孫》由臺北幼獅書店出版。

7月　2～3 日，〈舊日舞伴〉連載於《中國時報・人間副刊》
　　　10 版。

　　　13 日，完成短篇小說〈碧峯農莊〉，同年 10 月 3～5 日
　　　連載於《中央日報》9 版。

　　　29 日，完成短篇小說〈磚牆與枯井〉，同年 9 月 2～3 日
　　　連載於《中央日報》9、10 版。

　　　〈抽象派的四個觀念〉發表於《幼獅文藝》第 187 期。

8月　4 日，完成短篇小說〈老漁人〉，同年 11 月 15～16 日連
　　　載於《中央日報》9 版。

　　　21 日，完成短篇小說〈掛在窗上的馬燈〉，同年 11 月 8
　　　～10 日連載於《中國時報・人間副刊》10 版。

　　　28 日，完成短篇小說〈武術教師〉，同年 12 月 11～12
　　　日連載於《中國時報・人間副刊》10 版。

　　　〈默契和心聲〉發表於《幼獅文藝》第 188 期，「少年
　　　遊」專欄。

9月　8 日，完成短篇小說〈河東河西〉，1970 年 5 月 1～2 日
　　　連載於《中國時報・人間副刊》10 版。

　　　13 日，完成短篇小說〈追緝〉，1970 年 5 月連載於《情

報知識》第 11 卷第 11～12 期，至 1970 年 6 月止。

21 日，完成短篇小說〈兩個將軍〉，1970 年 10 月 1 日發表於《文藝》月刊第 16 期。

22～10 月 9 日，短篇小說〈六月飛蝗〉連載於《中國時報·人間副刊》10 版。

26 日，完成短篇小說〈大廈的喜劇〉，1970 年 1 月 28～29 日連載於《中國時報·人間副刊》10 版。

30 日，完成短篇小說〈風災山村〉，1970 年 2 月發表於《情報知識》第 11 卷第 8 期。

短篇小說〈殺蛇奇計〉發表於《落花生》第 1 卷第 2 期。

短篇小說集《雪地獵熊》由臺北三民書局出版。

10 月　5 日，完成短篇小說〈鳥災〉，1970 年 3 月 9～10 日連載於《中國時報·人間副刊》10 版。

8 日，完成短篇小說〈鷹和狡兔〉，1970 年 2 月 23～24 日連載於《中國時報·人間副刊》10 版。

14 日，完成短篇小說〈霧中的馬隊〉，1970 年 1 月 6～8 日連載於《中央日報》9 版。

14 日，完成〈小說的表現〉，1970 年 6 月發表於《新文藝》第 171 期。

20 日，完成短篇小說〈偷衣送錶〉，1970 年 6 月 22～24 日連載於《中國時報·人間副刊》10 版。

30 日，完成短篇小說〈看青篷〉，1970 年 1 月 5～7 日連載於《中國時報·人間副刊》10 版。

11 月　15 日，完成短篇小說〈孩子和狼〉，1970 年 3 月 23～24 日連載於《中央日報》9 版。

22 日，完成短篇小說〈鐵血軍魂〉。

12 月　1 日，完成短篇小說〈逃學的孩子〉，1970 年 4 月發表於《中央月刊》第 2 卷第 6 期。

11 日，完成短篇小說〈幸福鳥〉，1970 年 6 月 17～18 日連載於《中央日報》9 版。

5 日，完成短篇小說〈大卸八塊〉，1970 年 5 月發表於《幼獅文藝》第 197 期。

23 日，完成中篇小說〈黑店〉，1970 年 11～12 月連載於香港《文藝世界》第 1～2 期。

短篇小說〈鬼鄰〉發表於《幼獅文藝》第 192 期。

短篇小說集《五個少年犯》由臺北白馬出版社出版。

1970 年　1 月　8 日，完成短篇小說〈風雨歸人〉，同年 7 月 29～30 日連載於《中國時報・人間副刊》11 版。

19 日，完成短篇小說〈吃燈泡的人〉，1971 年 3 月發表於香港《文藝世界》第 3 期。

27 日，完成短篇小說〈北國之冬〉，同年 11 月 22～23 日連載於《中國時報・人間副刊》10 版。

〈小說的表現〉發表於《文藝》月刊第 7 期。

2 月　25 日，完成短篇小說〈綁票〉，同年 4 月 14～15 日連載於《中國時報・人間副刊》10 版。1973 年 1 月 1 日發表於《文壇》第 334 期。

28 日，完成短篇小說〈壽衣〉，同年 5 月 22 日發表於《中國時報・人間副刊》10 版。

3 月　短篇小說〈秦晉之戰〉發表於《新文藝》第 168 期。

5 月　13～14 日，短篇小說〈夢遊症患者〉連載於《中央日報》9 版。

〈守夜〉發表於《文壇》第 302 期。

節錄 Mark Twain 短篇小說《湯姆歷險記》，並有〈馬克

吐溫的一生〉、〈《湯姆歷險記》的取材和評價〉發表於
《新文藝》第 170 期,「世界名著欣賞」專欄。

10 月 1 日,短篇小說〈兩個冠軍〉發表於《文藝》月刊第 16
期。

11 月 20 日,完成短篇小說〈海芙蓉〉,1971 年 4 月連載於
《情報知識》第 12 卷第 10～11 期,至 1971 年 5 月止。
30 日,完成短篇小說〈痔〉,1971 年 1 月 6～7 日以筆名
「項里雪」發表於《中國時報》10 版。
〈不是孿生兄弟〉發表於《幼獅文藝》第 203 期,「作家
的臉」專欄。

12 月 11 日,完成短篇小說〈山崩〉,同年 12 月 18～20 日連
載於《中央日報》9 版。

1971 年 1 月 24～26 日,短篇小說〈逃犯〉連載於《中央日報》9
版。
25 日,完成短篇小說〈趕鴨人〉。
〈福婁拜和情感教育〉發表於《新文藝》第 178 期,「世
界名著欣賞」專欄。

2 月 18 日,完成短篇小說〈武戲〉,同年 3 月 24～25 日連載
於《中央日報》9 版。

3 月 〈俞著《王魁負桂英》的鑑賞〉發表於《幼獅文藝》第
207 期。
短篇小說〈中間人〉發表於《中華文藝》第 1 期。

4 月 19～24 日,應中國青年寫作協會之邀,與馮放民、林適
存等擔任巡迴訪問座談人,期間訪問經桃園、新竹、臺
中等地。
22 日,與蔡嘉枝結婚。
短篇小說〈出獄〉發表於香港《文藝世界》第 4 期。

	5 月	短篇小說集《鷺鷥之鄉》由臺北陸軍出版社出版。
		短篇小說〈仙姑廟〉發表於香港《文藝世界》第 5 期。
	6 月	15 日，完成長篇小說〈龍袍劫〉，1974 年 12 月連載於《中華文藝》第 46～65 期，至 1976 年 7 月止。
	7 月	短篇小說〈殺人的屋子〉發表於香港《文藝世界》第 6 期。
	9 月	14 日，應邀出席於臺北華欣文化中心舉辦的《中華文藝》第二次文藝月談會，與會者有田原、王集叢、彭邦楨、瘂弦、尹雪曼、司馬中原等，會後紀錄發表於同年 10 月《中華文藝》第 8 期。
	10 月	11 日，完成長篇小說〈沙河對岸〉。
	12 月	9 日，完成短篇小說〈雪野追踪〉，1972 年 1 月發表於《文藝》月刊第 31 期。
		21 日，完成短篇小説〈山獸園〉。
1972 年	1 月	5 日，完成短篇小說〈小觀光客〉，同年 3 月發表於《情報知識》第 13 卷第 9 期。
		7 日，完成短篇小說〈射獵〉，同年 7 月 16 日發表於《臺灣新生報》10 版。
		29 日，完成短篇小說〈新舊老大〉。
	2 月	5 日，完成短篇小說〈債〉，同年 3 月 1～2 日連載於《中華日報》9 版。
		9 日，完成短篇小說〈石碑〉，同年 8 月發表於香港《文藝世界》第 12 期。
		24 日，完成短篇小說〈四叔的槍〉，同年 6 月發表於《情報知識》第 13 卷第 12 期。
		短篇小說〈一百四十二隻羊〉發表於《中華文藝》第 12 期。

短篇小說〈山根草屋〉發表於《純文學》第 62 期。

3 月　15 日，完成短篇小說〈淇河渡口〉，1976 年 3 月 9～11
日連載於《聯合報》12 版。

19 日，短篇小說〈換馬〉發表於《中國時報・人間副
刊》9 版。同年 5 月發表於《純文學》第 62 期。

4 月　24 日，完成短篇小說〈死路〉，同年 6 月 4～5 日連載於
《中華日報》9 版。1973 年發表於香港《文藝世界》第
18 期。

短篇小說〈山獸〉發表於《中華文藝》第 14 期。

短篇小說〈賊追賊〉發表於香港《文藝世界》第 11 期。

5 月　2 日，完成中篇小說〈姚家大屋〉，同年 10～11 月連載
於《中華文藝》第 20～21 期。

7 日，完成短篇小說〈湖上悲劇〉，同年 10 月發表於香
港《文藝世界》第 13 期。

28～29 日，短篇小說〈心病〉連載於《中國時報・人間
副刊》12、9 版。同年 8 月發表於《純文學》第 64 期。

29 日，完成短篇小說〈烏鷄〉。

6 月　14 日，完成短篇小說〈大莆林之戰〉，同年 8 月發表於
《情報知識》第 14 卷第 2 期。

18～19 日，短篇小說〈朋友的塑像〉連載於《中國時
報・人間副刊》12、9 版。同年 10 月發表於《純文學》
第 65 期。

29 日，完成短篇小說〈戲外的戲〉。

7 月　21 日，完成短篇小說〈兩瓶土〉，同年 8 月 1～2 日連載
於《中央日報》9、11 版。

28 日，完成短篇小說〈鎗手〉。

9 月　7 日，完成短篇小說〈山地兵〉，同年 11 月發表於《情

報知識》第 14 卷第 5～6 期，至 1972 年 12 月止。

23 日，長女段西寶出生。

〈赤子心〉發表於《中央月刊》第 4 卷第 11 期。

10 月　7 日，完成短篇小說〈風波〉。

15～16 日，短篇小說〈請驢〉連載於《中國時報‧人間副刊》12、9 版。

11 月　22 日，〈段四惕先生遺墨記〉發表於《中國時報‧人間副刊》12 版。

短篇小說〈戲外的戲〉發表於香港《文藝世界》第 14 期。

12 月　中篇小說〈外景隊風波〉發表於《文藝》月刊第 42 期。

1973 年　1 月　〈曾文速寫〉發表於《中華文藝》第 23 期。

2 月　11 日，完成短篇小說〈微笑運動〉，同年 3 月 14～16 日連載於《中國時報‧人間副刊》12 版。

長篇小說〈小城號聲〉連載於《文藝》月刊第 44～57 期，至 1974 年 3 月止。

3 月　7～8 日，短篇小說〈鄉下人〉連載於《青年戰士報》7 版。

13～14 日，短篇小說〈老朋友〉連載於《中華日報》9 版。

16 日，完成中篇小說〈黃金客〉。

5 月　4 日，完成短篇小說〈海濱日記〉，同年 5 月 28～30 日連載於《中國時報‧人間副刊》12 版。

6 月　〈談國劇〉發表於《中華文藝》第 28 期。1975 年 11 月發表於《中國文選》第 103 期。

7 月　2 日，〈砌末的功能——談平劇的創作觀念〉發表於《中國時報‧人間副刊》13 版。

	8 月	26 日，短篇小說〈探病〉發表於《中華日報》版。
		短篇小說〈山林行〉發表於《中華文藝》第 30 期。
	12 月	〈《西廂記》的評價〉發表於《新文藝》第 213 期。
1974 年	3 月	完成長篇小說〈父子同行〉。
		以「散文兩則」為題，〈野僧〉、〈到遠方去〉發表於《幼獅文藝》第 243 期。
	4 月	2 日，完成〈丑角的功用——談平劇的造形觀〉，同年 4 月 19～20 日連載於《中國時報》12 版，「回顧與前瞻之九」專欄。
		29 日，完成短篇小說〈插映的片子〉，同年 10 月 12～13 日連載於《中國時報・人間副刊》12 版，「慶祝十月慶典暨本報創刊廿四週年隆重推出當代中國小說大展」專輯。
	5 月	28 日，完成〈談「武松打虎」〉，同年 11 月發表於《幼獅文藝》第 251 期。
	6 月	長篇小說《屠門》由臺北華欣文化事業中心出版。因書名不吉利，出版社建議以反義詞易名為《三家和》，於同年 10 月由臺北華欣文化事業中心出版。
	7 月	8 日，完成短篇小說〈天才堂倌〉，同年 9 月發表於《中華文藝》第 43 期。
		短篇小說〈棋仙的鬼魂〉發表於《幼獅文藝》第 247 期。
		短篇小說集《花彫宴》由臺北華欣文化事業中心出版。
	8 月	2～3 日，短篇小說〈明星還鄉〉連載於《中華日報》9 版。
	9 月	1 日，擔任中國青年寫作協會第 18 屆總幹事。
		3 日，完成短篇小說〈杜鵑花〉，1975 年 9 月發表於《幼

獅文藝》第 261 期。

6 日，完成短篇小說〈麒麟之舞〉。

13 日，完成短篇小說〈花季奇遇〉，同年 11 月 2～3 日連載於《中華日報》9 版。

短篇小說〈拾金〉發表於《情報知識》第 16 卷第 3 期。

10 月　上旬，完成短篇小說〈死亡的約會〉。

11 月　擔任《幼獅文藝》編輯，執筆第 251～265 期，至 1976年 1 月止。

1975 年　1 月　短篇小說集《段彩華自選集》由臺北黎明文化公司出版。

劇本《言氏父女剪影》發表於《幼獅文藝》第 253 期。

4 月　節錄 Conrad Richter 短篇小說《林海》，並有〈《林海》的作者和主題〉發表於《新文藝》第 229 期，「世界名著欣賞」專欄。

5 月　18 日，完成短篇小說〈狩獵〉，同年 6 月 10～12 日連載於《中華日報》9、11 版。

6 月　應聘擔任青年救國團復興文藝營曹雪芹組講師，演講「幽默小說創作」。

7 月　10～22 日，應聘擔任於新竹清華大學舉辦的大專及中小學老師文藝營指導老師，一同擔任指導老師有羅門、蓉子等。

10 月　10 日，完成短篇小說〈簑衣渡〉，1976 年 11 月 12～13日連載於《中華日報》11 版。

〈《故夢》評賞〉發表於《幼獅文藝》第 262 期。

11 月　19～12 月 3 日，應邀參加「中華民國文藝界東北亞訪問團」，先後參訪韓國、日本、琉球等地。同行者有陳紀瀅、趙友培、王集叢、尹雪曼、朱佩蘭、王忠夫等。

〈三篇佳作品評〉發表於《幼獅文藝》第 263 期,「復興文藝營作品展」專題。

應邀出席中央青年工作會舉辦的「全國教育會議座談會」,與會者有施啟揚、汪大華、楊崑玉、張世祿等。會後紀錄以〈如何執行教育會議的決議〉為題刊載於 1976 年 1 月《自由青年》第 557 期。

1976 年	1 月	14～16 日,〈修辭學拾遺〉連載於《中華日報》11 版。

〈中國文學研究班創立經過──詩詞研究組的誕生〉發表於《中華文化復興月刊》第 9 卷第 1 期。

短篇小說集《段彩華幽默短篇小說選》由臺北華欣文化事業中心、臺北中華文藝月刊社出版。

4 月　30 日,應聘擔任救國團文藝創作研究班講座講師。

8 月　19 日,應邀出席中國青年寫作協會與《幼獅文藝》於臺北幼獅藝廊主辦的「現階段我們的文藝路向」座談會,與會者有朱西甯、孫小英、瘂弦、左海倫、廖玉蕙等,由趙滋蕃主持。會後紀錄發表於同年 12 月《幼獅文藝》第 276 期。

28 日,〈黃雀抽卦〉發表於《中央日報》10 版,「故鄉風物舊時情」專欄。

10 月　8 日,次女段北寶出生。

11 月　26 日,長篇小說〈東南行〉連載於《中華日報》11 版,至 1977 年 3 月 2 日止。

《新春旅客》由臺北中華文藝月刊社出版。

1977 年　1 月　應聘擔任救國團文藝創作研究班講座講師。

6 月　12 日,完成短篇小說〈悍婦〉,同年 7 月 8～9 日連載於《聯合報》12 版。

16 日,〈金光裕「隊旗」的思想意識〉發表於《中華日

報》11 版。

21 日，母親江氏因心臟病逝世。

中篇小說〈情關〉連載於《幼獅文藝》第 282～294 期，
至 1978 年 6 月止。

9 月　短篇小說〈荒場〉發表於《文藝》月刊第 99 期。

10 月　25 日，〈蘋果山〉發表於《中國時報》15 版，「慶祝光復
節特刊」專輯。

長篇小說《龍袍劫》由臺北名人出版社出版。

11 月　9～10 日，〈鄉愁〉連載於《聯合報》12 版。

1978 年　1 月　1 日，完成短篇小說〈午夜出診〉，同年 1 月 15～16 日
連載於《聯合報》12 版。

6 日，完成短篇小說〈風箏之鄉〉，同年 3 月 1～2 日連
載於《中華日報》11 版。

8 日，完成短篇小說〈雪山飛瀑〉，同年 2 月 15 日發表
於《聯合報》12 版。

3 月　8 日，完成短篇小說〈八假女人〉，同年 5 月 3～4 日連
載於《聯合報》12 版。

7 月　12～22 日，應聘擔任青年救國團復興文藝營曹雪芹組指
導老師。

〈鴿子的遙祭〉發表於《明道文藝》第 28 期。

8 月　短篇小說集《流浪拳王》由臺北天華出版公司出版。

9 月　22 日，應邀出席《中華文藝》、《文藝》、《明道文藝》於
臺北自由之家明駝廳舉辦的「現階段我們期盼的報紙副
刊」座談會，與會者有陳紀瀅、楊昌年、羊令野、姜
穆、張默、司馬中原等，會後紀錄刊載於同年 11 月《中
華文藝》第 93 期。

1979 年　3 月　25 日，應邀出席青溪新文藝學會與新生報合辦的「文學

主流座談會」，與會者有石永貴、尹雪曼、周錦、魏子雲等，會後紀錄以〈第一次文學主流座談實錄〉為題刊載於 1984 年 4 月《文學思潮》第 17 期。

5 月　6～13 日，短篇小說〈觀音隧道〉發表於《中國電視周刊》第 498、499 合期。

31 日，完成短篇小說〈投宿〉。

〈賞析李白詩二首——根據文學理論對古詩之評價〉發表於《幼獅月刊》第 49 卷第 5 期。

6 月　8 日，完成短篇小說〈海濱的呼喚〉，同年 8 月 19～9 月 9 日發表於《中國電視周刊》第 513～516 合期。

11 日，完成短篇小說〈疑案〉，同年 7 月 3～4 日連載於《中華日報》11 版。

19 日，完成短篇小說〈山路〉，1980 年 1 月發表於《明道文藝》第 46 期。

30 日，短篇小說〈夜壺〉連載於《臺灣新聞報‧西子灣副刊》12 版，至同年 7 月 1 日止。

〈如何寫小說〉發表於《幼獅文藝》第 306 期，「大信箱」專欄。

應聘擔任救國團於高雄學苑舉辦的「青年文藝座談會」講師。

完成短篇小說〈山村行〉。後因原稿遺失，於 1980 年 12 月 9 日提筆重寫。

7 月　8 日，完成短篇小說〈狀元與鴨蛋〉，同年 11 月 25～12 月 16 日發表於《中國電視周刊》第 527～530 合期。

10 日，完成短篇小說〈兩個趕路人〉，同年 9 月發表於《文藝》月刊第 123 期。

12 日，完成短篇小說〈寒江圖〉，同年 11 月發表於《明

道文藝》第 44 期。

16 日，完成短篇小說〈果園的鬧劇〉，同年 8 月 11～12 日連載於《中華日報》11 版。

8 月　30 日，完成長篇小說〈賊網〉，同年 6 月 4～1980 年 3 月 7 日連載於《臺灣新聞報・西子灣副刊》12 版。

9 月　3 日，〈在軍旅生活中怎樣爭取時間寫作〉發表於《民生報》7 版。

4 日，〈鋼盔上的桂冠（中）——在軍中成長的新文藝作家　柳營生活最富文學性藝術性〉發表於《聯合報》8 版。

12 日，完成短篇小說〈包校長〉。

27 日，完成短篇小說〈向南行醫〉，同年 11 月發表於《中華文藝》第 105 期。

30 日，完成短篇小說〈芭蕉未熟時〉，同年 10 月 20～22 日連載於《中華日報》10 版。

10 月　10 日，完成短篇小說〈難尋的遺蹟〉，同年 11 月 20 日發表於《青年戰士報》11 版。

14 日，完成短篇小說〈染雞血的繩子〉，同年 11 月 19～20 日連載於《中華日報》10 版。

29 日，完成中篇小說〈華陀行〉，1980 年 4 月 6～27 日發表於《中國電視周刊》第 546～549 合期。

11 月　9 日，〈〈牛車故障〉小評〉發表於《聯合報》8 版。

10 日，完成中篇小說〈一千個跳蚤〉。

16 日，〈〈三地書〉小評〉發表於《聯合報》8 版。

短篇小說〈剁手指的人〉發表於《文藝》月刊第 125 期。

12 月　8 日，完成短篇小說〈變〉，1980 年 3 月發表於《中華文

藝》第 109 期。

15 日，完成短篇小說〈夜宿破廟〉，1980 年 1 月 12～13 日連載於《青年戰士報》11 版。

24 日，完成短篇小說〈計劃車禍〉，1980 年 5 月 16～17 日連載於《聯合報》8 版。

| 1980 年 | 1 月 | 4 日，完成短篇小說〈楊樹林中的惡夢〉，同年 11 月 17～18 日連載於《青年戰士報》。 |

15 日，短篇小說〈銀幕血痕〉發表於《文壇》第 235 期，「鬼話連篇」專欄。

20 日，完成短篇小說〈急診〉，同年 7 月 15～16 日連載於《臺灣新聞報・西子灣副刊》12 版。

〈評白門樓斬陳宮〉發表於《幼獅文藝》第 313 期。

2 月　1 日，完成中篇小說〈白龍馬〉，同年 7～8 月連載於《明道文藝》第 52～53 期。

短篇小說〈野年〉發表於《新文藝》第 287 期。

3 月　1 日，〈遵守三個原則〉發表於《自由青年》第 607 期。

24～26 日，短篇小說〈漁村的告別式〉連載於《中華日報》10 版。

4 月　擔任中國青年寫作協會祕書。

5 月　4 日，獲臺灣省文藝作家協會於臺中頒贈第三屆中興文藝獎章小說獎，其他獲獎者有王甦均、吳宏一、杜國清、顏崑陽等。

23 日，完成短篇小說〈夜變〉，同年 6 月 19、21 日發表於《青年戰士報》11 版。

26 日，完成短篇小說〈鳥王〉，同年 7 月 2～3 日連載於《中華日報》10 版。

27～28 日，獨幕劇《約會》連載於《臺灣新聞報・西子

灣副刊》12 版。

6 月　長篇小說《賊網》由高雄臺灣新聞報社出版。

7 月　應聘擔任救國團文藝營講座講師。

夏　完成長篇小說〈暑假〉。

完成短篇小說〈父母心〉，1981 年 8 月 24～26 日連載於
《中華日報》10 版。

9 月　28 日，完成短篇小說〈失車記〉，1981 年 4 月 28～29 日
連載於《中國時報》8 版。

上旬，完成短篇小說〈飛車秘密〉，同年 11 月 2 日連載
於《中華日報》10 版。

10 月　13～14 日，短篇小說〈松林遊戲〉連載於《臺灣新聞
報‧西子灣副刊》12 版。

11 月　短篇小說〈賭場絕技〉發表於《明道文藝》第 56 期。

25～26 日，短篇小說〈火災〉連載於《臺灣新聞報‧西
子灣副刊》12 版。

12 月　4 日，完成短篇小說〈黑魔術和彩衣〉，同年 12 月 18～
19 日連載於《臺灣新聞報‧西子灣副刊》12 版。

17 日，完成短篇小說〈海島和船〉。

1981 年　1 月　1 日，完成短篇小說〈老爺劇隊〉。

2 月　完成傳記〈民國第一位法學家——王寵惠傳〉。

5 月　主編《幼獅文藝》第 328～445 期，至 1991 年 1 月止。

6 月　14 日，完成短篇小說〈到海濱去〉。

23 日，完成短篇小說〈咖啡館的故事〉，同年 7 月 24～
25 日連載於《青年戰士報》11 版。

28 日，完成短篇小說〈人生走廊〉，1983 年 6 月 28～29
日連載於《臺灣新聞報‧西子灣副刊》9 版。

上旬，完成短篇小說〈對臺戲〉，同年 7 月 11～12 日連

載於《自由日報》10 版。

7 月　　上旬，完成短篇小說〈放鳥的日子〉。

9 月　　10～11 日，短篇小說〈鉅款〉連載於《臺灣新聞報・西子灣副刊》12 版。

10 月　　26 日，〈陌生的聯想〉發表於《中央日報・晨鐘》10 版。

11 月　　2～3 日，應邀出席青溪新文藝學會於臺北國軍英雄館主辦的「第一屆中韓作家會議」，與會者有蓉子、羅門、吳宏一、成耆兆等。

　　　　9 日，短篇小說〈老街〉發表於《中央日報・晨鐘》10 版。

12 月　　16～21 日，應邀出席於臺北來來飯店（現喜來登大飯店）舉辦的第一屆亞洲華文作家會議，與會者有蓉子、林煥彰、冰谷等。

1982 年　　1 月　　15 日，長子段東寶出生。
　　　　　傳記《民國第一位法學家——王寵惠傳》由臺北近代中國出版社出版。

4 月　　10～15 日，應聘擔任救國團巡迴文藝座談講師，與會者有陳煌、林文義、吳錦發等。

10 月　　8 日，應邀出席聯合報與中華民國青溪新文藝學會於臺北聯合報第二大樓舉辦的「小說座談會」，與會者有尼洛、司馬中原、朱西甯、朱天文、李昂、師範、愛亞、三毛、瘂弦等，由尹雪曼、劉昌平主持。

　　　　9 日，應邀出席中國文藝協會於臺南萬春樓餐廳主辦的「全國性文藝團體負責人早餐會」，與會者有上官予、陳紀瀅、朱嘯秋、邱七七等。

　　　　21 日，應邀出席青年戰士報與中國青年寫作協會於臺北

青年戰士報社舉辦的「文學理論座談會」，與會者有何欣、王集叢、吳宏一、上官予、周伯乃、鄭明娳等，由馮放民、張家驤主持。

短篇小說〈釣餌〉發表於《情報知識》第 24 卷第 4 期。

1983 年	1 月	26 日，〈兩個聖人打賭〉、〈進廟燒香〉發表於《聯合報》8 版，「聚寶盆」專欄。
	5 月	12 日，〈工人才藝展〉發表於《中央日報‧晨鐘》10 版。
	8 月	完成短篇小說〈奇石緣〉。 應聘擔任青年救國團復興文藝營曹雪芹組指導老師。
	9 月	12 日，完成短篇小說〈華山棋局〉，同年 9 月 30～10 月 1 日連載於《臺灣新聞報‧西子灣副刊》9 版。 28 日，完成短篇小說〈財運〉，同年 10 月 13～14 日連載於《青年戰士報》11 版。
	10 月	6 日，完成短篇小說〈緊張的下午〉。 10 日，完成短篇小說〈仙人騎鶴〉，同年 11 月 17～18 日連載於《臺灣新聞報‧西子灣副刊》9 版。 24 日，完成短篇小說〈長堤情燄〉，同年 11 月 11 日發表於《商工日報》12 版。 31 日，完成短篇小說〈牧野星隱〉，同年 12 月 28～29 日連載於《青年戰士報》11 版。
	11 月	12 日，完成短篇小說〈調虎下山〉，1984 年 6 月 9～10 日連載於《青年戰士報》11 版。
1984 年	5 月	21 日，〈鳳凰樹文學獎的優點〉發表於《中央日報‧晨鐘》10 版。
	7 月	完成傳記〈轉戰十萬里——胡宗南傳〉，同年 8 月 7～10 月 23 日以「勇戰十萬里——胡宗南傳」為題連載於《臺

灣新聞報・西子灣副刊》8 版。

10 月	31 日，完成短篇小說〈浪子回頭〉，1985 年 1 月 15 日發表於《中央日報》12 版。
12 月	〈《英風遺烈——田桐傳》讀後〉發表於《近代中國》第44 期。

1985 年

2 月	〈筆墨風霜三十年〉發表於《文訊》第 16 期。
3 月	傳記《轉戰十萬里——胡宗南傳》由臺北近代中國出版社出版。
4 月	25 日，〈小說的分回和演變〉發表於《中央日報》12 版。
5 月	3 日，完成短篇小說〈花市〉，同年 5 月 15〜16 日連載於《中央日報》12、11 版。
	26 日，完成〈戲迷世家〉。
6 月	15 日，完成短篇小說〈百花王國〉，同年 8 月 23〜25 日連載於《中央日報》12、12、11 版。
7 月	短篇小說〈雪野奇兵〉發表於《聯合文學》第 9 期。
8 月	20〜21 日，短篇小說〈鑽山填谷〉連載於《青年日報》10 版。
	〈悼念高天行先生〉發表於《文訊》第 19 期。
10 月	4 日，〈攔門挑戰演義〉發表於《聯合報》8 版，「一日小說」專欄。
	28 日，〈讀《西北萬里行》〉發表於《中央日報》11 版。
	〈歷史的鐵證〉發表於《文藝季刊》創刊號。
11 月	〈笑話新輯——勸架吟詩〉以筆名「笑山人」記錄於《幼獅文藝》第 383 期。
12 月	15 日，短篇小說〈暗巷〉發表於《時報周刊》第 407 期。

1986 年　　1 月　〈《四進士》的思想內涵——附述故事大綱〉連載於《文藝月刊》第 199～215 期，至 1986 年 5 月止。

　　　　　　2 月　8 日，〈看菜牌〉發表於《聯合報》8 版。

　　　　　　　　　22 日，完成短篇小說〈離島奇事〉。

　　　　　　5 月　12～13 日，〈錄影帶〉連載於《中央日報》11 版。

　　　　　　　　　14～16 日，短篇小說〈火線上的哨卡〉連載於《臺灣新聞報・西子灣副刊》。

　　　　　　6 月　21 日，〈讀劉著《五代史演義》〉發表於《中央日報》12 版。

　　　　　　7 月　短篇小說集《流浪的小丑》由臺北駿馬文化事業社出版。

　　　　　　　　　12 日，〈小說逗笑記〉發表於《中央日報》12 版。

　　　　　　8 月　28 日，〈國劇的背影設計〉發表於《中央日報》12 版。

　　　　　　12 月　19 日，〈梨園內外〉發表於《中央日報》10 版。

　　　　　　　　　〈電影與我〉與朱西甯共同發表於《幼獅少年》第 122 期。

　　　　　　　　　短篇小說集《野棉花》由臺北爾雅出版社出版。

　　　　　　　　　短篇小說集《一千個跳蚤》由臺北世茂出版社出版。

1987 年　　2 月　7 日，完成〈一家燒香八家咳嗽〉，同年 2 月 14 日發表於《中央日報》10 版。

　　　　　　3 月　29 日，完成短篇小說〈泥人傳奇〉，同年 5 月 9 日發表於北京《青年周刊》第 141 期。

　　　　　　4 月　8～9 日，短篇小說〈水！水！水！〉連載於《中央日報》10 版。

　　　　　　　　　25 日，完成短篇小說〈夢幻圖〉。

　　　　　　　　　27～28 日，短篇小說〈草莓園〉連載於《青年日報》10 版。

5 月　19 日，完成短篇小說〈蝴蝶王國〉，同年 7 月 30 日發表於《中央日報》10 版。

6 月　8～9 日，短篇小說〈花濺血〉連載於《臺灣新聞報・西子灣副刊》。

　　　23 日，完成短篇小說〈石板屋〉。

　　　傳記《協和四方——李烈鈞傳》由臺北近代中國出版社出版。

7 月　4 日，應邀出席文訊雜誌社於臺北國立臺灣圖書館舉辦的「抗戰文學研討會」，與會者有余光中、齊邦媛、張雙英、周錦、龔鵬程、郭嗣汾等。會後紀錄刊載於同年 8 月《文訊》第 31 期，黃錦珠記錄。

8 月　14～16 日，短篇小說〈酒王日記〉連載於《臺灣新聞報・西子灣副刊》。

　　　27 日，〈鐵路中斷〉發表於《中國時報・人間副刊》8 版，「離開大陸的那一天」專輯。

10 月　11 日，〈在——起跑線上〉發表於《聯合報》8 版，「小時候」專欄。

　　　〈關於《俞大綱全集》〉發表於《文訊》第 32 期。

11 月　12 日，完成短篇小說〈第一千萬位〉，1988 年 1 月發表於《聯合文學》第 39 期。

1988 年　1 月　短篇小說集《百花王國》由臺北世茂出版社出版。

3 月　23 日，〈一年四季都是春〉發表於《中央日報》19 版，「戲迷談戲」專欄。

4 月　15 日，〈大廈病〉發表於《聯合報・繽紛》22 版。

6 月　15 日，〈懷念張道藩先生〉發表於《青年日報》14 版。

　　　19～20 日，短篇小說〈失去的歌聲〉連載於《臺灣新聞報・西子灣副刊》。

7月		22日，〈談馬上戰鬥〉發表於《聯合報・繽紛》16版。
9月		長篇小說《上將的女兒》由臺北九歌出版社出版。
		〈回首一聲長嘆——評司馬中原著《滄桑》〉發表於《幼獅文藝》第417期。
10月		15～16日，短篇小說〈半野人〉連載於《臺灣新聞報・西子灣副刊》。
		30日，完成短篇小說〈希特勒遺聞〉。
11月		3～4日，短篇小說〈小樹苗〉連載於《臺灣新聞報・西子灣副刊》。
		27～29日，短篇小說〈兩隻受傷的手〉連載於《中華日報》。
12月		1日，〈回望樟腦寮〉發表於《暢流》第932期。
1989年	1月	〈我看《四進士》的加添情節〉發表於《文藝》月刊第235期。
	5月	4日，於臺北國軍英雄館獲頒中國文藝協會第30屆中國文藝獎章小說創作獎。
		短篇小說〈鳥歸山林〉發表於《聯合文學》第55期。
	10月	開放大陸探親，因膽結石而未能返鄉。
	本年	擔任中國青年寫作協會常務理事。
1991年	2月	21日，應邀出席文化傳播工作會（現中國國民黨中央委員會文化傳播委員會）舉辦的「現代學人風範系列研討會：文藝鬥士——張道藩」，與會者有李瑞騰、王藍、鍾雷、尹雪曼等，由王玨均主持。
	1月	23日，自《幼獅文藝》榮退。
	3月	短篇小說集《奇石緣》由臺北華欣文化事業中心出版。
	5月	長篇小說《花燭散》由臺北九歌出版社出版。
1992年	3月	15日，完成短篇小說〈女警伏凶記〉，同年6月25日連

　　　　　載於《中國時報》27 版,「短篇小說週」專輯,至 7 月 2
　　　　　日止。

　7 月　　《國劇故事第三集》由臺北行政院文化建設委員會出
　　　　　版。

　8 月　　24 日,〈沙河對岸的電影版本〉發表於《中華日報》11
　　　　　版。

　9 月　　19～20 日,短篇小說〈黃楊村〉連載於《中央日報》
　　　　　18、9 版。

12 月　　4 日,應邀出席由中國作家協會於臺北國軍英雄館主辦
　　　　　的「文藝創作與社會關懷」座談會,與會者有司馬中
　　　　　原、朱西甯、尹雪曼、邱七七、魏子雲等,由程國強主
　　　　　持,楊乃藩、夏鐵肩引言。

1993 年　1 月　　3～4 日,短篇小說〈曠野的哭聲〉連載於《聯合報》
　　　　　27、25 版。

　9 月　　26～28 日,短篇小說〈毒〉連載於《中央日報》9、
　　　　　16、16 版。

　　　　　入院開刀割除膽結石。1994 年春完成〈膽結石割除時的
　　　　　快樂〉。

1994 年　2 月　　短篇小說〈深巷石井憶流毒〉發表於《幼獅文藝》第
　　　　　482 期。

　　　　　〈在成長的歲月中〉發表於《聯合文學》第 112 期。

　5 月　　30～6 月 1 日,短篇小說〈夏日海灘〉連載於《青年日
　　　　　報》10 版。

　7 月　　18 日,〈段彩華篇〉發表於《聯合報》37 版,「文學留言
　　　　　板‧名家創作」專欄。

　　　　　18 日,離開家鄉 45 年後初次回中國大陸,因雙親已
　　　　　逝,為免觸景傷情,此次未回家鄉宿遷縣,單純只遊廣

州、重慶、長江三峽等地。

12 月　1 日，〈凍青桃〉發表於《中央日報》16 版。

本年　經蔣緯國介紹，進入《國是評論》雜誌擔任總編輯，後轉任《中華戰略學刊》總編輯，至 1998 年止。

1995 年　3 月　27 日，長篇小說〈玉八仙〉連載於《中央日報》18 版，「鄉野傳奇」專欄，至同年 10 月 8 日止。

1996 年　2 月　27 日，〈四大名旦的源起與分析〉發表於《中央日報》18 版。

4 月　4～5 日，〈改變旦角歷史的人──跳脫四大名旦影響的趙燕俠〉連載於《中央日報・長河》19 版。

13 日，應邀擔任國立臺灣圖書館主辦的文化講座主講人，演講「小說的語言」。

6 月　長篇小說《清明上河圖》由臺北九歌出版社出版。

10 月　27 日，〈藝術之爭，也是票房之爭──京劇派別是如何形成的？〉發表於《中央日報・長河》19 版。

12 月　31 日，〈圓明園盜寶案〉發表於《中華日報》14 版。

1997 年　5 月　12 日，〈怪病、針灸及其他〉發表於《中華日報》16 版。

20～22 日，短篇小說〈兩個飛行員〉連載於《青年日報》10 版。

6 月　13 日，〈朱西甯青海長藍〉發表於《臺灣新聞報・西子灣副刊》13 版。

8 月　10 日，〈評張放新著《與山有約》〉發表於《臺灣新聞報・西子灣副刊》13 版。

12 月　2～3 日，〈林森主席遷都星沉記〉連載於《青年日報》10 版。

6 日，〈大漠孤煙直〉發表於《中央日報》18 版。

1998 年	1 月	〈昨日是燈火・今日成星月〉發表於《幼獅文藝》第 529 期。
	2 月	15 日,〈評《另一類女人》〉發表於《青年日報》15 版。
	4 月	17 日,〈追悼文壇巨星朱西甯〉發表於《青年日報》15 版。
	7 月	〈生命、哲思形成的智高遊戲——無名氏的文章中有三奇〉發表於《幼獅文藝》第 535 期。
		為執筆《王貫英先生傳》親訪王貫英家鄉山東省東平縣,並回到闊別五十年的故鄉江蘇省宿遷縣祭拜母親,及與堂弟妹會面,此次返鄉成為日後長篇小說《北歸南回》的創作素材。
	8 月	4 日,短篇小說〈在砲彈的夾縫中〉發表於《青年日報》10 版。
		7～8 日,短篇小說〈快樂遊覽車〉連載於《臺灣新聞報・西子灣副刊》。
	10 月	23 日,〈當一次詩人真是李白!〉發表於《中央日報》22 版。
		29 日,獲第 34 屆國軍文藝金像獎特別貢獻獎。
1999 年	1 月	18 日,〈為拾荒老人王貫英寫傳〉發表於《聯合報》37 版。
		19～20 日,〈開鎖——少年王貫英(明臣)的故事〉連載於《聯合報》37 版。
	2 月	應王璞之邀拍攝「作家錄影傳記——段彩華自傳」。
	3 月	30 日,〈我遊中山陵和太湖〉發表於《中央日報》22 版。
	6 月	15～16 日,〈母親的醃菜罐子〉連載於《中央日報》18 版。

傳記《王貫英先生傳》由臺北文化建設基金管理委員會
出版。

9 月　20～22 日，短篇小說〈彩色的冰雹〉連載於《青年日
報》10 版。

11 月　11 日，以《王貫英先生傳》一書獲第 34 屆中山文藝創
作獎。

2000 年　5 月　18 日，〈和電腦下象棋〉發表於《中央日報》22 版。

9 月　16 日，出席桂冠圖書公司於中國文藝協會舉辦的「胡品
清教授新書發表會」，與會者有莫渝、胡品清、一信、綠
蒂、魏子雲等。

11 月　7 日，〈日月潭的秋天〉發表於《中央日報》20 版。

12 月　12～20 日，短篇小說〈山的傷痕〉連載於《聯合報》37
版。

23～25 日，短篇小說〈球王掛零滑鐵盧〉連載於《中央
日報》20、18、20 版。

2001 年　2 月　17 日，〈接吻的表演程式〉連載於《聯合報》37 版。

3 月　〈現實及理想——序《系主任死了》〉發表於《藍星詩
學》第 9 期。

4 月　1 日，〈漫畫圖書泛濫成災〉發表於《中央日報》18 版。

23～30 日，中篇小說〈四個怪石器〉連載於《青年日
報》13 版。

7 月　25～29 日，〈我的第二家園〉連載於《中央日報》18、
18、20、18、18 版。

9 月　傳記《王貫英先生傳》英譯本由臺北文化建設基金管理
委員會出版。

10 月　26～11 月 4 日，應江蘇哲學社會科學聯合會之邀，與臺
灣詩人作家赴南京、揚州、蘇州等參加「江蘇籍臺灣作

家訪鄉采風」活動，與會者有張默、余光中、蓉子、司馬中原、張曉風、陳若曦、夏祖麗、張至璋等。

11月　第二次返鄉為父母掃墓。

12月　29 日，〈閱江樓記古都曲〉發表於《中央日報》18 版。2002 年發表於中國《世界華文文學論壇》2002 年第 2 期。

2002 年　1月　5 日，〈蘇州鄉會表演場〉發表於《青年日報》10 版。

2月　13～14 日，〈徐州半日遊〉連載於《中央日報》4 版。

4月　18 日，完成〈遊貢院的聯想〉。

5月　1～3 日，〈鄉情縷縷憶說書〉連載於《中央日報》14 版。

6月　長篇小說《北歸南回》由臺北聯合文學出版社出版。

7月　3 日，完成自傳〈我當幼年兵〉。

8月　31 日，〈對聯難對──評《名聯觀止》並獻拙 〉以筆名「孟上元」發表於《中央日報》14 版。

11月　28～30 日，短篇小說〈再到日月潭〉連載於《中央日報》16 版。

2003 年　2月　2～3 日，短篇小說〈三代同臺夢〉連載於《聯合報》7 版，「春節讀小說」專欄。

3月　自傳《我當幼年兵》由臺北彩虹出版社出版。

5月　4 日，〈賞析李白詩一首──根據文學理論對古詩之評價〉發表於《文學人》季刊創刊號。

12 日，短篇小說〈凶案〉發表於《青年日報》10 版。

8月　1 日，〈賞析李白詩一首──根據文學理論對唐詩之評價〉發表於《文學人》季刊第 2 期。

25 日，〈緊張的一剎那〉發表於《中央日報》17 版。

29 日，〈為傳佳句作古詩〉發表於《青年日報》10 版。

	11 月	1 日，以「五言詩、七言詩四首」為題，詩作〈久別同學共飲〉、〈咏史〉、〈五月五日感懷〉、〈出塞憐老樹〉發表於《文學人》季刊第 3 期。
	12 月	18 日，〈角聲滿天秋色裡〉發表於《中央日報》17 版。
		18 日，〈玩味崔顥〈黃鶴樓〉〉發表於《青年日報》10 版。
2004 年	1 月	22 日，〈一首流行歌的秘辛〉發表於《聯合報》A8 版，「大時代小插曲」專欄。
	2 月	4 日，以「五言詩、七言詩六首」為題，詩作〈懷古〉、〈兵麓書院〉、〈石寶寨〉、〈遊雨花臺〉、〈解悶〉、〈古都曲〉發表於《文學人》季刊第 4 期。
	4 月	5 日，應邀出席「幼獅文藝 50 歲慶生酒會」，與會者有陳祖彥、黃春明、楊牧、黃春明、司馬中原、陳若曦、張默、管管、詹宏志、廖玉蕙、羅蘭等。
	5 月	4 日，獲第 45 屆中國文藝協會小說類榮譽文藝獎章。
	12 月	22 日，〈〈石壕吏〉的反戰思想〉發表於《中央日報》17 版。
2005 年	1 月	8 日，應國立臺灣文學館之邀，與張健擔任對談人，以「鄉土與現代之間——段彩華創作五十年」為題於臺南國立臺灣文學館進行文學對談。2007 年 12 月收錄於《徬徨的戰鬥　十場臺灣當代小說的心靈饗宴：國立臺灣文學館・第三季週末文學對談》。
	2 月	18 日，〈林海音看相〉發表於《聯合報》E7 版。
	3 月	8 日，〈假戲真演〉發表於《中央日報》17 版，「趣譚」專欄。
	7 月	〈雞頭抱著雞尾〉發表於《文訊》第 237 期。
	10 月	7 日，〈數位時代〉發表於《中央日報》17 版，「趣譚」

專欄。

12 月　根據〈新春旅客〉重新撰寫〈水滸傳思想評論〉。

2006 年　　4 月　〈長篇小說的新境界〉發表於《文訊》第 246 期。

　　　　　6 月　9 日，應邀出席由國立臺灣文學館主辦、文訊雜誌社策劃執行的「當我們青春年少——作家影像故事展」開幕活動，與會者有蓉子、張默、向明、陳若曦、隱地、馬森等。

　　　　　11 月　4 日，應邀出席桃園縣政府於大溪藝文之家舉辦的 2006年桃園眷村文化節「文學時光」活動，與會者有司馬中原、管管、張默、向明、辛鬱、碧果、丁文智、駱以軍等。

　　　　　　　　短篇小說集《段彩華小說選集》由臺北臺灣商務印書館出版。

2007 年　　1 月　22 日，〈小說的定義和理念〉發表於《青年日報》10版。

　　　　　4 月　4～5 日，短篇小說〈莉芬的遠遊〉連載於《青年日報》10 版。

　　　　　7 月　4 日，〈小說的結構〉發表於《青年日報》10 版。

　　　　　8 月　30～31 日，〈怪書的故事〉連載於《青年日報》10 版。

　　　　　12 月　10 日，短篇小說〈在黑谷中掙扎〉發表於《青年日報》10 版。

2008 年　　2 月　7～8 日，短篇小說〈紅樓夢外一幅畫〉連載於《聯合報》A13 版，「當代小說特區」專欄。同年 3 月 7 日發表於《青年日報》10 版。

　　　　　8 月　1 日，〈藏頭詩的由來〉發表於《青年日報》10 版。

　　　　　12 月　15～17 日，〈《副刊論》遊戲印刷術〉連載於《青年日報》10 版。

2009 年	3 月	〈茶葉山〉發表於《文訊》第 281 期。
		《水滸傳思想評論》由作者自印出版。
	5 月	13 日，因「軍中三劍客」命名事件向國立臺灣文學館提出正名聲明。
		〈緣起〉、〈小說家建議大事〉發表於《臺灣文學館通訊》第 23 期。同年 7 月〈小說家建議大事〉發表於《臺灣文學評論》第 9 卷第 3 期。
	8 月	《無限時空逍遙遊》由臺北文史哲出版社出版。
	12 月	15 日，應邀出席臺北縣政府文化局（今新北市政府文化局）舉辦的「臺北縣文學家採訪小傳──二十堂文學課新書發表會」，與會者有鄭清文、李魁賢、楊思諶、麥穗、黃文範、張拓蕪、郭楓、管管、廖玉蕙等。
2010 年	2 月	18 日，完成〈大動亂中小玩童──段彩華童年回憶錄〉，2011 年 7、8 月節錄於《文訊》第 309、310 期。
	6 月	短篇小說〈二十年後〉發表於《文訊》第 296 期。
2011 年	3 月	18 日，應邀出席於臺北國軍英雄館舉辦的「幼年兵總隊成立六十週年同學聯誼餐會」，與會者有馬英九、龍應台、桑品載、郭天喜、熊德銓等。
	6 月	詩作〈四方情（外一首）〉發表於《文訊》第 308 期。
	12 月	傳記《震驚隨護人員的大力士鍾愛民傳》自印出版。
2013 年	7 月	〈斬荊劈棘開路人〉刊載於《經眼・辨析・苦行──臺灣文學史料集刊第三輯》。
	11 月	〈《朱痕記》和羊群〉發表於《文訊》第 337 期。
		短篇小說集《放鳥的日子》由新北市文化局出版。
2014 年	7 月	以「鄉愁兩首」為題，詩作〈第一故鄉鄉愁〉、〈第二故鄉鄉愁〉發表於《文訊》第 345 期。
	8 月	〈《花彫宴》的場景來源〉刊載於《考辨・紀事・憶述─

　　　　　　　　　　　—臺灣文學史料集刊第四輯》。

　　　　　　12 月　　應國立臺灣文學館之邀參與 IC 之音承辦的《臺灣現代文
　　　　　　　　　　　學有聲書：小說卷》活動，朗讀長篇小說〈花燭散〉部
　　　　　　　　　　　分內容，收錄於《臺灣現代文學有聲書：小說卷》。

2015 年　　　1 月　　13 日，因心肌梗塞逝世，享壽 82 歲。

　　　　　　　　　　　24 日，於臺北市第二殯儀館舉行告別式。

　　　　　　　　　　　28 日，IC 之音「午后文學館」為紀念段彩華，播放由臺
　　　　　　　　　　　灣文學館出版《臺灣現代文學有聲書：小說卷》的長篇
　　　　　　　　　　　小說〈花燭散〉部分內容。

　　　　　　　3 月　　《文訊》製作「懷念作家」特輯，張健〈段彩華和他的
　　　　　　　　　　　小說選集〉、隱地〈段彩華、《野棉花》和其他〉發表於
　　　　　　　　　　　《文訊》第 353 期。

　　　　　　　5 月　　1 日，〈獅子和高蹺〉、〈落幕〉刊載於《宿遷季刊》第
　　　　　　　　　　　130 期。

　　　　　　10 月　　2～11 月 21 日，短篇小說〈押解〉由綠光劇團改編成舞
　　　　　　　　　　　臺劇《押解——菜鳥警察老扒手》，於全臺巡演，由李明
　　　　　　　　　　　澤導演，李永豐製作，吳念真、李明澤編劇，唐從聖、
　　　　　　　　　　　黃迪揚、范瑞君等主演。

參考資料：

‧段西寶小姐提供文稿，2016 年 4 月 27 日，28 頁。

‧段彩華，〈年表〉，《段彩華自選集》，臺北：黎明文化公司，1978 年 4 月，頁 1～2。

‧段彩華，《我當幼年兵》，臺北：彩虹出版社，2003 年 3 月，312 頁。

‧段彩華，〈大動亂中小玩童——段彩華童年回憶錄〉手稿，文訊文藝資料中心。

‧余昱瑩，〈段彩華小說研究〉，東吳大學中國文學系碩士在職專班碩士論文，2011 年 8

月。

・電子資料庫：報紙標題索引資料庫。

・電子資料庫：臺灣文學期刊目錄資料庫。

・電子資料庫：香港文學資料庫。

・文訊文藝資料中心。

輯三◎
研究綜述

期盼一個全新批評的開始

段彩華研究的回顧與前瞻

◎張恆豪

一、段彩華及其文學——才情和自信是其創作的動力

在臺灣當代的文學史，段彩華、司馬中原、朱西甯、舒暢……，都是軍中作家中傑出的代表性人物。段彩華不愛被稱為軍中作家，有些人對他的印象，仍停留在 1950 年代後的反共懷鄉文學的階段，其實他從 1951 至 2015 年，創作之細流，一直脈脈流動不息，穿越過他個人大陸時期的生命記憶和臺灣時期的生活體驗，融匯成豐華多采的文學巨河，1960 年代之後，正是細流蛻變成江河的關鍵階段，在現代主義和鄉土主義的浪潮中，段彩華的文學仍靜水自流，孤芳品賞。然而，他那非主流的精神意義，卻一直被評論界和文學史家所冷落、所忽略。

段彩華 1933 年 2 月 12 日出生於江蘇宿遷縣新安鎮。1949 年隨著堂兄段彩祥和同學們在長沙從軍，後來隨軍來臺。1951 年，他寫作四萬字小說〈幕後〉，翌年順利獲得中華文藝中篇小說第三獎（第一、二獎從缺），這初試啼聲，才引起文壇的注意。

2015 年 1 月 13 日，段彩華以 82 高齡病逝。他為人間留下豐碩的文學遺產，共有卅三部作品集，其中包括八部長篇小說、一部中篇小說、十五部短篇小說集、兩部散文集、兩部論述集、四部傳記文學、一部自傳，還有尚待出版的童年回憶錄。

段彩華當過幼年兵，少尉軍官退役，還擔任過記者、書庫管理員、中國青年協會總幹事，以及《幼獅文藝》、《國是評論》、《中華戰略學刊》主

編及總編輯,其最令人感佩的,就是為世人留下活到老,創作仍熱情不減,沒有江郎才盡,只有不斷創新求變的文學精神。

每一位藝文創作者,皆渴望世人熱情的回抱;段彩華創作超過一甲子,卻僅得到少數人的回應。一般人也許老早就半途擱筆放棄,他卻至死方休。個人以為支撐其孤寂靈魂的,乃是他與生俱來的文學才情,和那靜對千夫指的生命自信。

個人將段彩華的創作歷程,依其生命形態,直覺地分為三個時期:1950 年代之後,為其才華的嶄露期,以《幕後》為代表;1970 年代之後,乃其技巧的鑽研期,以《花雕宴》、《龍袍劫》、《花燭散》三作為代表;1996 年後,正是邁向思想的圓熟期,以《北歸南回》為代表。

綜觀他的文學世界,有以臺灣為背景,關懷排灣族生活習俗的變遷;或以史家的胸懷、文學的筆法,描繪清末民初的動亂中國、抗日、北伐、國共內戰,直到心思牽繫海峽兩岸情勢的演變。他的筆觸,喜愛刻畫社會邊緣的小人物,拾荒擺渡,販夫戲子,乃至盜賊俠士,在戰亂夾縫中為求生掙扎的悲喜哀樂。也屢屢回溯家國的記憶,書寫族群的傷痛,隱諷復國的神話。尤在對於武者生活的精心描述,足以窺見其「反體制」、「反法制」另一面的思想。他又特別用心著墨於時代變遷中新舊思想的矛盾和衝突,他一方面立足於現代思潮,以諧謔筆調去批判封建餘孽和陋俗遺毒,另方面也對於現代性裡已屢出現的後遺症及併發症加以省思。

在創作美學上,段彩華匠心獨運的,乃在汲取西歐先進電影的分場分鏡和剪輯技巧。他特別鑽研愛森斯坦的「蒙太奇」理論,運用電影的美學效果,轉化到小說的創作實踐,並且注重小說的視覺感和動態性,呈現整體的色彩感和節奏性,讓每部都有創意,都是翻新。該用筆至,鉅細靡遺,不該用筆,則是含蓄蘊藉。段彩華自言其創作,融合了印象派、抽象派、象徵派、浪漫派等四派之長,而以印象派的技巧居多,他長期注重美學技巧的錘鍊,期望建立起自我的小說風格。

二、段彩華小說研究概述：創作的份量和受評的境況不成比例

回顧國內評論界對於段彩華文學的研究，大概可分為兩個階段，第一階段。段彩華自 1951 年出版他第一部小說《幕後》，嶄露頭角受到文壇注目，翌年獲得中華文藝獎，從此之後六十年的創作生涯，不間斷地一直有新作出版，可說是著作等身，數量之多，國內現代派作家都難以相比，本土派作家除鍾肇政、李喬之外，也都瞠乎其後。然而，評論界對於段彩華的文學研究卻始終不熱絡，六十年來的作家論和作品論未逾百篇，而這些論述，又以試論、短評、書介、讀後感……之類居多，對於段彩華小說世界的整體宏觀，對其小說思想的深入研究，對其文學藝術的精闢透視，更是不多見，以其創作的分量，和評論界反應的境況，堪稱不成比例，顯然段彩華是被忽略的，個人稱這一冷落的情況，為其研究初期的現象。

以研究段彩華的長篇小說，獲得碩士學位的彭嬌英，對於此一現象，有如下洞見：

> 余昱瑩《段彩華小說研究》尚未完成以前，學界對段彩華在臺灣戰後小說史的研究有相當大的斷層，從反共懷鄉到返鄉期間就相差了二、三十年，而在此期間段彩華並未中斷作品的創作，在此期間陸續有許多作品完成出版，有以清代為背景的歷史小說《龍袍劫》，有幽默的短篇小說《流浪的小丑》，還有熱血的俠義小說《清明上河圖》等眾多作品，這些皆為段彩華的精采佳作，只可惜在當時並未有研究者加以探討，直到余昱瑩《段彩華小說研究》完成後，學界才有對段彩華有一完整的研究呈現。

這從本彙編後面所附錄的〈段彩華作品評論篇目〉，便可說明一切。段彩華嘔心瀝血的長篇小說和短篇小說集，每本受評的篇數都偏少，例如《神井》、《花彫宴》、《龍袍劫》、《清明上河圖》、《北歸南回》這些得意之

作，在當時都未受到評論界特別的青睞。而懷抱文學真確信念，寫作頗為自信的段彩華，似乎沒有受到任何影響。

在初期的研究階段，雖僅現妍媸互見的花草，尚未看見卓然挺立的大樹，但仍有不少短評，針對某些小說，提出銳眼的創見，他們的吉光片羽，足以點綴這一階段的空蕪。

對於段彩華首部出版的得獎之作——《幕後》，該獎主委張道藩在其時有這般評語：「作者用寫實的手法，描繪他在匪區親身所遭遇所見聞的人物和事物，雖以稚弱的筆墨，作輕淡的刻畫，卻產生鮮麗而生動的形象，含蓄著質樸真摯的美。」段彩華精心書寫《幕後》，即志在以藝術美學，突破一般反共文學的任意誇飾、渲染失實，不想再落入八股的窠臼，張道藩的慧眼之見，自然地對於初登文壇的段彩華有莫大的鼓舞作用。

初期研究階段，具有慧眼的知音或是諍友，尚不止張道藩一人。有徐澂、張鐵君、王平陵、張健、司馬中原、上官予、林海音、姜穆、隱地、覃雲生……等人，在段彩華漫長的創作歷程中，這些知音或諍友，透過他們的評論或言談，與段彩華的作品精采交鋒，相信這對於段先生的實際創作，或多或少都產生過影響。

值得一提的，萬胥亭的〈印象、表現、蒙太奇——試論段彩華的小說〉，雖然遺憾未能蒐入本書，但在段彩華研究的初期階段，它是不可忽略的。他提到了段彩華小說的「現代感」，主導小說的意向活動，就像電影鏡頭的推移流動，分鏡之細，一個接一個，融合了意識流和超現實，是一連串感覺和動作的「蒙太奇」鏡頭。余昱瑩在 2011 年的碩士論文——〈段彩華小說研究〉，第四章第三節「西方文學及電影技巧的運用」，即沿用此一說法，再加以發揮，本書蒐入了她的論述，據此可窺出段彩華小說中對於「蒙太奇」的靈活運用。

1997 年以後，臺灣文學終於正式進入大學和研究所的教育體制，臺灣當代文學的研究風氣大開，段彩華小說的研究情況，在此時則有明顯進展。可喜的是，2011 年八月，余昱瑩的碩士論文〈段彩華小說研究〉（由

何寄澎教授指導）正式通過，此為段彩華研究的第一篇學位論文，2013 年一月，另外一篇彭嬌英的碩士論文〈段彩華長篇小說研究〉（由陳光憲教授指導）也取得學位。至此，終於出現以段彩華的文學為主體，比較全面性，有系統的學術研究。

　　儘管各有其缺憾和不足，但至少是個嶄新的開端，這兩篇論文，段彩華都曾詳加閱讀，並且接受研究者訪談，特別有其意義。在這近期的研究階段，另外尚有三篇學位論文，也與段彩華的文學有關，值得一提。

　　2000 年，秦慧珠的博士論文〈臺灣反共小說研究（一九四九至一九八九）〉（由金榮華教授指導）；2002 年，莊文福的博士論文〈大陸旅臺作家懷鄉小說研究〉（由邱燮友教授指導）先後相繼完成。

　　她（他）們以學術研究方法，運用文藝闡釋學，從時代思潮與文學創作對應互動的關係，來檢視並闡析臺灣在 1950 至 1960 年代反共文學思潮下的代表性作家和作品，前者的焦點放在反共小說，後者焦點在於懷鄉小說。至於段彩華的生平和小說，只是他們引述的作家之一，為了呼應論文的主旨，也僅限於段彩華早期的部分小說，並非全部所有的作品。雖然它不是以段彩華文學為主體，但秦慧珠有些精銳的論點，至今還是常被研究者所引用。

　　至於 2006 年的翁柏川碩士論文〈「鄉愁」主題在臺灣文學史的變遷——以解嚴後（一九八七年至二○○一年）返鄉書寫為主〉，論者真正的旨趣是在於「鄉愁」，翁柏川以段彩華虛構的小說和他真實的自傳，做了對照和辯證，其目的則在對老兵作家的故鄉認同求索，論者政治性的關懷，凌駕於文學性的探討，它的結論有值得參考和反思的地方，這毋寧是近期對於段氏近期研究的另類嘗試。

三、關於段彩華研究資料彙編：各家銳眼窺透作品精髓

　　由於綜觀段彩華的相關研究尚不夠豐碩多元，緣此在本書開場的選文，選入了較多自述、訪談及對談的文章，讓段氏本人現身說法，自剖其內心世界，希望能增進讀者對其文學的興趣和了解，期待催生更多精彩的評論，策劃封德屏還為此提供了未曾發表的八萬字段彩華童年回憶錄，以供參考，很感謝她的美意。

　　〈筆墨風霜三十年〉一作，係段彩華對其半百歲月的人生回憶，重心放在寫作經歷和文學體驗，刊載於 1985 年，是段老首次發表的回憶，距今已有三十年，別具意義。

　　〈長篇小說的新境界〉，發表此文時，段彩華已出版七部長篇，文中他提到雷馬克《凱旋門》的分場技巧和電影「蒙太奇」效果，對其小說創作的影響，當然他也重視人性的挖掘和哲理的思考，坦誠的剖析和告白，值得參考。

　　在他述方面，段西寶〈照片盒——憶我的爸爸段彩華〉、桑品載〈西出陽關有故人——悼念朱西寧、段彩華〉，均是段老謝世後，他的愛女和老友對其追憶的感懷，透露了一些世人不知的人生往事、生活習慣和內心想法，這類文章外人無法代筆，皆是彌足珍貴的歷史文獻，相信這對於段彩華研究有相當的助益。

　　在訪談和對談方面，丘秀芷和黃武忠都是作家，訪談時間雖是早期，但問題有趣也具有意義，可據以窺出段彩華當年的文學觀點；張健和余昱瑩均為學者，對談時機較為近期，雙方談鋒雄健，可看到段先生思想圓熟的一面。

　　張健很早就注意到段彩華的小說，1960 年代撰文評介〈押解〉，1973 年執筆談〈鳥叫〉，1990 年評介兩本幽默小說集《流浪的小丑》與《一千個跳蚤》；2007 年則應臺文館的邀約（由陳萬益、應鳳凰策劃）出席與段彩華對談；2015 年再度撰文評介段彩華小說集。

　　張教授半世紀以來始終關注段彩華的作品。在評介〈押解〉時，一開始落筆，即比較其時朱西甯、司馬中原、段彩華三位的小說特色，顯現其敏銳的洞察力和精闢的分析力。於此先引述他 1973 年的觀點：

> 段彩華，不像朱氏與司馬，他似乎並沒有一套「道」要載，也沒有十分固執地抉擇某種利於他個人表現的題材，（如朱氏之地域性偏向，司馬的傾於陽剛性），他是一個對人生諸樣相具有普遍興趣的作家，以他的同情或悲憫，幽默或嘲弄，他悉心而瀟落地處理他所遇到、覓到的任何一種題材及人物；也許，他迄今為止尚未寫出另二位作者那樣幾能「獨當一面」的作品，但他無疑是最能吸引那些也具備較廣泛興趣的讀者群的。就節奏而言，他明快而不傷於促，偶而醞釀較悠緩的氛圍，也不致令臨文者窒悶不適。在此點上，他可說是目前文壇上的佼佼者。

　　時隔三十四年，在臺文館與段彩華的那場對談，段先生回顧他一生創作歷程，兩位從段先生小說的藝術美學、思想內涵，再到作家的歷史觀、宇宙觀，縱橫古今，無所不談。最後，張教授歸結段彩華的小說，具有六大優點：第一擅長自描，直接用文字來寫，比較少用比喻、象徵，雖然也有一些經過仔細琢磨得到的象徵，但表面上不大用。第二擅於塑造人物。第三對白也很精彩，不僅流利也切合身分。第四擅長塑造氣氛。第五視野相當寬廣。第六擅長運用懸疑和巧合。這六大優點確乎是探驪之語，不愧是段彩華難得的知音。

　　1964 年段彩華第二回出書，小說家司馬中原即為《神井》短篇小說集作序，那精悍有力、鮮活淋漓的感性語言，毫無平庸論述的制式化或掉書袋，倒是充滿了睿智的說理和激越的張力。他精練數語，即道出《神井》的特質：「以自我作為基礎」、「不斷完成自我的擴張和征服」、「不理會存在主義的喧囂」，而「像蜘蛛於風暴中綴網，織出他純東方的存在觀念」。

　　司馬中原於 1980 年再度為文，淺析〈駱家南牆〉，指出段彩華取材面

寬廣，素材選擇的敏感度高，在藝術表現上，盡力追求圓熟和完美。〈駱家南牆〉的勝處，在於意象的撞動和感覺無盡的延伸，小說不曾使用痛楚和悲涼的字眼，而是以情境去渲染戰亂歲月的荒落感。司馬先生究竟是創作高手，他銳眼立即看出其文學同儕表現主義的手法。

　　詩人上官予，也寫過不少欣賞段彩華小說的評論。在他評論〈貨郎挑子〉，提到小說的技巧，是以主觀與客觀交相為用的描述，來表達貨郎心理變化及情意交錯的過程，細膩而完密。也讚賞段彩華的思想，他安排貨郎有成人之美的性格，寧顧自己吃苦，也不願昧了良知而批評姑娘，此正反映作者內在的人道襟懷。上官予並不瞎捧，他道盡幽微，寥寥數筆，即點亮了〈貨郎挑子〉蘊涵的光芒。

　　顏元叔的評論，向來犀利。他點評的是〈門框〉，他點出了小說的可貴，正是不誇張、不做戲劇性的操縱，整個情節結構充滿了象徵意味。但他也不諱言，在小說結尾頗為濫情，主題顯示出俗世的善惡終有報應的道德格式，不過，顏元叔轉念一想，在中國鄉野的現實社會底層，這點濫情成分也許是常有，此並非是作者的主觀投射，而是現實的客觀反映。顏教授看小說，有肯定，也有針砭，更有同理心的了解。

　　隱地、何寄澎和王德威三位的慧眼，先後都看上了段彩華的短篇傑作〈酸棗坡的舊墳〉，小說表面情節在寫庶民為往生的先人爭墳，顯示出生者在戰亂的飄盪不安，逝者的魂魄也擾攘不寧，但更深的涵義，自然是在指控戰爭的罪惡，緣此可理解段彩華在其終極的長篇〈北歸南回〉，何以渴望兩岸人民能夠和平團聚的夙願。〈酸棗坡的舊墳〉之高明，乃在小說不用直筆控訴戰爭，而是以曲筆側面地帶出百姓流離失所的無奈，生與死均不得安寧。

　　若檢視近期的段彩華文學研究，余昱瑩〈段彩華小說研究〉的出現，可說往前跨了一步。這篇論文研究的對象，純粹以段彩華的人與文學為主體，並以其 30 本著作為研析的文本，較為全面性及完整性，此為以前未有的規模，第三章針對主題與內涵，第四章著重藝術與技巧，可說是全篇之

精華，據此看來，論述簡明，條理井然，若說還有缺點，即是在文本的詮釋上，綜合前人的觀點較多，屬於自我的觀點較少。蒐入的〈段彩華小說中的「蒙太奇」運用〉與專訪，均是碩士論文中獨立的節章和附錄。余昱瑩以小說〈貨郎挑子〉、〈花彫宴〉、〈外鄉客〉、〈清明上河圖〉為實際例證，娓娓闡述段彩華文學中「蒙太奇」的創意運用，以成就段氏的個人風格。精心的敘述，以鏡頭畫面加以印證，很有說服力。

彭嬌英的〈段彩華長篇小說研究〉，也是一篇價值不菲的碩士論文。她又再進一步，將焦點放置在這八部蒐來不易的長篇小說，從主題類型、思想內涵、人物描繪、敘事技巧、情節設計、藝術特色等角度，一一去分析探討，聯結起來做全面綜觀和垂直比較，既要見樹也要見林，此為這篇論文的意議和價值，它可以再加強之處，即文本或議題的闡釋稍嫌浮泛，若探討的深度能再加強，論文定會更優異。蒐入的選文，是碩士論文的結論，她推崇段彩華的長篇小說，在臺灣文學的歷史洪流中絕對是一尊獨特之標的，並語重心長建議讀者應勇敢走進小說堂奧，「讓段彩華的活潑及富有生命力的文字帶領遨遊那值得更多人發現的小說世界」。彭嬌英的慧眼和用心，同樣都值得肯定。

《北歸南回》是段彩華晚年最為扣緊大時代議題的壓卷之作。正是一位老邁的軍旅作家，終其一生念茲在茲必須生命以赴的使命文學。它融合了其個人的生命記憶，及海峽兩岸的血淚故事。小說的第 16 章，當于思屏和哥哥于思祥歷盡千辛萬苦，充滿期盼，終於回到夢裡的家園，不僅故鄉的名字改了，那些熟悉的街道和房屋也早已改變得蕩然無存。唯一不同的是，「兩個人都充滿了回到故鄉的感情——一種哀哀的溫馨，一種甜甜的心痛」。段彩華正是用這般的字眼，來形容久別重逢、故園已蕩然的那種複雜心緒。

三段回鄉的生命故事，反映出時代的悲劇和歷史的滄桑，皆有抽樣的代表性，在反映現實世界中，都再現了典型環境中典型人物的心境。段彩華為了沖淡感傷的氛圍，在小說結尾，安排了方信成回到了老家與母親、

女友團聚，和女友在老鄉和臺北兩地結婚，大家暢懷乾杯，觥籌交錯的歡樂場面以之作為落幕。

范銘如在評《北歸南回》時，讚賞段老不僅在敘述技巧、視野內涵上超越以往的格局，也是讓她歷年來閱讀段氏小說第一次深受感動，但對於小說結尾，卻不免有些微詞：「也許是為了讓老兵們不必面對身分認同中兩邊拉鋸的窘境，段彩華循例在結局裡安排了光明伏筆，期許兩岸和平往來。但是這個樂觀的等待，不知為什麼，竟讓人想起『只等反共的號角一響』，那句已然飄逝的名言」。

熟讀段彩華小說，對於段老渴望和平的心情，想必都可以理解。范教授的感喟，是否她覺得這光明的尾巴，未免顯得過於樂觀？

既是乾杯互敬、觥籌交錯，便有酒醒時分、曲終人散之時，當人去樓空、歡鬧不再，再度面對現實的矛盾時，是否覺得這場面只是夢幻一場？我會有如此感覺。

陳芳明的〈段彩華的小說特質〉（即《臺灣文學史》中段彩華一節），對於《北歸南回》則有這樣的看法：「三個返鄉者各有不同的記憶，卻構成時代的悲劇，就像書名所暗示的，家鄉已成意象，真正能夠使他們安身生命的反而是小小的海島。其中暗藏他的願望，即使經歷過太多的殘缺與失落，即使無法為漂泊靈魂找到定位，他們有一個共同願望，就是期待和平真正降臨在兩岸。那種悲涼似乎被新世代的作家又再書寫一次，例如蔣曉雲的《桃花井》」。

陳教授則是以文學史家的了解和包容，來看待不同族群都有各自的歷史經驗，每個人的生命記憶絕不會凋零消失，只會在不同的世代又復活起來，繼續地傳唱下去。對於段彩華的人生體驗與和平渴望，他以為應該抱持理解和尊重的態度。

四、結語：期盼段彩華文學有更多知音

編完此書，要特別感謝編輯呂欣茹的盡心協助，她細心撰述段老的小

傳，編寫史上第一篇段彩華完整的年表，值得一記。也要感謝那些同意評論被蒐入這本彙編的作家學者，益使本書增采。

綜觀段彩華的文學生命，著作豐富，幾近龐雜，風格多變，思想日臻圓熟。一生文學的知音雖不少，但受評的篇數卻不多，相較於朱西甯、司馬中原、姜貴諸位的被討論程度，大有差距，何以會如此寥落呢？

世人總好將朱西甯、司馬中原、段彩華三人，稱為「軍中三劍客」，習焉不察，陳陳相因。事實上，段彩華並不領情，也是他心中的疙瘩，晚年他終於不再沉默，特別去函臺灣文學館要求能予正名，內斂孤寂的段老，其心境到底是如何呢？

與段彩華知交一生，且是作家、出版家的隱地，他的說法我以為最傳神，最能一語中的：

段彩華寫作一生，他與朱西甯、司馬中原齊名，號稱「軍中三傑」，但他不喜歡這稱謂，他說他是三人中寫作起步最早，卻永遠列名在朱西甯和司馬中原之後，何況，他擅寫北方鄉土及現實生活題材，以軍中為背景的小說反而少之又少，所以一向低調的他，居然大張旗鼓的寫信給國立臺灣文學館，希望不要以那樣的封號，限制了讀者對他作品的想像。

朱西甯，山東臨朐人（1927.6.16～1998.3.22），71歲。

段彩華，江蘇宿遷人（1933.2.12～2015.1.13），82歲。

司馬中原，江蘇淮陰人（1933.2.2～）。

為何讀者總把朱西甯、段彩華、司馬中原三人名字並列，並標榜他們是「軍中三劍客」或「軍中三傑」，主要三人都是1949年來臺，都出身軍中，都寫鄉土小說，但稍有不同的是，朱西甯是軍人中的文人，在投筆從戎前，他曾讀過杭州藝專，司馬中原15歲從軍，段彩華是少年兵。至於段彩華不願被稱為「軍中三傑」，主要，朱西甯和司馬中原，前者有「三三集團」的光環，左右門生環繞；後者由皇冠出版的「鄉野傳說」也為司馬打響名號，只有段彩華獨來獨往，始終像孤獨俠，和文友之間

也較少互動，處事低調，不苟言笑，作品雖多，東一本，西一本，沒有一家出版社好好為他企畫行銷，寫了一甲子，似乎永遠沒有人重視他，難免有落寞之感。

而我的淺見，則有下列三點：

其一，依個人的調查，在部分讀者心中，段彩華的印象，的確被定型化，誤以為他僅是反共或懷鄉文學作家，只寫大陸的鄉愁，當兩岸政治情勢改變，反共文學早已退潮，懷鄉小說也成了漸去漸遠、只成為少數人懷舊的文學，段彩華的小說，自然會被邊緣化，未能受到應有的重視。即使學院研究者，也多從陳紀瀅、張愛玲、潘人木、司馬中原、姜貴、朱西甯的經典名著去尋找靈感，段彩華自然又被忽略了。

其次，段彩華大部分作品皆已絕版，以研究段氏長篇小說的彭嬌英為例證，她多數的長篇版本，都只能從圖書館去找到，這是段氏作品未能再廣為流傳的主要原因。

再者，以段老長篇創作來說，他從 1974 年出版《屠門》（後易名《三家和》之後，至 1996 年，沒有間斷陸續又完成《龍袍刼》、《賊網》、《上將的女兒》、《花燭散》、《清明上河圖》等五部長篇。這些小說，全以晚清、民國初期為背景，遠離此時此地的臺灣，找不到臺灣面貌和內在，而這段時間正是臺灣變動最劇烈的年代，從戒嚴到解嚴，從威權到民主，國際情勢和兩岸態勢，無時不刻都在牽動演變中。小說家是時代脈動最敏銳的觀察者和反映者，面對瞬息萬變的臺灣，段老沒有發言，沒有對話、也沒有獨白，放棄了話語權，或許這就是在鄉土文學論戰之後，段彩華的評論文章出現嚴重斷層的原因吧？

在葉石濤的《臺灣文學史綱》，段彩華僅是留下一個名字而已；在陳芳明的《臺灣新文學史》，雖有一席之地，但篇幅遠不如朱西甯、司馬中原。在未來文學史的演變中，不知段彩華文學的意義會繼續被漠視？還是會被重估、被翻新？

　　段彩華臨終遺言說：「希望我過世後，有人會研究我的作品。」

　　張健與段彩華在臺文館的那場對談，張健結語時，誠摯地呼籲：「希望各位對段先生的為人與作品好好的了解，甚至於好好研究，臺文所也可以拿段彩華的小說做碩士論文，甚至博士論文的題目。」

　　個人則是希望這本彙編的出版，能引起更多人士重視並重估段彩華的文學價值。彙編與其說是研究成果的展現，不如說是催生另一波研究契機的開始。希望有識之士能全面整編段彩華的文學全集，並且好好出版、發行，以及宣傳，我們也期盼在研究途上，能出現更多段彩華的文學知音或諍友，共同迎向一個全新批評的開始。

2016 年、晚秋

輯四◎
重要評論文章選刊

筆墨風霜三十年

◎段彩華

在讀小學五年級時,老師規定每天要寫大字,我是一個只帶毛筆不帶硯臺黑墨的學生,把紙鋪好後,總是用筆沾鄰近同學磨好的墨。一天,當我轉過身向後面一位同學的硯臺裡沾墨時,看見桌子上擺著一本書,那就是謝冰心的《往事》。我停止寫字,把書拿起來看,那位姓陳的同學願意借給我拿回家閱讀,就從這本書開始,我便和文藝結下了不解之緣。

良師的激發誘導

民國 35 年春天,陰曆年才過去不久,我坐著騾車離開家鄉新安鎮,在大雪中向西奔馳,兩天兩夜後抵達徐州,在那邊讀初級中學。使我高興的是,徐州比新安鎮大多了,除了有三家電影院,還有幾座規模龐大的書店,各種文藝書籍都有。小街上還有租書攤、租書店,陳列的大部分都是當時名家的著作。我坐在電影院裡,一面看電影,一面用心靈裡的聲音學說北平話,覺得比我們家鄉的土話好聽多了。功課餘暇,就猛讀文藝書籍。將近三年的時間,把 1930 年代以及抗戰前後出版的小說、新詩和散文,幾乎都讀完了,還看了很多翻譯作品。

隨著北平話在心靈裡逐漸純熟,我在寫作的薰陶上也有了基礎。以學校的功課來說,我是全校總成績的第二名,但以作文來說,我卻是全校的第一名。說起來全是緣分,初中二年級的國文老師徐俊濤很快發掘了我,誘導我走向寫作的道路。他在我寫的一首新詩〈魚〉上,句句打圈,末尾還下評語說:「有魯迅的尖酸,有朱湘的蘊藉,有老舍的幽默刻薄,也有

冰心的平淡新奇。」在我寫的一篇散文〈賈汪遠足記〉上，徐老師又下了
這樣的評語：「郁達夫的履痕處處，是一部優秀的遊記作品，相信達夫先
生若看了彩華先生的〈賈汪遠足記〉，也會深愧不如。」還有一段難忘的
評語，是寫在〈嚴寒通紅的鼻子〉一篇文章後邊的，他說：「能用小說的
文體，恰當的切合這個題目，描寫出車夫的生活者，只有這一篇。從文筆
上看，若是彩華先生多加研磨，相信未來必可名列新作家之林。」當然，
這些品評的話全是基於老師愛學生，鼓勵學生而發的，當時的我只有十四
歲，無論如何不能跟成熟的作家並比。徐老師那樣誘導我、激發我，像拋
一塊頑石似地把我向空中拋，確實發生了作用。他是引領我走向寫作道路
的第一人。

十六歲的記者夢

民國 37 年初冬，徐蚌會戰要爆發的前夕，我隨著堂兄彩祥報名加入
山東第三聯合中學，搭最後的一班火車離開徐州，向長江以南來，一路上
還帶著那些作文本子和文藝書籍，到了上海，被一位學姊帶下車，她留在
上海不走了，我們卻繼續向南來，就那樣遺失了。作文本子和書籍不足
惜，使我抱憾終生的是，那個包袱裡還有我父親母親的照片。

到了湖南省衡山縣霞流市的李家大屋，我們住下來，度過最悲憤的冬
天。北方在打仗，南方卻毫無戰爭氣息。同學們覺得袖手晒太陽沒意思，
商量著辦壁報。我的年齡沒有他們大，發表的文章卻比他們多。窮得口淡
老想吃肉，就向長沙的一家報紙投稿，想換點稿費吃肉。結果文章刊出來
了，卻沒有稿費，在夢中吃了三次肉，居然還吃壞肚子害了一場病。

民國 38 年 5 月裡，時局更加吃緊，堂兄彩祥要到長沙報名從軍，我
便跟隨他一起入伍。來到臺灣，駐在旭町營房，連長嫌我們幾個年紀小
的，還沒有槍高，把我們分到幼年兵連裡接受養成教育。我一邊跟著小兵
們出操打野外，一邊想盡辦法閱讀能找到的文藝書籍。

軍中有一份報紙——三天出刊一期的《精忠報》，是很受歡迎的刊

物。我用小華為筆名投稿，經常發表，卻很少受人注意。當時，被大家喜愛的，是千里馬的〈丘八日記〉，寫得幽默詼諧，把軍人的生活表現得淋漓有趣。我也是〈丘八日記〉的讀者之一。記得是 7 月裡，我因受不了操課的勞苦，身體發燒病倒了，住進臺南陸軍醫院。經醫生診斷，患的是心臟病二尖瓣閉鎖不全，要長期療養。一個月以後，病房裡住進一位病號，年輕瀟灑，經常俯在小几子上寫稿，我和他聊天，才知道他就是千里馬先生，是《精忠報》的記者。那時，我對他的工作非常羨慕，心裡便產生一個願望，如果有機會一定要進入精忠報社。對一個 16 歲的大孩子來說，那已經是最大的願望了。他在金門大捷以前出院，不久便報導金門大捷。我卻在 10 月以後才回連隊，繼續受訓。在我住院期間，部隊已調駐鳳山，離屏東很近。為了聯絡感情，幼年兵連由連長帶領，訪問了女青年大隊。我雖沒趕上參加那次訪問，卻在回連後拐彎抹角的認識了樂茝軍。她從大陸帶來幾本書，借給我閱讀，使我受益不少，一本是《業障》，一本是《塊肉餘生錄》，開啓了我的智慧之門，領略到什麼是文藝水準，從那以後便換了口味，專讀翻譯作品。

克難英雄的「幕後」

隨著年齡的增長，出操上課和遊玩，已不能填補我的精神空虛，常常會有一種困惑苦惱著我，那就是一個人需要立志的時候。我的抱負很小，過去是寫著玩的，現在就決心獻身文學創作，在有生之年能做多少做多少吧。這個志向立定後，徬徨無主的時光果然減少了，空虛也消失。不管在哪裡，我把大部分的閒暇時間用在寫稿上，在無人指導下，寫了又撕，撕了又寫。民國 40 年 8 月 14 日，寫成四萬多字的中篇小說〈幕後〉，寄給《文藝創作》月刊，10 月號便刊載出來，接著便印成單行本問世。

種瓜得瓜，有時也會連帶著得豆。當時正在舉行克難英雄選拔，是軍中的一件盛事。選拔標準規定，凡是立功，發明和著作都符合當選準則。在長官的愛護之下，我便因《幕後》這本書被選為國軍第二屆克難英雄，

連同其餘三百多位英雄，齊集臺北市，接受先總統　蔣公訓勉並賜宴，算是我有生以來最大的光榮。

民國 41 年 5 月，《幕後》又獲得中華文藝獎金委員會選為「五四獎金」中篇小說第三獎（註：第一獎和第二獎從缺），得到鉅額的獎金。在發表、出版到獲獎期間，我到臺北好多次，在重慶南路文藝創作社的辦公地點，拜訪了張道藩先生。他以長輩愛護晚輩的態度，給我講了許多做事求學和寫文章的道理。每一次印象都很深刻，他是引領我堅定寫作方向的第二人。

很多朋友以為，以一個十八、九歲的大孩子，得到這樣的榮譽，一定會自滿、驕傲。事實上剛好相反，除了短暫的喜悅外，它帶給我的卻是長久的精神壓力和負荷。從成長的過程上看，那時的我所需要的是有人指導我寫作方法，指導我如何去讀書充實學問。天天唱戰歌，天天準備衝過海峽和敵人打仗，在加緊訓練的軍營裡，誰有時間去指導需要學習的大孩子呢？知識貧乏和極欲創出新作品，變成兩種病症，折磨著我。外界對我的讚美越多，越使我感到惶恐，心理上的掂負越重。我常常暗暗問自己，以這樣的學識和才力，我配受這些讚譽嗎？就是這種心情和環境使我體認出，要想符合別人的讚譽，只有加倍努力，要靠自己教育自己。酒可以不喝，娛樂場所可以不去，書卻不可不讀！

一夜間豁然開朗

民國 42 年冬天，幼年兵總隊解散，徵求小兵們的志願要參加那些兵種。我一向對遨遊七海很有興趣，本想填報海軍，心臟病二尖瓣閉鎖不全的隱憂，使我知道根本不適合到海上去，就很自然的填寫要到精忠報社去。這個第二志願達成了，卻使我暗中難過，很羨慕那些去當海軍的同學。

在精忠報社報到後，次年 3 月便被調到鳳山的發行部工作，住在灣子頭營房。碰巧司馬中原也是住在這座營區裡，朱西甯則住在軍校營區，見

面很方便，有了一些愛好相同的朋友。

　　我的工作很簡單，負責校對整張報紙，有時也出去採訪軍中新聞。心中很高興，這是一個適合讀書和練習寫作的環境，小時便立下一個心願，除了公務和要事，三年不出營房！我走著思考，坐下寫作，不分白天和黑夜，像瘋子一般。有一個階段，日月潭水位低落，全省節約用電，九點鐘以後電燈便熄了，我便點起蠟燭來寫。故意不清除殘餘的蠟燭，讓它一根接一根點，一兩年下來，我的桌案上已堆成一座蠟燭山了。

　　以創作的樂趣來說，寫作〈兩個外祖母的墳地〉那個短篇小說時最快樂，記得是晚上十點多鐘開始動筆的，寫到半夜一點多鐘，突然豁然開朗，智慧的門開啟了，從黑暗中走向光明，以前壓在我心靈上的負擔沒有了，過去我都是摸索著寫的，從這篇東西寫到一半時，我知道寫作的方法了。原來從未知到深知，中間只隔著一層紙，一旦把紙突破，一切都得心順手了。我懷著極度的興奮和喜悅，一直寫到第二天天亮，把全篇完成，才鬆了一口氣。兩年多的煎熬和尋求，以為永遠找不到的，竟在一夜之間獲得。從那以後，我讀書開始懂得分析和鑑賞，又去擴充知識領域，在心裡建立了理論的基礎。

　　儘管有了信心，我仍苦練不懈，嚴格要求作品的水準，很少寄出去發表，總是寫出一大堆稿子，湊成幾十篇，自己反覆地看，再點起火來燒掉。年輕就是泉源，稿紙和墨水又很便宜，長時間下來，我一堆又一堆的燒去自己的習作，在別人眼裡，我真的變成瘋子了。可惜我的泉源不繼，精力有限，撐不住一根蠟燭兩頭點，終於患了神經衰弱症，不但不能寫作，連讀書也變成痛苦的事了。聽從醫生的勸導，我一方面靜養，一方面走出營區，到大貝湖上釣魚。病痛稍微好一點，又伏在案上寫作，再加重。直到民國 46 年 12 月 18 日，〈狂妄的大尉〉那篇三萬餘字的小說脫稿，要算我寫作上的一個里程碑。

火中燒出的作品

　　民國 48 年秋天，我帶著釣竿來到臺北，住在新店，管理陸軍書庫，正是整理庫房時間，每天把書籍整頓上架，體力勞動得多，加上夏季在碧潭游泳，長時間下來，神經衰弱症才痊癒了。民國 50 年開始，是我認真創作的時期，發表欲也旺盛，一篇接一篇，大部分作品相繼完成。林海音女士編聯副，孫如陵先生編中副，他們二位採用我的作品，盡快刊出，給我的鼓勵很大。別的報紙雜誌，也紛紛向我約稿，為了不讓大家失望，我躺著思想，坐著寫作；走著思想，乘車寫作，把筆變成生活的重心，跟每一件事都聯在一起。

　　由於駭怕再罹患神經衰弱，退役以後，我已改在白天寫稿，在寫作態度上，則採取嚴格的水準管制，不像樣的東西絕不寄出去發表。編者的時間寶貴，沒有誰願意看了一個多小時的稿子而不能用。讀者的心情更寶貴，也不願意看了一篇東西後又罵又生氣。我寧願自己退自己的稿子，那就是寫好後放在身邊，多看幾遍，不滿意的就修改，改了仍不滿意，就點火燒掉，再寫新的作品。長時間這樣錘鍊，我深深體會出，寫文章跟製瓷器一樣，好的東西都是燒出來的。

　　參加中副的春節茶會，認識了蔡嘉枝小姐，相戀一年，於民國 60 年 4 月 22 日結婚，說起來也是文藝緣。

　　少年子弟江湖老，回頭一看，三十多年來，我已發表了上千萬字的作品，出版的有 15 部書，頂多只有兩百萬字，也就是說尚有十分之八沒有結集出版。十多年前，詩人張健曾勸我說，你出了幾本書，為什麼不把〈押解〉一篇編進去呢？直到《段彩華幽默小說選》問世後，他和我才同樣明瞭，我寫作出書都是有計畫的。

虛心就教於世人

　　左丘明寫《左傳》時，每一篇成了，都掛在牆上，請大家批評指教，

然後再修改刻簡出版。故發明在報紙雜誌上的作品，是向世人求教的，並不等於已定了型。馮放民先生曾對我發表的文章，來信指教，還有幾位朋友告訴我〈鷹和狡兔〉那個短篇小說，在生活常識上尚需再查考。在此，我向他們致謝。尤其是馮放民先生，在我服務「中國青年寫作協會」的九年當中，對我的指點最多，而我也最喜歡接近他。林適存先生、孫如陵先生、郭嗣汾先生也是那樣，如果我在做事上有新境界，都是他們賜予的。

　　今天，剛好是民國 74 年陽曆元旦，我已是半百開外的人了。希望蒼天再多給我大段大段的歲月，讓我把未出版的文章都整理出版，對國家和社會奉獻更多。更願看見出自大家之手的好文章如雨後春筍，不斷地一代又一代的產生，那就一切都滿足了。

原發表於 1985 年 2 月《文訊》第 16 期

──選自封德屏主編《文學好姻緣》
臺北：文訊雜誌社，2008 年 7 月

長篇小說的新境界

◎段彩華

> 在從事小說創作時，我是力求深度的。思想、生活、技巧三者缺一都會感到不足。思想就是深度。任何一部作品在構思時，應該以主題是否切合為標準，才是顛撲不破的真理。

在上一個（20）世紀初，電影是人類一項重大的突破，它以黑馬的姿態，給人們新的感官享受，和文學乃至文化並駕齊驅，開拓新的領域，邁向 21 世紀。

第一次世界大戰和第二次世界大戰中間，出現一位德國作家雷馬克，創作了長篇小說《凱旋門》、《流亡曲》和《生命的光輝》等反納粹的作品。其中以《凱旋門》的創作技巧最為傑出特殊。它擺脫了舊有的長篇小說「講故事」的傳統觀念，從第一章落筆時開始，採用了以人物演出的方式向前推展情節。

雷馬克先生大約逝世於 1970 年代中間，那時電影還是以黑白片為主流，故事進展節奏緩慢。在《凱旋門》那部小說當中，仍然摻雜許多大篇幅的心理剖析，時代背景和場景的描寫敘述。這種寫法是傳統的，不是創新的。

影劇與小說

我生得晚，占了很大的便宜。在讀過許多中國和外國的長篇小說之後，到了 22 歲，才閱讀《凱旋門》，很佩服其中的分場技巧，它是一場一

場的向前推展故事。而「老」的小說，都是一條故事線路向後敘述，講到一個重要部分，才鋪陳場景，人物和人物中間才展開對話，以及激烈的衝突。在只有一條故事線路，或只有一個人物「唱」獨角戲，甚至以上兩者都沒有，僅有地方背景在描述時，嘮嘮叨叨的四、五頁，寫得實在沉悶。

我占的便宜，是 1950 年代到 1970 年代中間，電影剪接技術有了極大的猛進，人類的生活步驟加快，電影的節奏也加快。當時又有幾位歐洲導演，如費里尼、路易馬盧等，提倡新潮派，主張在電影內融入文學的技巧。

湊巧的是，我在研究小說理論之初，也同時研究了戲劇理論，而我生活的環境離影劇圈太遠太遠，不可能拍攝電影，就下定決心，要在小說內融入電影的剪接技巧，使故事的進展速度加快。每一場都是寫人物動作、對話，以演出的方式向前進展情節，寫到人物心理時，只是寫心裡想的——等於電影裡的旁白。

還有一點，我絞盡腦汁要使小說內呈現出電影蒙太奇（即動的印象）效果。讓讀者看長篇小說或短篇小說，就像看電影，對很多情節不容易忘記。

當然，這又跟我的一部分作品，屬於「印象派」的創作有關。

我和很多作家不同的地方，是我先費心研究文藝理論，再用理論來引導創作。經過一個時期的孕育，我的成熟的處女作，應該算〈狂妄的大尉〉那個中篇。儘管在臺港兩地傳講一時，仍然是用「講故事」的傳統方式寫出，等到〈流浪拳王〉和〈雨傘〉等中篇和短篇小說誕生，不僅用分場的電影拍攝技巧表現小說，更運用了印象派的理論觀念。

文學藝術的範疇很廣，時間和空間無限，派別也很多。除了「新潮派」、「野獸派」等等理論觀念，以能局限於某種領域或某段時期以外，長時間引領風騷，也可以說是永恆的理論派別，實際上只有四種，那就是「印象派」、「象徵派」、「浪漫派」和「抽象派」。而這四種又歸屬於「寫實主義」和「理想主義」（即超現實）兩大主流中間。

看起來簡單，若是細細分析究竟，單是「抽象派」一種，就可以分出四種表現理念。而這些不同的主義和派別，又是橫跨各大藝術，為所有的文學及藝術作者所共同運用。有的理論不知也能行，有的知道以後再實現。

以中篇小說和短篇小說創作運用嫻熟以後，我的第一部用電影拍攝分場分鏡技巧演出方式寫出的長篇小說，是二十多萬字的《龍袍劫》。

有些作家或畫家，只習慣用一種派別去發表作品，用抽象派寫作的，被稱為「抽象主義」，用浪漫派寫作的，被稱為「浪漫主義」。但其他的文學家和畫家，用兩種以上的派別發表作品，在理論上又另有解釋。譬如《龍袍劫》中的龍袍，貫穿全書，是一個象徵——暗示帝治時代成為過去，民主時代已經來臨。而我又運用了許多印象派的觀念在內。像這樣的作品，就可稱為象徵主義印象派的作品。

顏色入文中

繼《龍袍劫》之後，我又推出《上將的女兒》、《清明上河圖》、《花燭散》、《玉八仙》等長篇小說，其中只有《玉》作一部在發表以後，尚未出版。

寫長篇小說，最忌諱的是千篇一律，作者必須使每一部都有不同的理論基礎，在美學的要求上，要有不同的格調。以上四部作品，最特殊的要算九歌出版社印行的《花燭散》。它是用黑色文字印刷的，並未夾入任何彩色圖片，但截至 2006 年為止，它是世界上唯一的一部，不但講求電影拍攝技巧，而且嚴格要求彩色電影效果的。讓讀者讀完後，感覺上是看了一部鮮豔的彩色電影。

小說是處理時間和空間的一種藝術，為了表現彩色的人物和場景，我在時間和空間的壓縮上，費了不少心思。

故事是演出一位美麗的女子，在清明節為母親上墳，被一個男人一見傾心，非娶她為妻不可。經過說媒不成，演變成在雪地上搶劫花轎的蠻橫

行為。

清明節是什麼景色，不必去細寫桃花杏花和柳條兒，彩色景象就浮現了。時間推延到 11 月裡才娶親，為的是在雪野搶奪迎娶的花轎。花轎是什麼顏色？迎親的新郎及送親的伴郎（即新娘的弟弟），以及抬花轎、嫁妝的行列，經雪地一映照，紅色的花轎便被襯托出來了。文章又要合情合理，中國人說「有錢沒錢，娶個媳婦好過年」，故在冬季迎娶新娘，是合乎民俗傳統的。

新郎為了將那位美女奪回，經過輾轉的調查，加上個性、閱歷、經驗的關係，必須在農曆大年初一展開廝殺！從外邊往裡打，第一箭便射在大門的喜聯上。過年的時節，對聯是什麼顏色？是不是紅紙上寫著金字或黑字的？接著惡鬥下去，是北方年景的大破壞！插在磨眼上的搖錢樹被砍倒了，搖錢樹是竹子做的，上面墜滿銅錢等等，竹竿竹枝竹葉是什麼顏色？銅錢是什麼顏色？磨盤磨眼是青石頭做成，它們的顏色都出來了。

新娘子被藏在夾壁牆內，暗道中，沒能夠奪回來。時間空間壓迫到元宵節，白天玩鄉會，有舞獅、有踩高蹺的各種人物，其中包括八仙、唐僧、孫悟空、豬八戒等等，中國人誰還沒見過這些鄉會遊戲？服裝的顏色不必細寫，又都浮現在讀者眼前了。

尤其是元宵夜在燈市上的一場打鬥，離燈市很近的水邊在放焰火，兩邊的景色不斷的交疊映現，加上刀劍槍棍各種武器的惡殺，彩色效果更加鮮明。

假使一部作品，只呈現這些效果，沒有哲學和人性的深度，那就會流於膚淺。我讀的書雖然不多，在從事小說創作時，仍是力求深度的。思想、生活、技巧三者缺一都會感到不足。思想就是深度。

內容重於形式

很欽佩一些作家有耐力寫出百萬字以上的江河小說，而我絕不作那樣的構思。寫作長篇小說的要領，是時間要長，空間要大，故事和人物要

多。用一個大故事作主線，穿起許許多多小故事，任何作家都跳不出這一個法則。

舉例說，生活在上一個世紀的中國人，要用小說烘托出大時代的面貌，從「九一八」事變，到八年抗戰，再經過四年內戰，政府遷都到臺北，又經歷三、四十年更新圖治，對岸大陸也經過許多風風雨雨，兩岸才開放探親。在這麼長的歲月裡面，不知發生多少悲歡離合，滄桑變幻，若是讓別的小說家寫，非發揮成一部超長的江河小說不可。而我寫的《北歸南回》（聯合文學出版社印行），正是表現這些，卻盡量簡化。只用三位主角回家鄉探親，作為全書的重心，許多別的小故事，都分別以配角代表，幾筆代過。其中一位配角，是在唱「我的家在東北松花江上」時，離開東北老家，等到唱「寶島姑娘」時，才有了居住的地方——移根臺灣。

在空間上，它除了此岸和彼岸，還橫跨好幾個洲，很多個國家，也只用從美國返鄉探親的配角作代表，就足夠了。

曾經有兩位喜歡寫長篇小說的作家，批評我寫的《上將的女兒》（九歌出版社印行），說我是用寫短篇小說的方法，在寫長篇。

在《上將的女兒》中，時空壓縮得很緊，又都用戲劇演出法、電影拍攝法去推展故事，難怪他們會那樣講。但在《北歸南回》中，我也運用了一些傳統的「講故事」的法則在內，目的不在求長，卻在求短，是以簡御繁。所以，我並不是完全否定傳統的長篇小說作家。任何一部作品在構思時，應該以主題是否切合為標準，才是顛仆不破的真理。

我喜歡現代感，並不反對傳統的表現。讀者又有讀者的喜愛，畢竟小說在發行以後，是屬於大家的。

——選自《文訊》第 246 期，2006 年 4 月

小說的結構

訪段彩華先生

◎黃武忠[*]

　　小說的結構，是小說寫作中重要的一環。小說的故事結構，就像一條河流一樣，是一種流動的東西。因此有其源頭時序，有其主流和支流，而後匯積成湖或流入大洋。單調的故事結構，就像一條平淡無奇的小溪，無法吸引讀者，或引人入勝。有主流和支流的穿插，可以蔚為奇觀、眾流會合傾入大洋，才能氣魄雄偉壯闊。也只有這樣的小說，才能產生震撼力。可是小說結構的安排與塑造是有其技巧性的，其寫法如何呢？段彩華先生認為：

　　「一般小說結構寫法，可分兩個單元來介紹：其一是由一個故事構成一部小說，必照情節發生的時間、前後秩序，作適當的安排。另一是多個故事構成一部小說，必依同時進行故事的多寡來布局。」

　　換句話說，一個故事構成一部小說，和多個故事構成一部小說，其結構寫法是有其差異的。那麼請問一個故事構成一部小說要怎樣安排呢？段彩華先生說有三種寫法：

　　「順敘法：即小說的內容，配合時間的進展，從頭至尾，按部就班的描述。」

　　18 世紀以前的大部分小說作家皆偏重於此法，也就是人類寫作最原始的方法。以羅曼・羅蘭的《約翰・克利斯朵夫》一書為例：其故事的推

[*]黃武忠（1950～2005），臺南人。文學評論家、散文家、小說家，為臺灣文學研究領域中最早投入日治時期臺灣新文學作家田野調查者之一，於臺灣文學推動方面亦有多處貢獻。曾任文建會科長、二處處長、專門委員。發表文章時為臺灣電影文化公司主任祕書。

展，始於稚齡，經青年、壯年、至於老年。這種描述與時並進，即為順敘法。

「倒敘法：即是先說明結果，後述原因的寫法。」

故事的結局往往是讀者所最關心的，利用突出的結果，激發讀者的興趣，更進一步吸引讀者自動對故事情節，加以揣摩，加以推敲，這是倒敘法不同於順敘法的特殊效果。例如《茶花女》就是以倒敘法寫成的。

「參差法：這種寫法是根據人類思想意識發展出來的另一種寫法。因為人類的思想易於浮動，思緒錯綜複雜，所以依此原理來寫作，最易於激發讀者共鳴。」

比方說：有一個故事由 39 歲寫起，踏回 28 歲寫一段落後，再回顧到 18 歲的日子，既而筆鋒一轉，又躍進到 50 歲高齡，最後終於 6 歲的孩提時期，此種錯綜的描述，即為參差法。

至於多個故事構成一部小說，又如何寫呢？段彩華先生說：

「有四種寫法：1.單線式：即一個故事，構成一個小說的主體。2.多線式：即一小說有兩種以上的故事同時並行發展。3.複合式：開始時是一個故事，中間分成兩面發展，既含有單線式的規模，又含有多線式的格式。4.穿珠式：即很多故事各自獨立，皆以單線式發展，組合連結而成。」

初學小說寫作的人，宜先練習由一個故事構成一篇或一部小說的寫法，因為它可以平鋪直敘下來，變化不多，較易完成。

前面已經提過，小說故事就像一條河川一樣，它具有一道強力的水流以及一條一定的路線。不管你用順敘法、倒敘法、參差法或是單線式、多線式、複合式、穿珠式的任何一種寫法，作者一定得把故事之發生事件，安排在一個最方便的地方投入故事流裡，然後製造糾葛。再用段彩華先生所提的七種技巧，加上運用穿插，故事必然錯綜有變化，惟需注意小說的統一性。

小說結構除了前面所提的七種寫法之外，尚有那些必須注意的呢？段彩華先生說：

「應認識結構的四大要點，即是開頭、過場、高潮和結尾。」

先談談「開頭」

一般作品，皆以開頭為最難。最早的開頭寫法，或者先寫頭，或者先寫尾；或者先寫因，或者先寫果……。美國有一批評家曾言「任何一篇作品，有七十多種開頭寫法。」段彩華先生說：

「過多的開頭寫法，易使習作的朋友，思緒零亂，難於抉擇，所以一個故事，只有一個最好的開頭。為避免過於繁冗的思考，以單一為最佳。」

又那裡是最好的開頭地方呢？

日本小泉八雲說：「絕對不要在開頭的地方開頭。」意思是說要把開頭安排在故事當中一個方便的地方。

美國麥紐爾・康洛甫說：「首先，它必須是一個故事流的流動與事件與長篇小說作者所想講述的故事具有直接關係的地方。」

開頭的確是一件很困難的事，可以說每個開頭都不是一寫即成的，它必須經過不斷的重寫刪改才能定稿。因此，雖然開頭難寫，但卻不要讓自己在思索完美的開頭時陷入泥淖，半途而廢。只要想到寫就提筆寫，有很多困擾都是在下筆後才解決的。

怎樣才算是一個好的開頭呢？段彩華先生說：

「作者必須在下筆時，能正確的掌握自己的思想。要求自己有創新的、獨特的風格，異於別人、異於自己以往的風格。要求描寫突出生動，而且要有深度，確實抓住讀者的心理。」

換句話說，這也就是作家寫作時的理想。可是幾乎每個作家都很難達到。

還有，作者對開頭應如何選擇呢？他說：

「開頭的選擇，有一最好的方法，也就是在寫作時，對好幾種題材、

好幾個作品同時思考，想出那一種就先寫那一種，這樣即可節省作者很多思考的時間。」

一個開頭確定了，便可說是完成了重要的一步，是件令人鼓舞的事。

有時，小說的處理也要像電影導演一樣。所以任何一位作者均須訓練自己像導演一般，來編導小說，而小說中各種場地、背景，參差錯亂，所以作者在小說的風格決定後，就將腹案斷續寫出，那段先成熟就先寫那段，而後經過周密的編排、處理，把片斷連結起來，使讀者讀起來覺得是一氣呵成的，沒有支離破碎之感，則一部完整的作品也產生了。

次談「過場」

小說該是一連串面的延伸，而不是某些點的串積。段彩華先生的看法是：

「小說最忌一點一點的寫，所以通常也須像電影劇本一樣，一場一場地寫，且在不同的場要有不同的立意。以前一般老作家上上之選的作品很多，但美中不足的是，過場的要求未克達成，致使面與面未臻諧調。而今天年輕作家們的作品，多憑自己的思想、意識，偏重點的發展，忽視了過場的重要。因此構思時必先在心靈內有腹案，才不致使場與場之間脫節。」

例如，要寫一對情侶參觀棒球賽時被暴徒勒索的故事。它必具有下列五種因素。

Ａ、人：裁判、教練、男女主角、暴徒。人物該是過場的核心。

Ｂ、事：男女主角在看球賽，遭一名暴徒的威脅。通常過場發生的主要事件由次要事件陪襯之。於此例中，暴徒的威脅是主要事件，棒球賽是次要事件。

Ｃ、時：中午。詳細的說，過場的時間分為準確性的時間及概念性的時間兩種。如總統就職那天下午二點，即屬前者；如颱風季節裡，下雨的那天，皆屬後者。如果時間的顯示不很重要，可以概念性時間來講，也可以

景物、形象來表示，如杜鵑花盛開時。或由暗喻的時間來表示，如人影子短，即指中午。

D、地：棒球場的看臺。過場時，時與地的關係，時間改變了但地點並不一定要變；可是過場的地點改變了，時間一定要改變。或者超前，或者移後。

E、物：如暴徒手中的器械、棒球、記分牌、洋傘、球棒等。

過場除了人、事、時、地、物五個要求之外，其它須注意那些呢？段彩華先生說：

「要給讀者一個預感，後面就要發生一重大事件。要留下伏筆。過場與過場之聯繫，由故事共同點來連接每一場，前呼後應，結合成整體。」

一般說來，很多過場沒有可寫的東西，所以只要能夠把過場寫得好的作家，絕對是一個好的小說家。

三談「高潮」

高潮是小說最精彩最吸引人的部分，幾乎每篇或每部小說皆有高潮的部分出現，若這篇小說沒有高潮則索然無味。高潮可以說是小說的主要部分，其它場景的描述和對話，皆是在襯托高潮，使高潮的氣氛更逼真，更吸引人而已。所以寫小說的人最樂意去創造高潮，因為這部分也是讀者最喜歡讀的部分。然而寫高潮時，又須注意那些呢？段彩華先生說：

「高潮必須是由過場中自然醞釀而形成的，不可牽強。寫激烈衝突的狀態時，要逼真清楚。通過高潮之後，人物的心理必須有所改變。（如本來不信仰宗教的人，經過高潮後便信仰了。）並且要有餘波盪漾，也就是用小波浪來襯托。」

高潮的部分若能寫得精彩，往往會使讀者情緒化，怒時扼腕，哀時落淚。所以說高潮是一部小說的重要部分。

最後談到「結尾」

當作者寫到結尾時，他一定很高興，因為作品就將完成了，可是卻不可有所忽視，必須謹慎行事。此時應該是惜墨如金，挑選最適當的詞句來寫。否則寫壞了結尾則前功盡棄。字句必須精密，避免冗詞贅語，不然則可能破壞通篇的效果。

一部作品結尾的幾行，可以表露出作者獨特的風格，因此最重要的留在最後才寫，作家常常是給讀者帶來一個意想不到的結尾。

關於結尾，段彩華先生說：

「一部小說不管有幾個故事發展，在結尾前凡重要事件都要有交代。主要人物、次要配角的遭遇、結局，也要有交代。而作者所表現思想意識，更須清楚，完整。」

結尾的喜或悲的收場，也常能看出這部小說是喜劇，或是悲劇。段彩華先生強調說：

「一般來說，結尾形式上可分喜劇和悲劇兩種。如一對情侶屢經波折終成眷屬，則稱『喜劇』；若屢經波折而勞燕分飛，則稱『悲劇』，若照問題的觀點來說，有解決方案的稱『喜劇』，無解決方案的稱『悲劇』。但實際上，有的小說既是喜劇性也是悲劇性。」

例如：《約翰・克利斯朵夫》一書，男主角在音樂方面成功了，這是喜劇。但其在多次的戀愛中失敗了，這是悲劇。此為一部既是悲劇也是喜劇的小說。

一個初學小說的人，若能熟悉段彩華先生所談的小說結構的七種寫法和四項要點，他必能把小說寫好。

——選自黃武忠《小說經驗——名家談寫作技巧》
臺北：富春文化公司，1990 年 8 月

段彩華的「陽春白雪」

◎丘秀芷[*]

　　十多年前，我就常在報端雜誌上看到「段彩華」三個字。只是他的作品，我讀不進腦子裡。他寫的，跟我所能領會的、能接觸到的完全不一樣。

　　我大約十歲開始看文藝小說，中學時迷「名著」迷得一塌糊塗，看《小婦人》、《飄》這些淺顯的，也跳著看《紅樓夢》、《約翰‧克利斯朵夫》這些鉅著。一天一本是常事。

　　年歲漸增，我也漸漸由看書改為「讀」書。由速讀、濫讀改為選讀、細讀。我開始在《儒林外史》、《老殘遊記》裡尋找精闢的句子，讀《紅樓夢》再也不只在寶玉、黛玉、探春、湘雲等幾人身上轉。

　　到民國 57 年，我已在中學教了三年書，有一天在人間副刊讀到段彩華的一篇文章（題目如今忘了），文內描寫跑江湖賣藝者，我第一次領略到：不能嚎啕大哭的悲哀比什麼都來得更淒傷。不是血肉模糊的字句，但是文中那冷冰冰的悲哀，令人連眼淚都掉不出來；連續幾天，心緒都被那篇文章所盤據著。

　　從那次以後，我看到段彩華的文就細讀，近兩年有機會讀到他大部分的小說集，才發覺：他那些早期被我拒絕的作品，有一些比我以前看過的「暢銷小說」還好得多。不過，段彩華這三個字在文壇上，似乎一年比一年沉寂。

　　當然，他近些年沒有多少新作發表在「大」刊物上，這也是一個原

---

[*]作家。本名邱淑女，曾任中國婦女寫作協會理事長。

因。民國 63 年，時報小說大展「當代中國小說大展」，他的〈插映的片子〉，還被一位評論家，將之與舊寫法小說混在一起評，評價居然是「否定」的。

本來，真正的藝術家、作家，多數生前是寂寞的。不過，我還是不服。尤其眼見許多遠比不上段彩華的作家，也被大篇幅有系統的介紹，包括人與作品，我就一直感到可惜，真正能寫出一流作品的段彩華，為什麼那麼「無聲無息」。

年前還聽說段彩華為了養家餬口，不得不寫些政令宣傳小說（他那些本著藝術的作品常被退啊！）我一直覺得十分可悲，常想有空也效法水晶介紹張愛玲那樣，好好介紹段彩華的作品。

但是我自己的寫作技巧、我自己的學問歷驗，比不上段彩華，我的筆調、筆觸也跟他截然不同，我，又有什麼資格介紹他的作品呢？

一年半來，我心中始終蘊藏著這一個意念——介紹段彩華的文章，卻不知如何下筆。前十數期的《書評書目》雖然給我個靈感：以訪問方式。不過，就是以這種方法，我也感到很困難。

因為段彩華的筆法，早已突破傳統。並不是故意顛倒文法創造新詞新語什麼的，而是在意境上，他早已將他的作品昇華成一種藝術品，印象的、抽象的。讓人只能有那分「美」的感受，根本不能說出其所以然來。

他的句子還是穩穩當當的，用語也是平平實實的，然而，整段的意念、整篇文章，就是那麼新穎、那麼深切、那麼活鮮。

有一回，我一位編學術性雜誌的內姪來我家，看了一下午的《花彫宴》小說集後，跟我說：

「段彩華應該去拍電影，他要能有機會當導演，我們就可以拿出與《羅生門》對抗的作品。」

這話使我墜入五里霧中。段彩華是寫小說的，他的《花彫宴》集子裡，許多篇都是十分純「小說藝術」的，怎麼跟電影扯在一起。不過，舍姪自中學時代就迷電影，成天伊力卡山、費里尼、黑澤明什麼的掛在嘴

邊，電影理論書籍買一大堆，常研究得廢寢忘食。我想舍姪的話一定有些道理，不妨就以此，來做訪問段彩華的「話題」吧。

問：我曾聽一位內行人說，您的小說，任何一段都可以拿來拍電影，作品本身就已經分場、分鏡了，請問為何用這種寫法？

答：這話很有道理。說這話的人，我該謝謝他，因為他真的看過我的小說了。在我當幼年兵時（那是我練習寫作的初期），參加過一次話劇演出，請來擔任導演的是「吳宗淇」先生。他處理戲很認真、很紮實，而且能掌握住每一場戲的重心。在他替我們排戲時，我就體會出：導演工作是一門大學問。我很感到興趣，從此下決心研究導演這門學問。

我看過很多有關戲劇導演的理論，根據那些理論，去分析我看過的話劇、平劇，電影。尤其是電影，看得比較多。我選片子是先看誰導演的，而不是以演員為取捨標準。每看完一部電影後，便思考：某一場戲為什麼那樣處理？如果換個方法處理，會產生什麼樣的效果。長時期研究下來，也就有了些心得。

但是我畢竟不是影劇工作者，只是個寫小說的人。小說和戲劇有很多共同的地方，於是很自然的，我便把拍電影的很多技巧，運用到小說裡來。除了共同的地方運用之外，連小說和電影不同的地方，我也盡量使它接近。比如說，影劇是用動作解釋劇情的，小說是用文字來分析劇情的，故小說裡面的動作少，靜態的描寫比較多。我有很多作品，從頭到尾全是動作，便是使它完全戲劇化了。除此之外，引進電影的表現手法還很多，不能一一敘談。

問：既然您那麼熱衷於導演工作，您願不願投身電影藝術？

（段彩華這時面色猶疑，好一陣子才說：
「那……要看情形才能決定。」

想再問他看什麼情形，不過，他說：「還是談文章吧！電影，很不好說。」

我想起舍姪說的：「國產電影，要由商業進展為藝術電影，只怕還要二十年。」段彩華是不是也有這種想法呢？不過，即然他有所忌諱。我還是轉入正題，談談他所寫的文章吧！）

問：有人批評您的文章，說是「用冷冽冽的眼光去看這個世界」。我則覺得您的文章，充滿了真摯的感情，但也含著痛苦淒涼，您的作品很少令人開懷大笑，即使令人笑，也是屬於笑中有淚那一類的，這是不是跟您的人生觀有關係？

答：我寫文章時，要求許多變化的。風格和趣味愈不同愈好。說「用冷冽冽的眼光去看這個世界」的這位先生，一定只看了我某一部分作品。

同樣的，妳剛才說我作品很少令人開懷大笑的，也只是讀一部分作品。實際上，即將由「中華文藝月刊社」出版的《段彩華幽默短篇小說選》，裡邊收集的作品，就很注重笑的效果。

任何文章，都跟作者的人生觀有關係，跟他的創作觀念也有關係。我一向不肯把自己的文章局限於某一種情形下的。一般的評論，都是按照各人的印象來置評，像杜甫的詩，歷來大多都說他風格謹嚴，寫出時代的痛苦、人生的流離，很少有人說他的詩是浪漫的。而我讀到他的「江畔獨步尋花」那幾首詩時，卻覺得他是浪漫的。如果我單以這幾首詩來論斷杜甫是個浪漫派的詩人，妳想對還是不對？

（的確，我沒讀段彩華所有的作品。以前是以偏概全了。他出過的九本集子，我看了五本。有《花彫宴》、《神井》、《鷺鷥之鄉》、《屠門》、《段彩華自選集》，雖然不算少，卻也只有一半。其餘，《幕後》、《山林的子孫》、《雪地獵熊》、《五個少年犯》都沒有拜讀過。在書店難找不說，段家也沒有，以後有機會再讀吧。先談已看的這些。）

問：我很喜歡《花彫宴》這本集子。您在這本裡收集的作品，不管是以大
　　陸鄉土為背景，或以目前社會為題材，好些篇筆法都很特殊。像〈五
　　個約會〉這一短篇小說，時空跳躍得很厲害，請問這種寫法叫什麼寫
　　法？您為什麼要如此寫？

答：謝謝妳的讚譽。在〈五個約會〉裡的時空跳躍感，一種是屬於電影的
　　剪接法，一種是小說情節的安排。

問：〈花彫宴〉這一篇小說，也是要很細心、很用心去體會。如果純粹以
　　「消遣」心情看小說的人，大概不會花腦筋去閱讀。我覺得您把寫小
　　說當做「藝術品」去琢磨，很吃力，而且不容易吸收讀者群。我的說
　　法對不對？

答：那是妳讀時的感覺，事實上，寫〈花彫宴〉這篇我是一口氣完成的，
　　大概只花一個工作天吧。所以寫時並未修改、琢磨。
　　談到讀者群，這篇小說確實是欣賞者很少。不過，我並不是完全脫離
　　讀者群的人。我有很多作品連初中生也喜歡看，趣味不見得低俗。總
　　希望跟讀者共同合作，來完成從創作到欣賞整個的歷程。這一點，我
　　自信並沒有白費力氣。我想，我所以能寫作二十多年，不是靠批評家
　　瞎棒亂吹，而是靠有讀者欣賞。

　　（段彩華回答得好直爽，不失文人真性情。我常聽文友談起：段彩華
　　的文章叫好不叫座。其實：「叫好」也罷！「叫座」也罷，對一個真正
　　能寫肯寫的人，大概都沒有影響吧。我想起另一個「叫好不叫座」的
　　作家──姜貴。他的文章又是另一種面貌。）

問：有很多人推崇姜貴的小說，甚至於有人曾在中副上寫方塊推薦說：如
　　果我們國家想申請諾貝爾文學獎，應該由姜貴的作品代表，您覺得如
　　何？

答：我覺得說這話的人一定十分偏愛姜貴先生的。當然，姜貴先生的作品

是有他的優點，不過，能不能得諾貝爾文學獎，最好把多人的作品統統翻譯成外文，讓瑞典人選選看。

選中了當然證實有價值。其實沒選中也別灰心。真的得諾貝爾文學獎的作品中，也有很多不值得翻譯成各國文字的。如果不信，請到各國書店中調查調查，翻譯成別國文字的得獎作品到底有多少？這是有根有據的。

問：影響您較深的文藝作品有哪些？請談一談這些作品特殊之處？

答：我讀過的作品都對我有益處，因為我是選最好的讀物讀。若談影響，那就難說了。任何一位作者，都是求獨創的。

問：有人曾在《書評書目》上評論說，目前，我們的文學快死了，文學已被宣判為商品。尤某幾個大報副刊銳減文藝作品的分量，實在可慮。您以為如何？

答：這話乍聽之下，有點聳人聽聞，我是指「文學快死」這句話。我不明白他所指的是什麼，不敢亂評論。不過，國內幾個大報猛減文藝作品的篇幅，我覺得很是可惜。

問：我不以為用語粗俗、人物卑下就是鄉土文學的範圍。您的作品，大多題材背景十分「鄉土」的，但是用語十分端正，像〈黃色鳥〉啦，〈孩子與狼〉啦、以及〈病厄的河〉、〈小孩求雨〉，這些都是。您能不能為「鄉土文學」下個定義？

答：鄉土文學是指內容地方色彩特別濃厚而言。這種內容還要土里土氣。不過某些作者特別偏好粗俗詞語，這實在不見得足以代表鄉土文學。

（聽了這話，我實在很有同感。「鄉土」，「土」是一定要的，為什麼非要「俗」、非要「粗」不可？但是，有些人滿篇粗話，自以為正宗「鄉土」，實在辱沒「鄉土」二字的樸實純真。想到這裡，我又想到另一個問題。）

問：您贊不贊同用方言寫作？

答：贊成。但所用的方言，必須能達到普遍的了解。如果用只有少數人能懂的方言，那就太吃虧了。

問：在文學上過分經營，往往「以文害義」，讓人不能瞭解文章的內涵。其實，您的文句都很通順，語法很大眾化。但是，有些篇的意思，就要讀者很吃力的去領會、去理解。這又是為什麼？您剛剛不是說：如用方言，必須能達到普遍的了解嗎？但您的〈貨郎挑子〉啦、〈花園夫人〉啦、〈插槍的枯樹〉怎麼不大眾化呢？當然，我不是指用語，而是用意上。

答：有些作家寫文章，是沒有新意，卻濫用新詞兒，把舊的東西用只有少數人偏愛的語言文字寫出來，這種文章是花拳繡腿，舞文弄墨而已。我寧願擱筆不寫，都不作那樣的文章。

　　我的主張是：語言是樸實的，一看就懂，表現的內容卻要加以創新。對每一篇文章思想主題，絕不能用文字把它寫出來，要通過藝術形象和境界，傳達給讀者。在欣賞者來說，是要費一番思考的。這是根據什麼來作的呢？人的腦筋越用越靈活，不用就遲鈍。藝術的目的之一是啟發人的智慧，使人腦筋活潑。

問：民國 64 年「黎明文化公司」出的《段彩華自選集》裡面大多作品，我也很欣賞。幾乎每一篇都有故事性，又十分深入。這裡所選的大多是您八、九年前乃至十多年前的作品，您近年的作品反而少了，為什麼？

答：從民國 63 年 9 月開始我已從事別的服務。由於工作關係，不像前十多年那樣每天都寫了。不過，我仍然經常發表作品。像長篇小說〈龍袍劫〉就在《中華文藝》連載二十多萬字了。再者，自選集裡所選的，是我根據整理作品出版的計畫來決定的，很多近兩年所寫的東西，都因某些原因沒選進去。謝謝妳這樣關心，給我更多信心，一定永不懈怠的寫下去。

問：您在自選集中，前面寫了幾則「夢話」，其中第二則我不懂。為什麼「牆，為真理而造。門，為謠言而開。」

答：這問題不宜直接回答。這兩句話是我從生活裡體驗出來的。請妳也從生活裡體驗了解它吧。

（我已想了好久，但是，仍然想不透。大概還是那個原因，我的學識閱歷還不到那程度。不過，我總覺得這兩句話十分「冷」。雖冷，卻不是「冷漠」！而是淒涼。）

問：您的作品雖然有的十分「冷」，但是從不「妖言媚語」，也不灰、黃、赤、黑。幾乎可以肯定的說：您的作品沒有一篇會戕害人的性靈的。請問您，贊不贊成寫「性」（以藝術為準則）？

答：我不反對別人以藝術為準則來寫「性」。像幾年前放映過的一部外國片《甜蜜的家庭》就是表現「性」的，趣味絕不低級，我很欣賞。
不過我自己卻不喜歡這一類的題材，我覺得取這種題材來寫作，太偏狹，也不適合我們當前時代的需要。這也是責任的問題。

（責任，二字使我心靈猛然提升！這兩個字，看似簡單，其實多複雜，多莊重？我又想起了一件事。）

問：您很少寫散文是嗎？我只在《純文學》「散文選」裡，讀到您的一篇散文〈飄泊的古物及其他〉用語雖然詼諧，用意都是十分深沉。寫散文更不太涉及「性」，您為何不常寫散文？

答：我喜歡寫較長的東西，散文的字數總是被限定在五、六千字以內，若寫長篇散文，幾萬字一篇的，看的人一定少，寫一兩千字以內的散文，實在不過癮。如果散文的字數從寬，在十萬字以內都被歡迎的話，我就會寫很多很多的散文。

　　（十萬以上？要是我是編輯，我也不見得敢採用這「大塊文章」。尤其報紙副刊，總喜歡稿子愈「迷你」愈好。一方面編排容易，再則讀者也喜歡。其實段彩華寫真正的長稿也不算多，好像只有兩部長篇小說已成集子，此外還有〈龍袍劫〉目前在《中華文藝》連載中。）

問：請談一談寫〈龍袍劫〉的動機。

答：這篇小說所採用的故事，是流傳在我家鄉的民間故事，不見得完全合乎時代背景，但它卻能反映那一個時代。我呢，也就看中這一點，覺得有把它寫下來的必要，經過長期的醞釀，才逐步完成。

問：看以往介紹您的一些文字，得知您只讀到高一，就因戰亂輟學，請問您如何自修的？

答：自己看書。只要有時間就看，手邊沒書就思想。從離開學校起，我都一直這樣做。一直到今天，看書和思考可以說是我的生活方式。

問：嫂夫人偶而用「茅以儉」為筆名，譯一些英文作品，您覺得翻譯的工作如何？

答：這種工作對國與國之間的文化交流上非常重要。東西文化能達到某種和諧，翻譯要居首功。她做這種工作，我雖不能幫助，但從旁鼓勵她做，確實有意義。

問：您會不會改變您的寫作方式（筆法）？今後有何計畫？

答：我很喜歡在創作中求變化，很多敏感的讀者看了我不同的東西，都說，看起來不像一個人寫的。今後，我還會盡量尋求各種寫法。寫作計畫方面，也有一個腹案，卻不敢說出來。是怕說出來後沒做到，人家會以為是吹牛皮。

　　此外，我還問了兩三個問題，由於牽涉太多，段彩華沒有肯定的答話。事實上，我的問題，有些也是太過富於「攻擊性」（針對當前文壇）。不過，從段彩華的答話中，我學會了許多。尤其「責任感」與「有所為，有所不為」！

　　一位作家，要能不在「知名度」及稿酬中迷失自己，實在難。能懷著「帶領讀者」之大志的，更少之又少。

　　段彩華的文章與人格雖然使我折服，不過，對於他那股「傲氣」能否為大家所接受，我則感到「不肯定」了。

——選自《書目書評》第 36 期，1976 年 4 月

展現文學大家之風範*
專訪段彩華先生

◎余昱瑩**

　　昱瑩初見段先生是在民國 99 年 9 月 26 日，高齡 78 歲的他，身體因感冒初癒而顯得有些孱弱，雖然行動較為緩慢，但兩眼炯炯有神、目光清峻，言詞流利，展現文學大家之風範。

昱瑩問（以下簡稱「問」）： 從事寫作多年，可否談談您的創作心得？

段先生回答（以下簡稱「答」）： 我很喜歡自己作品中〈狂妄的大尉〉，裡面所使用的筆法為用一筆一筆到，用千百筆至萬筆，萬筆並到，不用筆處，無一筆不到。不僅描寫鉅細靡遺，且含蓄在文章裡，無一贅言。

凡是該寫的都寫到了，一開始該寫的都寫到，下面該寫的地方也都寫到，〈狂妄的大尉〉就是屬於這樣的文章，大家一看都明白，另外還有更高層次，「不用筆處，無一筆不到」這是含蓄在文章中，不寫的地方也寫出來了，沒有一個地方不含蓄在裡面。

寫作的人應該仔細思考自己想表達什麼意思，在沒寫〈狂妄的大尉〉之前，我已經吸收金聖歎的全部理論，金聖歎談靈感時提到：「在吃粥時，曾因靈感想到一篇文章，但並沒有當場寫，等喝完粥後，想再寫就不是原來的那個了，所以靈感來時最好要馬上寫。」靈感來時一定要抓住，否則容易缺乏當時所想的連貫性，因此我在下筆為文時，必

*編按：本文節錄自余昱瑩，「段彩華採訪稿」，〈段彩華小說研究〉（東吳大學中國文學系碩士論文，2011 年 8 月），題目為本書編選者張恆豪重新命名。
**發表文章時為東吳大學中國文學系碩士班研究生，現為教育部國家教育研究院專任助理。

強調抓住靈感。

我後來還研究電影，一般人研究電影光看電影（電影劇本），我則花很多時間，除了看電影，還有研究電影的分場、對白、劇本及導演分鏡、分鏡劇本等。例如第一場「拿起刀叉」，這是特寫，這一場有多少鏡頭……等等，都是我會特別注意的。我曾在大學裡演講電影的橋段，例如希區考克一般稱為緊張大師，實際上是印象派的導演，他所導的《意亂情迷》在女主角把院長全部的錯誤都說出後，一面說一面站起來走，院長就將手槍掏出來，隨著女主角慢慢轉，到最後一隻手拿著一個手槍的大特寫，女主角慢慢出去就把門關上，一隻手拿著手槍慢慢轉過來，砰的一聲就自殺了，這就是給人留下一個最深刻的印象。《捉賊記》中的男主角一直被誤認是賊，最後男主角終於在屋簷上抓到那女賊，並要她招供，由於是在高樓上，所以情勢很危險，只要男主角一鬆手，女賊就會掉下去，於是留給人一個很深刻的印象。《後窗》全片更是印象派的呈現。因此，希區考克也可說是印象派的導演，而我也是根據這個，所以，印象派的東西較多。

我研究戲劇、電影、劇本、舞臺劇、電影分鏡鏡頭許多年，且將分鏡技巧運用在小說中，這些技巧就完全用在〈流浪拳王〉這部中篇小說裡。〈流浪拳王〉完全是以電影分鏡方式創作，此篇作品發表時，當時的編劇家張永祥先生（他那時也主編《新文藝》）很欣賞，希望我能繼續寫，繼〈流浪拳王〉之後，又寫〈選手門〉，但只有發表，沒有出版。後來我考慮到再寫同樣的東西，變成千篇一律，感覺不是很好，所以我過了一段長時間後，才寫了長篇小說《花燭散》。

問：請問您對自己的哪一部作品印象最深刻？

答：在長篇作品中印象最深刻的一個，就是剛才提到的《花燭散》，這篇小說首開世界上（不論是短篇或長篇小說）的先例，是以彩色電影的方式來表達，不僅是用電影的分鏡方式，而且是彩色的，文章是黑白字，但看起來是有彩色效果的。為何是彩色效果起源於我作一個夢，

夢見一群人押著披頭散髮穿著白色衣服的女子，要把這女子綁起來在杏花樹下殺死，這杏花樹一定是我家鄉的，夢醒以後覺得這個彩色效果還蠻好，我就開始構思故事情節。

一開始就是春三月，桃杏花開，楊柳枝擺，一位姑娘獨自上墳，被一個流氓氣的富家公子看上……。桃花、杏花開，柳樹飄，在北方就是一個彩色世界。富家公子對姑娘一見鍾情，非要娶她為妻不可，可惜女方也是富貴人家之女，早與舉人之子訂婚。這時間壓迫要合適，我家鄉有句俗諺：「有錢沒錢娶個老婆好過年」，所以安排在陰曆 11 月結婚，這時很容易下初雪，一邊下著初雪，花轎在雪地上行走，色彩就顯現出來了。

書中還有一個地方我希望人家發現，在《花燭散》後面提及此書創作背景為民國，其實是錯的，應該是清朝才對。我與傳統小說不同的是，尤其是章回小說，許多小說在一開始就寫出其年代，如大宋某某年間等等，但我喜歡含蓄在裡面，這是我跟其他人不一樣的地方。

古典文學的人物出場，作者都會先詳細描述書中人物的穿戴，如《紅樓夢》中賈寶玉、薛寶釵等重要人物出場時都寫得鉅細靡遺，《水滸傳》也是，這些老小說都是這樣。我因為學了舞臺劇、電影、戲劇，一開始都是動作，不是很長的描述，例如《紅樓夢》，都很仔細的描述書中人物的穿戴，除非是作研究的人，否則一般讀者很難記住人物的穿著，因此，我就不用，也不用一般講故事的方式，我是用演的，以行動、動作的手法來描寫故事。這也是與大家不同的地方。

我寫的大部分小說都是演故事，因為我具備電影導演的才能與寫小說雙方面的修養。

問：關於您方才提到的〈狂妄的大尉〉，請問寫作動機為何？

答：〈狂妄的大尉〉是在香港《祖國週刊》發表的中篇小說，寫作的動機是寫完《幕後》之後，張道藩先生在「文藝創作社」招待潘人木、潘壘、徐文水以及我等人，席中這些先進對我說：『人寫作需生活經驗很

豐富』。所以我就想擴大自己的生活經驗，我還沒去過香港。這是在臺
北市重慶南路一段（目前是黎明文化公司）吃的飯局，暗示我要擴大
生活經驗，當時在臺北很想讀英文，讀了英文就可以出國了。

但會後沒多久我就調到鳳山《精忠報》當校對，到鳳山沒多久就開放
日本片進來，進來的第一部作品是黑澤明的《野良犬》（のらいぬ），
三船敏郎演的，當時的日片都大量批評自己的不對。因為臺灣光復後
很多年沒日本片可看，但其實本省會說日語的人很多，所以到處都是
人，很多人看。從此我也跟著多看日片，吸收日本人的生活，因為他
們都會批判自己的錯誤，例如《二等兵》（二等兵物語）、《日本最長的
一日》，吸收透了就寫出〈狂妄的大尉〉。

問：您的作品題材相當廣泛，人物背景多元化，請問構想從何而來？

答：寫小說大部分都是小人物較多，人物不能重複，一個小說寫完後，最
好快點忘記從前的人物，如此才能產生新的東西，人物性格要不同。

秦慧珠在寫博士論文時，就提到有一位作家的作品，寫來寫去都是那
一套，寫了五本還是那一套，但是看我的東西就不一樣，每篇都是不
一樣的感覺。就像大家看了我寫的〈流浪拳王〉都很喜歡，假若我一
再重複同樣的技巧，人物就千篇一律了。現在也有一位寫推理小說的
臺灣作家，我一看他的作品，不論是第一人稱或第三人稱，每篇都一
樣，只是換個人名而已。

寫作人物要多元化就是平常要多觀察體悟，我過去在各大學演講，強
調寫人物要從自己心理及身邊來了解人物，以自己的心理來說，例如
我是男性，我自己有這樣的優缺點，別人也一樣會有。寫作人物要從
自己及身旁的人物去了解，除了解身邊的小人物，也要向大人物學
習，想了解高級將領，就從古代的高級將領心理，從讀歷史開始，了
解到現代的高級將領是什麼樣的風格，各階層、不同政治色彩的，都
要了解，如此才能創造出各種人物，讓人物產生不同的人格。

問：可否跟大家分享您的創作技巧？

答：文藝寫作技巧發展到最高峰可分為四派：一、印象派，二、抽象派，三、象徵派，四、浪漫派。如京戲就是抽象和象徵兩派結合而成，本來應該有門，戲臺上卻沒有門，而是由劇中人開門和關門的動作，讓觀眾感覺有門，這便是抽象；由八個龍套代表千軍萬馬，這便是象徵。

我是屬於印象派的作家，如〈雨傘〉中的逃犯在買傘時，有蜻蜓夾在雨傘縫中，是加深讀者對買傘時的印象，以及傘的重要性。有許多朋友對我說，看了我的作品很難忘記，這便是印象派的妙處。但我並不是每一篇作品都用印象派去寫，所以不能稱為「印象主義」的作家。

小說家無名氏，無論寫任何一篇東西，文章中都充滿一團火在蔓延燃燒，他可以稱為「浪漫主義」的作家。我是四派技巧都採用的作家，只是以印象派為最多。在《新春旅客》散文集內，有一篇我談抽象派技巧的演講紀錄，便可以看出我對四派皆懂，絕非虛談了。

有些人認為我寫的《龍袍劫》、《清明上河圖》、《花燭散》、《賊網》等，是武俠小說，其實上述那些都是用文藝技巧寫武人的事情，應該屬於文藝小說或文學作品，不應稱為武俠小說。像《水滸傳》雖是寫武人的事情，仍應稱為文學作品，絕不能列入《小五義》那種武俠小說一樣，因為是看思想和文學性來定義的。但若是畫上插圖，尤其是拍成電影，《水滸傳》就跟武俠電影一樣了，因為編劇和導演已抽去它的文學特質。

我寫的都是文學作品，不能和武俠小說混為一談的。

問：《山林的子孫》此書由來？寫此書是否有特殊背景或小故事？（作者是以短篇小說成名，《山林的子孫》是作者的第一部長篇小說，因此特別提問此書。）

答：當時幼獅公司計畫出一系列關於臺灣生活的小說（是林適存先生策劃

的，他目前已八十多歲回大陸了）[1]，所以我寫了《山林的子孫》，我只是其中之一。這是我的第一部長篇小說，看完後他說我會寫長篇小說嘛！我大女兒也喜歡。

那時一方面收集故事，一方面就寫出來，現在對書中葬禮的部分已經記不得了，因為很多小說寫完後會忘記，但當初只要收集或查詢都可以找到所要的資料。那是關於排灣族的故事，我到現在還很喜歡排灣族，他們種出來的花生最好（在屏東一帶），我們平常的花生米只有指頭大小，而他們的品種特別大，它的花生米至少有手指這麼大，不知道品種有沒有保留下來，品種保留下來太重要了，那種花生值得推廣。

問：可否談談《段彩華小說選集》中的作品？

答：《段彩華小說選集》是編書時說要分期的，早中晚都要有，我就選一些，早期本來要選〈狂妄的大尉〉，但因版權問題只好作罷，就選了〈六月飛蝗〉。書名雖然是六月，實際上按陰曆算是麥子割了以後的五月，按陽曆算是六月。〈雪山飛瀑〉是幽默小說代表，〈第一千萬位〉是幽默小說，〈第一千萬位〉以後都算是後期的。〈天才堂倌〉也是幽默小說，〈午夜出診〉是寫現實的，這可以算是代表作。

〈山的傷痕〉寫我們這裡 921 大地震，可惜的是，921 剛一發生我的腦中就產生兩篇長篇小說構想，一個是第三人稱，一個是第一人稱，但當時彭縣長（臺中縣）沒有說清楚，只說全國徵文，我就寫了一個故事梗概投稿，並且保證一定可以按時交稿，因為一發生我就有靈感，小說內容我都構想好了，可是後來沒有採用我的故事，錄取了別人的，那人告訴我說他家都被震垮了，原來錄取的全部都是受災戶。要錄用受災戶也沒說清楚，還說全國徵文，所以長篇沒寫，就寫短篇，寫走山。」

問：您來臺之後，跟您同期的作家您比較喜歡誰？中外諸多文學家中，哪

---

[1]編按：林適存（1914～1997），該文採訪於 2011 年，應為當時口誤。

些人對您較具影響力？請舉例說明？

答：對同期的作家，比較欣賞是潘人木，她的《蓮漪表妹》寫得很好。接近抗戰時期只能談短篇小說，蕭紅寫的〈牛車上〉很妙，寫得很好。最早嫁的先生是蕭軍，他寫的〈江上〉不錯，還有一個作家是姚雪垠，寫〈差半車麥秸〉內容是抗戰小說，短篇小說都很好，長篇小說就太囉唆。

1930 年代的長篇小說沒有一部能看完，太囉唆，例如巴金的《家》、《春》、《秋》，一開始朝家中走，這一段就寫了一頁，所有的包括老舍的都是跳著看，看不下就跳著看，不只他們，還有包括得過諾貝爾文學獎如約翰克理斯多夫（Jean Christophe）、羅曼・羅蘭等也是，一分析巴黎的社會，就用了五到六頁來敘述，所以有很多都會跳過去。後來臺灣出刪節版，只保留菁華，這就能從頭到尾全部看完。

真正能讓我從頭到尾全部讀完，而且很佩服的就是《大衛考伯非兒》（"David Copperfield"），現在翻譯為《塊肉餘生錄》，是狄更斯的作品，新興書局再版，後來又由國家出版社出版，這兩版我都有。書中的毛病，正是胡適先生最不喜歡看的、所謂巧合太多的作品，巧合很多非常難寫，而巧合多正是全書的特點，所以很多人看過後有太迷信的感覺。

我很崇拜胡適先生，他的紀念館我去過兩次，胡適的說法對我影響很大，但《塊肉餘生錄》把巧合寫成本書特點，在於它把巧合寫得讓人不覺得是巧合，但又非有這樣的巧合不可，因此會特別注意這些地方。《大衛考伯非兒》最早的版本有翻譯者的姓名，後來由新興再版的翻譯者名字就沒列上，我想他可能是共產黨的人，所以就被刪除了，之後以文言文翻譯的林其南就有留名在書上。後來白話文版也翻譯得很好，除把巧合寫成特點，又將全書的修辭處理得宜，是很道地的修辭，要學修辭可看這一版本。

另一本讓我全部讀完的是托爾斯泰的《安娜卡列妮娜》，它是該細緻的

地方就細，心裡分析非常好，尤其在描寫安娜有外遇，外遇對象與其丈夫為好友，兩者心裡互相憎惡對方，又存有朋友的感情，他們以為安娜將死，安娜臨死前將兩人的手拉在一起，二人都看著她，握手言和，但安娜卻沒有死，將三人後來的心情描述得更好，連非常難表現的地方都寫出來，即該細的則細。

但托爾斯泰最著名的卻不是《安娜卡列妮娜》，而是《戰爭與和平》，中文翻譯的書名不如日本翻譯的書名《戰爭與人間》貼切，因為戰爭儘管打，但人間事卻是照常，該戀愛的照常戀愛，結婚的照常結婚，該做的事照常作，並不受影響。此書我也是跳著看，只找故事的重點，它後來還拍成兩部電影，美國版的《戰爭與和平》，還有俄國版的，都是三小時，小說和電影我都看過。

另外，當時因為周介塵先生推薦我看《拾穗》雜誌，書中有一系列外國作家短篇小說的介紹，對我影響很大，使我接受西洋小說的寫作技巧，節奏明快、省時，不需要過多冗長的敘述，無謂的情節鋪陳。長篇小說我喜歡德國雷馬克所寫的《凱旋門》、《流亡曲》、《生命的光輝》。早期的寫景（國人和外國人），如描述花草、樹木、流水、雲彩等一般都採用靜態的描述，而雷馬克在《凱旋門》中描述一對男女採花的動作，以動態的採花動作來襯景，即以動態的描述來替代靜態的敘述。例如短篇小說中描述遠處有個小孩，手上拿著風箏，小孩一跑風箏就起，小孩一停風箏就落，這是用人物來襯景。已經不用花草樹木，動的景是從雷馬克《凱旋門》來的。

問：請問您平時的休閒娛樂？

答：平常的休閒娛樂是收集名畫、書法，看畫冊。

問：《清明上河圖》這本創作是否受此興趣影響？

答：徐州真有中原藝社的畫展，一般電影拍片時，要考慮布景的成本，因此不能真的撕壞，但小說不用真的布景，則可以大肆破壞，讀者可以看得很過癮，這是電影中作不到的。

問：現在還有看電影嗎？

答：因為現在的電影音效太逼真，心臟受不了，就不看了，最後在戲院看的是《末代皇帝》。它的劇本很好，一開始就演溥儀自殺被急救，溥儀被救活了，然後再開始用倒敘法描述情節，每一節都是溥儀心中想要做的事，然而他都沒膽子去做。當然他想過自殺，但活著還是很重要，例如他正在想如何逃出皇宮，但現實世界卻被叫下來。

最後一段也是最好的，例如他在勞改時，還想著自己六歲當皇帝時玩的蟋蟀罐，這些都是他心中所渴望，而非真實發生的事。然卻有劇評表示：蟋蟀罐中的蟋蟀如何能活這麼久……，其實明眼人都知，這是另一個小孩將新捉來的蟋蟀放入蟋蟀罐中，自然不用將這一段演出來，電影為了簡省所以沒有拍出來，如果是此劇評去拍，一定會將此片段拍出，由此可知此人寫文章一定廢話很多。

我小時候也玩過蟋蟀，自己每年都會有一隻蟋蟀無人能敵，我的同學聽到之後就來比賽，有一日我不在家，恰巧朱大東同學來訪，朱大東認為他的蟋蟀才是無敵，所以就跟我的蟋蟀互鬥。等我回來，我爸說我的蟋蟀敗了，我一看發現這隻不是我的，被拿走的才是我的，於是就去找朱大東，結果朱大東不但不還，當場還把蟋蟀摔死了，結果兩人就互打掛彩。這其中就有所羅門王的故事，就如同所羅門王審嬰案，不是自己的當然不憐惜，後來看到所羅門王傳，就想到那蟋蟀。

問：兒時記憶最深刻的事情為何？

答：講一個小時候逃難，躲過共產黨查詢的事給你們聽，現在講這一段是已經寫入傳記裡的。民國 35 年春天，剛滿 13 歲，由於家鄉被共產黨占領，於是家母要我到徐州去找大伯父，出門前母親在我身上的小棉襖左右兩邊各裝上了 50 銀元，（用布緊緊的紮起來）共是 100 銀元，外邊穿上大棉襖，再穿上灰布大褂，以此掩飾富家子弟的身分。然後把我帶到新安鎮北門外交給第三車的袁姓騾車伕，車伕大約三十六、七歲。

當時的天氣一直很好，到三月突然下雪，下午狂風吹著飄著小雪花，大家都穿著棉襖坐在車上，頭一站過運河到運河橋，第一天到共產黨地區，都有檢查，共產黨照著店簿登記的名冊檢查，名字看一看就不管了。因為檢查鬆散，所以就越來越多人加入車隊，一直到八義集都很順利沒事，但等到當天晚上，騾車還快速朝前趕去，突然聽見前面一個村莊，ㄅㄧㄤ、ㄅㄧㄤ、ㄅㄧㄤ的打了三槍，共產黨的幹部就說，把騾車趕進來，不進來就開槍，騾車只好放慢速度，一輛一輛的朝那邊趕，在距離村莊還有一百多公尺遠，共產黨的土幹部民兵就出來了，因為要檢查，我當時心裡第一個念頭就想到，這 100 銀元，絕對不能被查到，一查去就完了，眼看著大家都下車，心中正著急時，卻突然看到十幾個小孩從莊裡跑出來，一直跑到我們背後。這時恰巧看守我的民兵，因為雪地路滑以致腳滑了一下，我就趁這個機會混入那群小孩中，這樣的急智是受大鼓書和那些平劇的影響，遇到危險時，就想要怎樣避開，當時不覺得，只知道這樣做是對的。

一進村莊每一個人的包袱都要打開接受檢查，很多人圍過來看熱鬧，我也假裝是看熱鬧的小孩，其中有一個人的包袱一打開，裡面有一年四季的衣服，綢子、緞子、絲的、棉襖、夾襖，小褂子都有，村人沒見過這種各色的衣物，大家都感到很驚奇，由於是帶著比較貴重的物品，因此除了嚴格檢查以外，人還會被扣留下來，等候以贖金換人，他們把贖金用來買戰略物資。凡是身上搜出來超過十塊錢以上值錢的東西，通通扣下來，最後檢查嚴格到脫衣檢查。在檢查還在進行中時，我就開始想散場時如何離開村莊，於是偷偷和車伕約好會合地點，等到人一散場，我就裝成是玩雪球的小孩，一路走一路扔，就這樣混出去，順利的和車伕會合。

到了徐州住宿一夜後，坐黃包車到大伯父家去。大伯父聽到我的遭遇，稱讚我是機靈的小孩，過去我也一直認為是如此，但到最近我在家寫這段經歷的時候（這篇文章目前尚未發表），才想到當時可以順利

逃過一劫，應該是與母親有關。因為我母親是佛教盂蘭會的成員，袁姓車夫以及其他騾車夫都是盂蘭會裡的成員，因為同門，人家把小孩委託給你，而這小孩接連三四夜都沒有洗澡，蓋棉被就睡覺了，有經驗的人都知道這小孩身上一定裝著錢，我睡著後都沒有人來掏我的口袋，這證明宗教的力量還是很大的，教友和教友之間有互相合作的關係。現在的耶穌教也是這樣，是教會裡的人每月都要向教會奉獻，所以直到現在才意會是母親的宗教信仰救了我。

另外，我在三十多歲時看兵書，由《遁術》這本書中了解遁術中有金、木、水、火、土五遁外，還有一遁叫人遁，對照我的經歷，所用的第一個是水遁，接著混進小孩群裡，又混進大人堆裡，變成觀眾，這是人遁，出了莊子玩雪，還是水遁，這是用上水遁跟人遁兩種，我十三歲時都能有這樣的機智，出於不知也能行。而且這一次能平安過關也在於沒有大人陪同，如果有大人在身旁，勢必有依賴心，如此可能就沒辦法獨自逃脫了。

問：對懷鄉文學的看法？

答：每一個作者都是從自己的家鄉，自己最早的記憶寫起，〈門框〉就是我祖母的故事，我們家最早是很貧窮，我祖父過世時留下一個大女兒（大姑媽），四個兒子，二個伯父，父親行三，一個小叔，都要靠我祖母維持。當時家中連鍋子都沒有，只有一個小陶器，飯菜都煮在這個小的陶器中，放在三塊磚上燒著，全家人分著吃。當我的曾祖母（祖母的婆婆）過世時，對門的大伯父段貴田已經成年，一得到消息馬上到曾祖母家中，把值錢的家具及其他東西全部搬走。等第二天我祖母帶著大姑媽去時，值錢的都沒有了，後來看到門框可以拆下來當柴燒，於是就把門框劈下來，沒想到劈出塞在蟲蛀的門縫裡的放帳單。因為看不懂放帳單，所以去找私塾先生，他可能是我父親的老師，姓謝，謝先生是前清秀才，他說可以根據帳單上的名字和金額去收帳。我祖母就拿著去收錢，這件事被段貴田知道後就來爭奪，於是我祖母

拿到大街上請街坊鄰居評理，街坊鄰居都說他不對，最後由蘇鎮長主持公道，才使段貴田放棄。我們家就是根據這些帳款才能維持家計。

我們家以前是賣熱菜，由另一位大伯父段貴和端肉盆子把煮好的菜拿去沿街叫賣，賣一些豬耳朵、豬肝、豬肺、蹄子等等。後來祖母覺得賣豬肉不如賣豬，也藉由賣豬的經驗，把自己訓練成一個心算很快又極準確的人。很多養豬戶賣豬給她，只要用鞭子趕豬，經過她的面前，這一鞭子趕過來的豬，可能是十隻也許是八隻，最多不超過十二隻，她只需用眼睛掃瞄一下，每隻豬的重量有多少斤，十二隻加起來總共多少斤，已經在腦子裡計算出來了。養豬戶賣的豬若是有一百隻以上，就要分成十次，每一次稱為「一鞭子」，趕過來的豬可能是十隻，也許是十一隻，經她用眼睛掃瞄心算後，得出了整數。再「一鞭子」趕過來第二群豬，他又用心算方法得出整數。總共分成「十鞭子」，加出來的總數共有一萬三千斤，她通通用心算計算出來。像這樣「一鞭子」「一鞭子」的趕過來，算出豬的總重量以後，譬如實際上是八百斤，就說八百一十五斤，讓對方占些便宜，這樣人家就會賣給她。而對門的段貴田和其他人和我祖母競爭，他們都要豬隻上秤秤，秤多少就多少，不給對方占便宜，這樣一方面浪費時間，一方面又沒便宜占，別人就不把豬賣給他們，後來蘇北等地養的豬都賣給我們家，所以生意越作越大，賣豬的地點也隨之擴展。北方由我父親從隴海路向西賣到開封，再回車北開到濟南、煙臺，再朝天津、北平這兩個大市場，把豬趕給當地的豬販，再去分批，最遠一直到張家口，張家口還有人吃豬肉，再遠不行，是回教徒，我父親是向北賣。大伯父是向南賣，走津浦路，通州、揚州到南京，最遠賣到杭州，南京和上海是二個最大的市場，這麼大的地方都吃我們家的豬。

問：〈門框〉一文中種西瓜也是真實經歷？
答：西瓜是真有，母親說我最喜歡吃西瓜，不過她種的我沒吃到。而這是我母親的故事，民國 34 年共產黨第一次占領我們家鄉時，全家打算都

逃到徐州，由我大伯父帶著堂哥先過去打點，再來才是我，接著是伯母和祖母都逃過去，家鄉只剩母親帶著妹妹段彩英（現在住南京），在淪陷區西郊田野上種西瓜，前面種錯而種成打瓜，過自耕農的生活。（其實母親種的都是好西瓜，作品中寫成種打瓜，是我根據情節需要，對打瓜的知識，捏造出來的。）直到共產黨發現母親是掌管家中經濟者，便要鬥爭家母（這段我還沒寫在傳記裡），母親跟嬸娘得到消息就準備逃走。因為嬸娘的先生在對日抗戰時被炸死，屬於民間英雄，不會鬥爭她，所以協助母親裝瘋以便逃離，在這之前已經有人曾經這樣做過。我同學杜玉明姊弟，他們的父親被共產黨抓去關，共產黨要求姊弟兩人必須入黨才會釋放其父，姊弟倆只好入黨。他們的父親早上被釋放，全家中午吃團圓飯，一吃完兩姊弟就被送往隴海路坐火車，離開沒多久，他們的父親又被關起來。杜玉明之下尚有年幼弟妹，她母親可能有躁鬱症，所以就口中含毒藥，跑到共產黨縣政府，在外面一直罵並試圖衝進去。我母親學杜老太太，白天罵，晚上和嬸娘在家中作餅，在餅中暗藏銀元，偽裝成賣餅的人離開新安鎮，等到共產黨來抓她，已經來不及了。母親一直刻意繞路，以躲過共產黨的追捕。路上曾經遇到共產黨的盤查，民兵打開籃子拿起餅一掰，這張餅是有放銀元的，所幸沒有掰出銀元，但已讓母親受到驚嚇。一路上就遇到這一個危險，後來就平安逃到徐州。

問：是否寫過懸疑的小說？（如何寫小說？）

答：一般認為寫熱鬧吵架就是戲劇性，但我認為懸疑也是戲劇性，小說在一開始的五分鐘就要吸引到讀者，讓人感覺後面馬上要發生重大事情，然後再五分鐘，雖然剛剛沒有發生，但又讓人感到比之前更重大的事情要發生，再看幾分鐘，雖然沒發生，但又感覺要發生更嚴重的事，越來越嚴重。這樣的懸疑是為了戲劇性，但也要讓讀者猜對一件或兩件，任何一位讀者都自認是世上最聰明的人，老是不讓他猜到也不行，他會不願意看，會認為你是在胡扯，要讓他滿足自我的優越

感，果然所料不差，但大多數還沒猜到，這樣他才有興趣繼續看，看到最熱鬧的地方才會捨不得放下去，一直看到結束，所以懸疑在我來看是戲劇性。

第二種戲劇性是突變，看一看突然轉變，這種突然轉變是有伏筆的，前面留下伏筆，在這裡轉變，伏筆有明伏筆、暗伏筆，不能讓人完全看穿，等到突變時才恍然大悟。如〈雪山飛瀑〉一開始的描述就如同一般家庭，等看到結尾時才發現前面所寫的雞窩⋯⋯等，原來是伏筆，到後面才突變。

懸疑、突變、巧合都會造成戲劇性，巧合在過去，尤其是地方戲，或傳奇小說都用得非常多，早已成為俗套。所以胡適說得也對，但真正能用得好的還是很好，如上次提到狄更斯將巧合寫成特點。還有特殊情況，例如〈午夜出診〉，其實我的作品中特殊情況用得非常多，這四種是戲劇性。有人認為戲劇性就是衝突，文章中寫衝突不只是熱鬧，寫文章不是吵架，寫吵架勝過說話，交談不如寫吵架，寫吵架（就是衝突）不如寫打架，寫打架不如寫戰爭，戰爭一打起來沒完沒了，一打就幾十年。一結仇甚至打二三十年，因為寫吵架不如寫打架，寫打架不如寫戰爭。「衝突」現在已被電視劇（電影）濫用，不應吵的也吵，變成亂喊亂叫，不論是哪國戲，進廣告前，不論男女都會叫。

另外，談「戲劇性」中的「特殊情況」，可補入：

一、〈鐵碯堡與軍事〉一篇中，一班人守住鐵碯堡。

二、〈三馬入峪〉中，三個人衝入山中，救出一排人。

三、〈酸棗坡的舊墳〉中，兩家爭一墳。

四、《花燭散》中的在農曆年大年初一，兩方打打殺殺。

五、〈黃楊村〉中造假信，送銀元，對方不要，送別時放在路上。

六、〈第一千萬位〉中的發大財，又被騙光。

以上都屬「特殊情況」。又，在我的小說中，十篇中至少有八篇都具有「特殊情況」，不再一一列舉。

問：可否用一句話概括自己所寫的作品？

答：在戰亂的夾縫中所發生的人間悲劇和喜劇。

　　我的祖母生長在太平天國時代，而我的家中長輩經歷到國民革命，到北伐，到抗戰，到國民政府撤退臺灣，廣大的兩岸國土都是我的作品範圍。

問：對臺灣當前文學及作家的看法？

答：龍應台的長篇小說《大江大海一九四九》是我最讚賞的長篇小說，採用電影蒙太奇手法，時間和空間跳動極快。而且她還將「現代啟示錄」之類的電視節目技巧運用到小說裡，跳動更快，再加上訪問記錄、照片、圖畫，節省了許多文字描寫，是非常具獨創性的。這部小說不僅寫中國的戰亂景況，也寫出歐洲、美國在大戰中的悲喜劇，十分動人。

　　另一位作家黃凡先生，短篇小說寫得很好，其中一篇〈雨夜〉，寫一個人做了一件好事，卻被別人懷疑是詐騙，是另有目的，對現實社會極盡諷刺，其主題是：好人難做。我一直想抽出時間讀讀黃凡的長篇小說。

問：最後可否請您為自己下個註腳？

答：我的人生觀：樂觀奮鬥，天天不息。

　　生日是值得慶賀的一天，是最快樂的一天。我們要把每一天都當做生日。我們每一個人都是哭著來，一定要笑著去。

　　我的社會觀：對善人善，對惡人惡，對惡人要比惡人更惡，才能打擊惡魔，維護法治。

　　我的國家觀：昨日之敵，今日之友。今日之友，明日之敵。明日之敵，後日之友。

　　我的宇宙觀：只有時間和空間是永恆的。

　　我的歷史觀：已寫在《無限時空逍遙遊》第 181 頁的「詠史」（日月輪照蔽霧雲，干戈擾攘亂紅塵，前人難逃後人寫，幾分虛假幾分真）詩

中，和 186 頁〈為傳佳句作古詩〉的「詠史」詩中，記於 188 頁（英
雄難定天下事，空見新廟換古廟，丹青不載草沒骨，強人攪翻江海
潮，逢時車馬失時酒，盛事詩書亂世刀）。

我的世界觀：都含在「國家觀」、「歷史觀」和「宇宙觀」中。

我的宗教觀：雖然是無神論者，但對儒釋道耶回及所有宗教都尊敬，
所以才能世界和平，這是大自然現象。

——選自余昱瑩〈段彩華小說研究〉

東吳大學中國文學系碩士論文，2011 年 8 月

鄉土與現代之間
段彩華創作五十年

◎張健[*]
◎段彩華

時　　間：2005 年 1 月 8 日
地　　點：國立臺灣文學館
主講人：張健（學者）、段彩華（作家）
記錄整理：張志樺

前言

陳萬益：副館長、張老師、段先生、各位聽眾，大家好。今天是週末文學
　　　對談第三季的壓軸，我們特別邀請到文壇的前輩段彩華先生。段先生
　　　是我們文藝青年時期就拜讀過的，可說是心中文藝的前輩，在他高齡
　　　的情況下還持續不斷的創作，而且一部比一部精彩，我們今天能邀請
　　　到他，覺得非常光榮。另外一位張健先生是前臺大中文系的教授，目
　　　前已經退休轉到文化大學講授，我剛剛跟張老師提到，其實我們原先
　　　是希望將來在週末文學對談裡面，在詩與散文的饗宴中，可以再邀請
　　　到張老師來參與。但基本上我們是尊重作家來邀請希望跟他對談的學
　　　者，因為段先生請張老師過來，所以今天才能有這樣的安排。我們非
　　　常榮幸有兩位前輩蒞臨。張老師在文學批評上的成就可說是相當的客

[*]臺灣大學中國文學系退休教授，詩人、散文家、小說家、評論家。發表文章時為中國文化大學中
國文學系教授、中國青年寫作協會監事長、《藍星》主編。

觀，因此今天的對談一定精彩可期，所以我在這裡不按照往例，特別
說明並且藉此機會向兩位前輩致敬。

張健（以下簡稱「張」）：副館長、陳老師以及各位同學，很高興我們兩個
　　從臺北來臺南參加這個很有意義的文學對談，雖然現在是期末考的時
　　間，但是大家還能夠抽空來參加，我很高興。時間過得很快，段先生
　　是民國 22 年生的，所以他今年已經 72 歲了，而我自己也很驚訝，因
　　為我也六十過了，所以我們回顧過去五十年，我們兩個創作經驗與時
　　間可說是差不多接近的，段先生出版了二十多本書，絕大部分是小
　　說，有短篇、中篇以及長篇小說。

　　大概在 1960 年代，小說界有一個雅號，就是軍中三劍客。而這小說家
　　的軍中三劍客就是──朱西甯、司馬中原、段彩華。現在朱西甯已經
　　過世了，司馬中原也已經好久沒寫了，只有段先生還繼續在創作。第
　　一個問題是請教段先生，最初是怎麼樣開始創作的？

段彩華（以下簡稱「段」）：副館長、主持人陳教授、張健教授、各位朋
　　友，大家好。這次座談會的整個安排，可以說是小說裡的倒敘法。因
　　為就創作的時間看來，我要算是最早的，像這樣最早的而排在最後，
　　是倒敘的演出。

　　我所以走向寫作這條路，一開始是我在讀初中的時候，也就是我在大
　　陸徐州建國中學（今與樹德中學合併為徐州第三中學）讀書的時候，
　　初中二年級的徐俊濤老師給我的指導有很大的影響。他在評我寫的一
　　首詩時，給我下了這樣的評語，他說這首詩有魯迅的深刻，有朱湘的
　　蘊藉，有冰心的平淡無奇。下了這樣的評語，當然全班同學都會爭
　　看。另外我寫了一篇散文叫〈賈汪遠足記〉。這篇散文，徐老師下的評
　　語是：郁達夫先生寫的《屐痕處處》是一部很有名的遊記，如果達夫
　　先生看見彩華先生這篇〈賈汪遠足記〉，也會深歎不如。在另外一篇寫
　　一個車伕，天氣很冷仍守住黃包車的故事，他說是很好的一篇短篇小
　　說，而且預言我將來一定可以名列新作家之林。他下這樣的評語是鼓

勵我，給我印象很深刻。

萌發文學創作的興趣

段：等到我來臺灣，是很不幸的一段經歷。我當時只有 16 歲，也就是民國 38 年。現在我是 165 公分，但那個時候很矮、很小，跟我同時當兵同年齡的人，都比我高。當時就在現在的臺南當兵，那時候叫旭町營房，現在叫成功大學。在那裡受訓一個星期，然後把我們這些年齡不夠、身材不夠的人，調入幼年兵連去受訓，而幼年兵連就設在臺南第二中學那邊，受訓三個月後，我就害了心臟病二尖瓣閉鎖不全。住在臺南陸軍醫院三個月，本來醫院開了證明要我到療養大隊去。當時那裡病房傳染病是很多的，我一想我害二尖瓣閉鎖不全，醫生說患這種病的人根本好不了，已經是絕症了，如果再得到傳染病就完了！出院的時候醫生給我證明，要我住到高雄的療養大隊，我並沒有去。我就到鳳山，現在改名叫十一連那邊受訓，但受訓時問題便出現，體力不夠，另一方面心臟病一發作就必須住進醫務所，回連上然後又住醫務所，常常體力不好一直被大家笑話老病號。民國 39 年的那段時間裡，我每天等於害憂鬱症一樣，覺得各方面都趕不上人家。

而連裡邊有一個排長，他不是我直接的排長，我是第二排而他是第四排的排長叫李華甫。這個排長大概對全體的學生都仔細注意，他看出我每天都愁眉苦臉，一天就把我叫到辦公桌前，他說：「段彩華，你現在是不是感覺很愁呢？」我說：「是啊！我每天都很愁。」於是他就告訴我：「你去立下一個志向，這個志向你定下來以後就去發揮，專心做這一件事，一輩子都不後悔的這件事，這樣你就會從憂愁中解脫出來了。」我記得當初走出營房時，有很多同學在大沙堆裡玩騎馬戰遊戲。我一想就想起徐老師當初在我作文本上批的那些話，我覺得從事文學寫作才能夠使我一輩子不後悔，就是這兩個關係使我走向寫作的道路。當然之後還有很多，等一下再談，一開始是這樣的。

文壇初試啼聲

張：剛剛聽到段先生到臺灣來開始創作，是因為他身體不好，所以有人勸
他把創作當作目標。大家知道那個時代的軍人是跟現在不一樣的，現
在軍人已經不錯了，待遇、社會地位等等都不錯。在那個時代跟著政
府到臺灣來的軍人，說一句誇張一點的話，都是沒有現在、沒有未來
的，待遇低到除了衣食之外，沒有什麼錢可花，而且前途茫茫也不打
仗，也沒有什麼有意義的事情可以做，所以很多優秀的軍中朋友都把
寫作當作終生的職志、未來的寄託。也就是這樣，如果回顧臺灣的文
學史，在民國三十八年至少到六十多年之間，這時期軍中的作家特別
多，比學院出來的作家還要多，最大的原因應該是在這裡。另外一方
面，像我剛講的那三位，他們都是從大陸來的，他們生活經驗是包括
臺灣和大陸兩個地區，所以寫作的領域也比一般土生土長在臺灣的作
家要寬，他們的成就一部分就是從痛苦的背景出來的。

現在我們談第二個問題，那就是段先生在臺灣寫作的時候，很快就得
到文壇的肯定，包括得獎等等，還有當年在林海音主編《聯合報・聯
合副刊》的時候，段先生也是很受重視的一位作家。林海音先生雖然
是本省人，但她是沒有省籍觀念的，只要是好作品，不管是名作家也
好、無名小卒也好，林先生都是一視同仁，很多人被她重視而終至成
石。我覺得段先生成名的第一階段就是得到中華文藝獎，那時候可以
說很不容易，而段先生的第一本書就得到了。而第二個階段便是在
「聯合副刊」等等重要的文壇刊物上發表作品受到重視，請段先生講
一講這個階段的發展。

段：我從事文藝創作，一開始是給軍中的刊物叫《精忠報》寫稿子。當初
因為民國 34 年抗戰剛勝利到 35 年中間，我家鄉失守了，第一次淪陷
被共產黨占領。那一段生活，共產黨不斷召集會議，讓全家的人都去
開會，共產黨的目的就是要了解這地方有多少人口。當時這讓每個家

庭感到精神壓力很大，因為我有這一段生活，一直到民國 35 年春天，我到徐州去讀初中，我常把這段生活仔細回憶，慢慢就形成小說。到了大概民國四十年，也就是在成功大學這邊，當時成功大學叫「三分子幼年兵總隊」。我一有時間就把它慢慢寫出來成為一部中篇小說，那時年輕，膽子很大，於是投稿到國民黨第四組所辦的中華文藝獎金委員會。8 月 14 號投稿，9 月就收到一筆稿費，這筆稿費很多。

當時我是二等兵，1 個月只拿 8 塊錢新臺幣，1 年也不過是 96 塊錢。我收到稿費以後仔細一算，那稿費一共是二等兵 25 年的薪水，這等於是一筆財富！而且 8 月中投稿，9 月底入選，10 月四萬多字一起刊出，到 10 月底 11 月，還是朋友跟我說，你的小說已經在街上擺出來，這部作品叫〈幕後〉，是我的處女作。那時候因為大陸失守以後，來到臺灣的老作家知名度高的很少，必須培養出一批作家來，彌補當時的真空。我在大陸只讀過一位叫王平陵的作品，臺灣的作家我統統沒看過，之後才慢慢看這些東西。拿了稿費以後，第二年又得了四千塊錢的中華文藝獎金，前後一共拿六千多塊錢。那是筆很大的財富，對我鼓勵當然是很大，但是慢慢的就形成精神上的壓力，這個壓力就是我考慮到我配不配？自己的生活、寫作經驗都不夠，這使我慢慢開始充實自己，而充實自己寫作都跟臺南有很大的關係。

我在三分子營房的時候，曾經演過一齣話劇，我自己登臺演上官予先生寫的《碧血丹心溉自由》劇本，本來是大隊長要我挑兩個劇本，一個是郭嗣汾的劇本《大巴山之戀》，但這個劇本大隊長否定，因為戲裡的老太婆角色，業餘的都不願意演。《碧血丹心溉自由》裡三個女角都是年輕小姐——兩個小姐一個少婦，但是由於那是要祝賀蔣公的壽辰用的，說「碧血丹心溉自由」名字不太好，有血字必須改一改，我躺在床鋪上想，認為叫「丹心照開自由花」很適合這個劇情，於是請當時也住在旭町營房的吳宗淇導演導這齣戲。我發現戲劇導演是一門很大的學問，心想除了學習寫作、寫小說以外，我一定要開始學戲劇，

而學戲劇便是要學到能夠做一個導演的程度。這就是我的整個寫作生涯中，因何後來作品裡有導演、有戲劇這些東西。

文壇的提攜者

張：我們很意外陳老師所謂一系列的壓軸是請段先生來講，而段先生年輕時候主要的文學發展就是在臺南，這是很巧的事情。我要很老實的說，今年剛好我在臺大專任 37 年兼任 3 年，教滿 40 年退休，但還在兼課，禮拜六我有課，平日都不行。算來算去之後剛好 1 月 8 號停課，就碰巧因為段先生退休，所以時間可以配合我。所以碰巧變成壓軸，而這壓軸壓得好，第一他可能是所有對談者裡著作最多、創作最豐富的作家，第二他的寫作生涯居然是在臺南開始發展的。剛剛段先生已經講得很清楚、很有意思，接下來請他稍微講講文壇的提攜者，為了節省時間就請省略我的部分。

段：我經歷了幾年時間把理論基礎打好，這點我是絕對有信心的。因為不斷地在研究文學理論、戲劇理論，等到我在林海音先生那編副刊，因為編輯的需要，我開始寫兩、三千字以內的短篇小說。那時副刊版面很小，只能容納兩、三千字這樣的篇幅，也就是差不多半版篇幅。林海音先生採用我的短篇小說很多，而且她每個月要請一個人來評小說，那就是徐徵先生。徐徵先生把我的小說評為在語言創作上有節奏性、有旋律性，認為我是當月裡寫的最好的作品，連續很多期都這樣說，而這樣一評就給了我很大的信心。

鄉土小說與現代小說的內涵

張：那我們就繼續這次討論的另一個主題，就是鄉土小說與現代小說。我簡單介紹一下，因為最初助理小姐跟我聯絡的時候，她請我擬題，我說是不是請段先生擬，不過她說段先生沒有意見，所以我就擬了這樣一道題目「鄉土與現代之間──段彩華創作五十年」。因為大家知道臺

灣文學的發展上是現代文學先發皇，由 1950 年代、1960 年代乃至於 1970 年代，鄉土文學後來崛起，有論戰和比較複雜的歷史，在這裡我們就不仔細去說。

段先生從來沒參加過任何論戰，但是他的小說卻是以廣義的鄉土小說為主。就我的看法而言，我認為他在鄉土小說之外的題材寫的都不如他的鄉土小說，不過值得注意的一點就是他採用的技巧是現代小說。我們大家知道臺灣有很多學院派的作家，比方說很多外文系作家，以及後來越來越多的中文系等等，都是受了西方很多現代小說、現代詩的影響，他們的創作在現代小說裡可以說是急先鋒。然而很有意思，軍中出身的作家，如我剛剛講的三位先生，他們都是只受過中學教育，我記憶中三位都沒讀過大學。他們的小說雖然都是以鄉土小說為主，但是也都有相當程度現代小說的技巧。關於他們現代小說的技巧，我認為有三個來源：第一，是受到五四以來若干小說家的影響；第二，是他們自己會閱讀西方小說，即使他們不讀原文，也會讀中譯本的西方小說。第三，可以說是不謀而合。一個有才華的作家，甚至說有天才的作家，他很多技巧、內容、境界等等可以和高標準的文學潮流不謀而合，尤其在那個時代周邊有這樣的氣氛，自己可以摸索出來。我想段先生在最初大家都還不太曉得他，尤其在「聯副」上一再發表他的佳作以後，他很多現代小說的技巧，甚至包括偶然的意識流的技巧，我看恐怕是第三種不謀而合的程度居多，當然也有第一、第二種，他等會兒會介紹一些他受過那些作家作品的影響。

我個人則是有一疑問，不曉得他有沒有讀過海明威或者是美國另外一個小說家沙洛陽的小說。等會我們要特別介紹的便是他自己選的〈押解〉這篇小說，段先生說這是臺灣本土的鄉土小說。我覺得〈押解〉這篇小說是不是鄉土小說不重要，我曾經在《幼獅文藝》上用相當多的篇幅來評介它，今天早上還特別又拿出來讀了一次，讀完後我還是很有興趣，我認為那簡直是海明威的技巧、沙洛陽的面貌。其實小說

是一個很簡單的故事，大概是說一個警官把一個很狡猾的累犯從鄉下押解到臺北的過程，中間並沒有很特別的情節，但是卻讓人看得高潮迭起，使人看得非常過癮。所以我覺得這個主題是很重要的，請他來解釋一下。

段：我的作品所以走向現代化，第一個是受了張道藩前輩的影響。張老師曾經在臺北市，現在是黎明文化事業公司那個地方請客，當時是文藝創作出版社，請客的時候有名作家到場，如潘人木等等都被邀請，在那個宴會上他就說他自己年輕的時候，很想寫一部關於寡婦生活的書，但是因為他不了解寡婦到底受過多少磨難，守寡是很苦的一件事，而他因為不了解，所以一直不敢去寫。雖然當時他是對很多作家們聊天，但我卻直接感覺這是在指示我。我當時差不多二十歲，生活經驗不夠，必須大量吸取。所以我一方面吸取軍中生活，一方面磨練自己的技巧。

那時影響我很大的，是民國 43 年，我 21 歲被調到鳳山，在那時可以讀到《拾穗》雜誌。《拾穗》雜誌上介紹很多世界一流的短篇小說，我自己便把它分為三類，最好的我把它拆開裝訂成一本，比較差的裝訂一本，第三差的裝訂在另外一本，當然要學就要取法乎上。當時裡面就有海明威的東西，比方說得過諾貝爾獎的《老人與海》，另外還有很多沒得過文學獎的。我吸收了這些寫作技巧以後，便開始發表在《聯合報》上。當時給我好評的就是張健教授、徐澂教授，另外還有一位張鐵君老先生，他說：「段彩華的作品是用西洋的技巧寫中國人的生活。」此外還有上官予先生，他是詩人也寫過很多欣賞我的評論。

而張健教授剛才說的那篇〈押解〉，實際上它是有個人物所引發出來的，也就是有一個活藍本。當時有個叫高金鐘的人，是有名的飛賊。他只要被警察抓到，總有辦法越獄逃走，被抓到多少次他就逃掉多少次，警察問他怎麼逃的，他都能說出來。有一次他被抓到關起來後，警察在夜裡一點鐘發現他又失蹤了，到處都找不到他。後來抓到

他時，詢問他藏在哪裡？他就指著被修剪過的杜鵑花叢說，當天晚上他就蹲在那裡，我一直等到你們不找了，然後在天亮以前最黑暗的那段時間，我才逃走。這就是一個在臺灣發生的事情，後來高金鐘被送到蘭嶼去坐牢，他還是逃掉，但這次逃掉卻再也抓不到了，原因是凡有島嶼的地方都有海的迴流，而他也就在逃亡的時候葬身在迴流中。[1]因此提到〈押解〉我就必須提到飛賊高金鐘，他是現實生活的一個模式，而我便是以這個模式來寫作的。

張：我要誇獎自己一下，因為這一個問題我沒跟他溝通過。可是我一眼就看上〈押解〉這篇小說。他剛才講得很好，是因為有一個姓高的慣犯逃跑引發創作動機，但是這篇小說了不起的是，它不只是重新塑造慣犯，還重新塑造年輕的警察。這個年輕的警察雖然很嫩，但是卻很有敬業精神，而且還具有幽默感。所以兩人在沿途上一再地過招，包括言語的以及行動上的過招，非常好看。我們照英國的小說家大師佛斯特《小說面面觀》裡的理論來分析，他把小說人物分為兩大類：一類是立體人物，一類是平面人物。所謂立體人物是個性有變化、有深度，平面人物當然是比較普通的，這種人物通常只出現一方面的個性。但是偶而也有平面人物被認為是很好的傑作，比方說莎士比亞戲劇中有些就是出色的平面人物。但總而言之一般理論上來講，小說家在小說裡面能夠塑造立體人物多多益善。長篇小說當然有若干的立體人物，而在短篇小說裡，像〈押解〉這樣一萬出頭字數的小說，能夠有一個好的立體人物就算是很好的了，然而段先生在這篇小說中從容的創造了兩個立體人物。兩個主角棋逢敵手，非常縝密精彩。我倒是覺得另外他提出兩篇他認為一個是江北家鄉的鄉土小說，一個是由臺灣擴張到國際的鄉土小說，這兩篇我都覺得不如〈押解〉，這兩篇請段先生自己介紹一下。

---

[1] 編按：高金鍾當時未葬身於迴流中，應為作者當時口誤。

段：我想補充王平陵先生對我的影響，那時候在臺北，20 歲，冬天臺北辦
　　小說研究組第二期，我上了一次課。王老師告訴我們，作家從生活裡
　　感受的跟所表現出來的作品是兩碼子事，任何一個作家都不可能從生
　　活中得到一個完完整整的好的小說素材。它一定要經過變化，王平陵
　　老師舉了契訶夫的例子來講，他這番話對我影響很大，所以〈押解〉
　　的取材就是那樣來的。

　　現在要談的是〈雨傘〉這篇小說。〈雨傘〉本來是長江以北，也就是我
　　們家鄉一直到山東、河北這些地方農村的故事，這個故事最早寫的是
　　朱西甯先生。標題叫「青龍神」，寫一個人拿了一把傘和刮鬍刀走到廣
　　場上遇見大雨，廣場一邊有個搗豆子一類的石臼，他怕衣服鞋子淋
　　濕，就撐起雨傘，蹲在石臼中。刮鬍刀留下磨刀的痕跡，等到雨停他
　　就走了，這天剛好是五月十三關老爺磨刀的那一天，按照道理石臼中
　　應該有很多水留在裡面，又沒有水，就被認為是一個神蹟，經過人們
　　一說，就有信道教、佛教的信徒說這就證明關老爺在這裡磨刀，就巴
　　石臼擺在一個臺子上膜拜。不久這個人又回到這個地方，把事實說出
　　來，根本沒有青龍神。

　　我把它寫成〈雨傘〉，先賦予主角一個身分，就是逃犯，這個逃犯就像
　　警察現在正在抓的張錫銘一樣，對那一帶地形很熟，故事一開始寫警
　　察吹哨子要抓一個逃犯，市場上一片混亂。等警察走了，他就從藏躲
　　處出來，市集又開始熱鬧起來。清朝以前、明朝的罪衣罪服是紅色，
　　不是灰色的。而這個逃犯穿著有號碼的灰色罪服，表明是民國時的
　　事，為了不讓別人認出來，他就走到一個估貨（中古貨）攤上，剛好
　　那裡有一把傘。他就把傘先拿過來遮住他衣服上的號碼，然後再買了
　　一個大褂穿在身上，遮住他囚犯的衣服。由於鬍子很長，他又買了一
　　把剃刀、一面小鏡子，也買了一把雨傘，都準備好了以後，他就要潛
　　逃到山裡面去，這個山區他很熟，就等於張錫銘很熟他藏匿的地方一
　　樣。他搭著牛車去，車伕就說：「今天一定下雨！你真是靈，先準備

傘。」逃犯就問：「今天是什麼日子？」車伕回答：「今天是五月十三，關老爺磨刀的時候，這天一定會下雨的。」之後他到了廣場這地方，剛好遇到大雨，便打了傘蹲在石臼中間刮鬍子，留下磨刀痕跡。雨停以後，因為他知道附近有祠堂，沒上山以前他便躲在祠堂家廟的櫃子裡面，先睡一覺調適體力。碰巧這家人辦喪事，剛好逢六七這天，寡婦大哭就叫出死人的名字，他一想，我買這雨傘柄上面不就是朱冠臣的名字嗎？等到人都祭完，祠堂門都關了，他從櫃子裡邊出來。因為肚子餓了就去拿桌上的饅頭吃，又喝了桌上三杯酒，發現上面真寫著「先夫朱冠臣之位」這幾個字在靈牌上，因為害怕恐懼，傘掉在灰盆裡面，而這灰盆因燒過紙錢，紙錢灰就飛起落到他身上，傘也不敢拿了，走出祠堂門後便立刻上山。上山的路旁還有個私塾，這個私塾他也都很熟，等到在山上幾天以後，除了吃山裡的野菜外，他總要回來再準備些食物。他一走到祠堂那地方，私塾老師說這個地方鬧了鬼，他便問：「鬧什麼鬼呢？」老師便說：「朱冠臣是我們的老鄰居，他本來是要到廟裡去還願的，經過黑松林，被人打死了。他走的那天拿一個包裹、穿大褂、拿雨傘出去。結果他家裡過六七時，他回來了，不但吃饅頭，就連雨傘也留在火盆裡面，這就證明他的鬼魂在大雨中行走四十多天回來了。」他再走到廣場那邊，發現人們正在拜青龍神。這跟朱先生的故事不同在於他是逃犯，不能暴露自己身分，很多地方都用暗示。

　　從哲學思想上談，我們人類都有恐懼感，神跟鬼都是根據恐懼感來的，所以孔老夫子講我們要敬鬼神而遠之，宗教也就跟著這些來，不管是耶穌教、佛教、天主教、回教，這些教絕對有它存在的價值，它可以使社會很和平，到達太平治世，由亂入治存在的價值。而這篇東西後來林海音先生認為是破除迷信，我當時是寫神鬼是怎麼產生的，都是因為這麼巧合，發生這件事後大家都解釋不清楚，不知道怎麼回事，於是就出現鬼、神這兩件事。巧合是戲劇性之一，也是神鬼

產生的原因之一，恐懼感便造成神鬼的傳說出來。

創作觀與其五大核心

張：剛才段先生自己介紹這篇〈雨傘〉，因為是自己作品所以說得頭頭是
道、原原本本。最後他講他本來是要表現神鬼民間宗教，林海音先生
認為這篇主題是破除迷信，所以對我們受過讀者反應理論洗禮的讀者
而言，這就是一個很好的例子。作者當時的構想主題和讀者看的角度
就是不一樣，尤其像林海音這樣一個非常高水準的讀者也是編者。段
先生選了三篇代表作，另外一篇〈雪山飛瀑〉本來要他自己講，但我
想節省時間，因此便簡單的講一講，我認為〈雪山飛瀑〉是他的幽默
小說。如果跟段先生深交的話，會覺得他是個嚴肅的人，但是他的幽
默感也常常出現在小說裡，他不是耍嘴皮的幽默家。這篇小說寫的是
有一個攝影家他的作品得到了頭獎，記者很好奇於是就去訪問他是怎
麼辦到的。我不曉得大家對攝影是不是很關心，臺灣有位大師叫郎靜
山先生，103 歲過世，他發明了一套集錦照相法。他的集錦照相法是
用不同的景，然後用他的藝術眼光拼湊在一起，構成天衣無縫的一幅
攝影。所以你遠看以為是一幅境界很高的山水畫，近看才知道是攝
影，那攝影是好幾個地方取來再把它合成起來的，所以又叫做合成攝
影。這一篇就是根據這樣的靈感，裡面的攝影家就是利用集錦照相而
完成作品，於是記者問「這山哪裡來的？」他說：「這個很簡單，我也
沒到名山大水去玩，這山就是假山，院子裡的假山，樹就是一些盆
栽。」接著記者又問「那這瀑布怎麼來的？」「這瀑布是我小孩子撒的
一場尿嘛。」這個很幽默，幽集錦攝影一默、幽人生一默。我想郎老
先生地下有知、天上有知的話，恐怕也只好會心一笑。這個故事第一
好像對集錦攝影做了一點很有趣的揶揄，但也可以擴大來說是對人生
的一個揶揄，人生假假真真根本分不清楚，假到這個地步竟然可以得
第一獎，可見人世間很多事情很難分辨，有些假的比真的還要像，更

容易取信於人。這是一篇不但是幽默小說，而且可以說帶有象徵性的好小說。接下來就請講你的五大創作核心。

段：郎靜山先生是活了 103 歲。而且他也看到這篇小說，看了以後他很高興。關於世界和平的世界觀，真正講起來要從人生觀談起，我有一個觀念，就是凡是你自己經過的事情都要看成是快樂的、高興的，一個人要快樂奮鬥才行。在那個時期以前所謂寫小說多半都是寫苦難，中國的苦難。像我這種樂天的人，一方面是受世界小說的影響，那時候是英國的電影像卓別林的《北國淘金記》，其他人創作的《千面怪客》，京戲裡的丑角戲《賤骨頭》等，要樂觀奮鬥這些就影響了我的人生觀。世界觀又是什麼？世界永遠是在戰爭，很難止的，太平的時間都在戰爭夾縫裡面，世界亂在人生苦短，有一種人他要在他的一生裡面什麼都享受到才行，於是世界就亂在這裡，而另外一種人比較多，就是寧願自己吃苦而不要讓世人受罪，所以這個世界觀就等於戰亂興起都是由於那些要享受的人，權利、金錢都想占盡，我們想讓世界永遠和平是很難的。但一面在戰爭卻一面在進步，歷史就是一面鏡子，凡是經過的，都是會被寫下來的。

我用一首七言詩來代表我的歷史觀，這首七言詩是〈詠史〉：「日月輪照蔽霧雲」，日月的光很亮了，但常常會被大的霧氣跟陰雲遮起來，「干戈擾攘亂紅塵」，干戈就是戰爭不斷的興起，紅塵就是人間。沒有戰爭已經夠亂的，再加上這個大戰、那個大戰一來更亂，像劉邦帶領很多人，都藉亂把自己說得非常好，別人說得很低，但是「前人難逃後人寫，幾分虛假幾分真」，無論前朝的人怎麼樣想逃避，讓人們讀史認為你是聖賢，但是後來的人會跟著史料來否定或肯定你。歷史是幾分虛假幾分真，這樣一首詩就代表我的歷史觀。

而關於時間與空間交錯的宇宙觀這一點，我過去曾談過一次，必須沒有可以令人懷疑的，才算永恆。我信過耶穌教，但在我家裡我也不禁止我太太信天主教。耶穌教是新教，是她把我帶進去信的，後來

她感覺新教不好所以改信天主教。因為我從小就讀聖賢書，讀孔孟之道、背四書五經，一直擺脫不了儒家思想的觀念，所以我對於很多事物是可以懷疑的，我們人類住在地球上，把地球不斷開發，人類不斷在透支地球的生命，才會不斷發生地震，我們因此可以懷疑如果地球不在，我們所謂儒、釋、道、耶、回也就不在了。我們至少可以懷疑沒有人類就沒有宗教，這些大教都不在了，旁的教就更不用說。但是有一點我們沒辦法懷疑的就是，空間和時間是永遠存在的。就算太陽系毀滅了，很多星系都毀滅了，但是容納各星系的空間永遠存在，你連懷疑都沒有辦法懷疑。時間即使沒有年月日的記載、沒有公元前後，沒有了一年四季記載，但是時間卻是永遠向後延伸的，它絕對不會終止。只有空間和時間是永恆的，這是我的宇宙觀，就是連懷疑都沒辦法懷疑。

長篇小說的藝術性

張：接下來請段先生講下一個主題，就是長篇小說的藝術性。

段：我現在正在寫我的回憶錄，寫我的父親。我的父親是學中國功夫的，像成龍、李小龍、李連杰那一套，若和我父親真正對打起來，都不見得是我父親的對手。我在 2001 年回到家鄉去，還聽堂弟跟我講一段我不知道的事情，就是有一天我大伯父叫我父親騎著單車，到一個地方提一筆鉅款回來，走在半路上遇到五個人要搶他的單車。他把單車停好了以後，把那些渾小子打得趴在溝中臉貼地，而且還不許他們抬頭看，如果誰抬頭看就回來揍誰。我父親生氣時不打人，一定要等氣消，因為他說這樣打了以後頂多輕傷，他才會打人。

在民國五十幾年，一開始就是林海音先生、張健教授在評我的一些小說，很多人要我寫長篇小說，覺得寫長篇連載很好。於是我的腦子就在構想長篇小說應該要怎樣寫才能讓人有耐心讀下去。我在讀小學的時候，有一位王質平老師給我介紹《魯賓遜漂流記》，說這部長篇小說

很好。後來我到了徐州看這本書時，完全看不下去，因為他鉅細靡遺，雖然主題很好，寫人類不能離群索居，但是從船上鍋碗瓢盆這些東西統統搬下來，寫得太瑣碎了，所以不想看，而且大多數長篇小說都這種寫法。我就在想我第一個長篇小說要怎麼寫，剛好也是今天的主題之一，所以我第一篇長篇小說，用電影剪接的方法，而且也是我的鄉土文學。故事發生在我的家鄉以南，叫大灘小灘這兩個地方。故事是發生在大灘的人，那時清末盜賊風起人們必須吃飯，他們發現有些過路人很神祕，這批人一定帶了很多的錢，於是就去搶劫，搶劫了以後的確是有很多財富，最要緊的是裡面有一件龍袍。這個村莊裡有一個專門寫訟狀的、懂得法律的人，告訴他們要趕快逃，只留下年紀大的老弱婦孺等等，全村莊的人都要趕快逃掉，並且把龍袍燒掉。金銀財寶丟掉還好，龍袍丟掉的話問題就大了，因為誰要穿上龍袍，就是真命天子。這個故事原本是這樣，過了幾年到了民國，事情就被講出來，我一想剛好可以配上電影的手法，完全是動作，包括張健教授剛才講的〈押解〉、〈雪山飛瀑〉還有〈雨傘〉，統統是動作，人和人演出來的，不是一個人講出來的，就運用了電影戲劇化蒙太奇的效果來寫小說。我跟臺灣作家不一樣的地方在於，臺灣作家就是一直寫。我舉大陸一個作家來說，姚雪垠利用文化大革命十年，一個人躲起來寫《李自成》，三百多萬字。我一聽就說這是沒辦法一字一句把它從頭看完的小說，一定要跳著看，等於我看很多長篇小說一樣，一定要跳著看，很多地方都省略掉。我一直在考慮長篇小說要怎樣寫，才能讓人家有興趣讀下去。

創作的養料——心儀的長篇佳構

張：剛才段先生講說了他寫長篇小說的兩個竅門。我想起海明威寫了那麼多小說，知名度那麼高，也得了諾貝爾文學獎，有一次一個資深的記者去訪問他，他講了一件很重要的事，他說：我認為理想的小說是要

像冰山一樣，冰山在海面上，它的十分之一是在水面上，十分之九是
在水面下。所以一個小說家一定要知道十分，但寫出來只能有一分，
這就是剛才段先生講的意思。不要像姚雪垠寫李自成寫了三百萬字的
小說，該書我看了其中一本，雖然寫得不錯，但實在是太累人了。當
然，歷史小說的寫法可以跟普通小說不同。段先生連《魯賓遜漂流
記》都嫌煩，所以說他的確是冰山理論的信徒。不過我們也要了解，
冰山理論是不錯的，但它只是一個理想，海明威也沒有做到過，比方
說他的名著——《戰地鐘聲》，我從高中的時候就開始看，中譯本已經
刪掉一點了，那時自己就自作主張覺得寫是寫得不錯，但是太悶了，
因此就拿《戰地鐘聲》來說，他絕對沒做到冰山理論，這只是一個理
想。我自己也是一個創作者，認為創作者可以往這方向去寫，要往這
方面去努力。做到幾分算幾分，說不定第一階段十分之八露在外面，
第二階段只有十分之五露在外面，不斷在進步。現在電腦網路這麼進
步，很少人耐煩細讀像《紅樓夢》那樣的古典小說，在這樣的時代裡
面，如果我們寫長篇小說更要注意到冰山理論，這就是跟段先生的意
見是不謀而合的。底下我們說一說他心儀的長篇小說，包括潘人木的
作品。

段：潘人木的《蓮漪表妹》是寫抗戰以前的那個時代，主題是那一代的人
是怎麼生活的，文字、修辭都非常的好。另外我要談的是像雷馬克寫
的《西線無戰事》，這是寫第一次世界大戰很好的一部長篇小說，雷馬
克另外有兩部小說，一部是《凱旋門》，一部是《流亡曲》。《流亡曲》
是兩個故事雙線式同時發展的小說。《凱旋門》有一個高度的技巧，我
們平常看《紅樓夢》是第三人稱全能式的寫法，所謂全能式寫法是想
寫什麼就直接寫了，想寫林黛玉心裡想些什麼，就直接寫了。但是雷
馬克的《凱旋門》是第三人稱，主角雷維克是外科手術的醫生，這個
醫生他用的是第三人稱，卻給了第一人稱的限制，用《蓮漪表妹》來
說，表姊來講她表妹，她沒辦法刻畫表妹的心裡是怎樣。雷馬克用第

三人稱給他第一人稱的限制，只能夠寫雷維克這主角的心理，不能夠寫旁人的心理，要寫旁人的心理必須用猜的。那個時代已經有電影了，他的作品給我的印象是他已經接受電影的影響，分成一場一場的去發展，看起來跟書沒有關係、實際上很有關係的鏡頭穿插在其中。但他不用剪接式的，中間有很多很冗長的敘述。另外一部就是《生命的光輝》，是雷馬克寫納粹集中營生活的，江森翻譯，這幾部書翻譯得都很好，我感覺江森先生翻譯得很好。還有一部影響我很深的是狄更斯的《塊肉餘生錄》，充滿一種幽默感，而且他很能夠把兩個人突然巧遇了，巧合太多了，他把巧合統統寫成這部書的特點。剛才張健教授講《戰地鐘聲》是沒有錯的，我讀《戰地鐘聲》也實在讀不下去，據說是作者兩個星期時間就把它寫出來了，作家到底還是要吃飯的，他必須生活才能夠寫出後來的《老人與海》這樣的東西。

對中國平劇的看法

張：我補充兩點。潘先生還在，八十多歲，身體還不錯。她的兩部小說《蓮漪表妹》、《馬蘭自傳》都被認為是很好的反共小說。我個人也不反對這種說法，但是我有一個簡單的理念，就是所謂的反共小說是反對反人性的，要站在這個立場而不是政治的角度；凡是好的反共小說都是好的人性小說。所以我也順便介紹一下幾位最優秀的反共小說家，第一個是張愛玲的《秧歌》、《赤地之戀》，她曾經在淪陷區待過，而且特地到鄉下去體驗。司馬中原的《荒原》也展現很高的現代小說技巧。另外就是姜貴，他的文字跟技巧是有些缺點，但他是老國民黨，跟共產黨有很多短兵交接的鬥爭經驗，對共產黨非常了解，他的《旋風》也是很好的反共小說。還有就是尼洛，也是軍中作家。當然還有如陳紀瀅的《荻村傳》等等。

另外我補充一點是剛剛講的狄更斯《塊肉餘生錄》是很多巧合，但是要曉得狄更斯每部小說都是如此，他的另一代表作《雙城記》，那個巧

合更是不可思議了。主角薛德尼‧卡登是個很悲觀，覺得人生沒什麼意義，活在這個世界上沒什麼意思的人。他愛上一個年輕美貌的女孩叫露西，露西有個未婚夫是法國貴族達南，那時正逢法國大革命，是暴民政治，達南無辜而被判死罪，主角本來和他是不相干的，他知道這個事情以後有一個巧合，這個巧合是令人無法相信的，就是主角和這位法國貴族是非常像的，於是他自己想：「我愛露西，不管她愛不愛我，我對她的愛是至高無上的。如果犧牲我的生命去救了我最愛的女人最愛的男人，那我可以玉成露西終生幸福，也等於我自己心理上也分享到這份幸福。」所以他就決心用一個手段，這當然很容易，比如賄賂什麼的方法，半夜買通了獄役，自己和達南掉了包。上斷頭臺時卡登非常從容滿足，覺得他這一生沒有白活。中學的時候，英文老師出了個題目，如果換成是你做得到做不到？我想了好久，到底做得到做不到？最後表示自己誠實，我忍痛地回答做不到。但是這件事情是非常荒謬的，一個是英國人一個是法國人，根本不同種族，不可能長得很像。不可否認狄更斯最大的缺點就是巧合太多，但是卻也從巧合裡，獲得高度張力的小說效果。他有很多其他的優點，畢竟他是 19 世紀最偉大的小說家之一。我就講到這裡。之後來一個餐後點心，請段先生講一講他對平劇的看法。

段：我家是開戲院的，那時候我在讀小學，小學一年級到畢業這階段，雖然不是天天去看戲，凡是我沒看過的戲我都去看，有的看兩、三遍。京戲對我來說影響蠻大的，我給它下了一個定義，它是成人的遊戲。整個戲都是遊戲性的，影響到包括本省的歌仔戲在內。演出來它是一個假的，非常假，因為它要求美感所以假。而它的美感在什麼地方呢？一個是抽象的，本來舞臺上沒有門，它必須做開門的動作。另外是象徵，象徵就像出來四個龍套也好，八個龍套也好，它象徵著千軍萬馬，就因為它是抽象、象徵最多，看起來很假，目的就是要具有美感。

京戲裡很多的戲也對我的人生觀有很大的影響，裡面有很多好的劇

本，也有很差的劇本。好的劇本我寫過八萬字評〈四進士〉。〈四進士〉這戲是描寫一個懂得法律的人，他的人生觀跟《凱旋門》是一樣，寫的是同一個主題：對好人要好，對壞人一定要比壞人還要壞，這才是最好的好人。宋士傑就是這樣，他為了救好人楊素貞，寧願犧牲自己身家性命都可以，他要打擊壞的——另外三個進士。四進士中只有一個是好的，而其他的都被他參掉了。《凱旋門》主題也是一樣，寫雷維克流浪到了巴黎，而法官老是判他驅逐出境，等到有一次他替人開刀，那個醫院在麻醉了以後，醫生他自己不會開刀，就找雷維克去開刀，他一看這人老是把我驅逐出境，只要刀子偏一點就把他割死了，但他不割，因為那是他守法國的法律，所以我不能把他割死。可是當他遇見那個趕他出來，德國派到巴黎的間諜的時候，他想盡辦法要找這個人，而且把他殺死埋到一個地方讓人找不到。所以他對好人好、對惡人惡，這也是這兩部書給我一個人生觀的影響。這跟儒家思想仁恕就有些不一樣，我們今天打擊犯罪也是一樣，警察遇到強盜拿手槍來打你，也要用手槍射強盜。不像幾十年前那樣子，警察拿手槍不敢掏出來的。

結語

張：段彩華小說的優點，我的看法是這樣：第一個他擅長白描，直接用文字來寫，而比較少用比喻、象徵，雖然他也有一些經過仔細琢磨得到的象徵，但表面上不大用。白描用得多而且很成功，海明威也是這樣，沙洛陽也是這樣。第二擅於塑造人物。第三對白也很精彩，不僅是流利也很切合身分。第四擅長塑造氣氛，有一些小說，我記得尤其是若干「聯副」登載的小說，不但是小說而且有散文詩的氣質。第五就是他的視野是相當寬的，他有鄉土小說、城市小說、幽默小說，也有一些發揚人道精神的小說。第六他擅長運用懸疑和巧合。各位也許以前沒看過他的小說，希望以後有機會購買或在圖書館找到，借來仔

細閱讀，經由今天提供的線索，應能多了解這位優秀的當代小說家。

答客問

來賓一：我是衝著段老的名字來的，他叫彩華，彩華彩華，彩色大中華。剛才張健教授介紹段老對平劇內行。我本身對宗教信仰有點研究，段老剛剛講到基督教和佛教，我本身跟段老一樣都是新教徒。我是做國民黨的工作，14 歲的國民黨員。我期許自己是文學人也是文化人，我覺得臺灣的基督教可以轉型成阿彌陀佛基督教，因為佛教是哲學、基督教是神學，那神學要落實到生活的話，應該是哲學跟科學的層次。

段：我對於宗教的書，最早看過《舊約》。那時候我只有二十多歲，我看這個書是把它當文學作品來看，它對我影響到什麼程度呢？那時候我住在營房裡面，四周都沒有人。我看守好幾個營房，有一天我正在讀聖經的時候，突然聽到我這個位置，心臟下邊到丹田中間的位置，突然說了一句話：「我不是存在的嗎？」我就聽到這樣一句話，這句話對一般人來說當然是神在說話，或是主耶穌在說話，聽得很清楚，我聽了一愣，這麼一愣就沒有聲音了。《舊約》也好《新約》也好，就是說上帝就是主宰、就是極高的權力。信仰祂就得救，不信仰祂就不得救，後來我就跟我太太去信仰祂，但是教會裡，不管哪個教來說，都有很多穿著宗教衣服、假借宗教的人，很使人失望的。但還是有很多了不起的教徒是活基督。佛學我研究得很少，知之為知之，不知為不知，我就不敢說了。

來賓一：天主教是舊教，基督教是新教。我本身是傳道的。我認為臺灣最需要的可能就是中體西用，中學為體西學為用，中體西用新文化。我要講的是信仰其實可以跟中華文化相互融合，十全十美的信仰就是基督教，多采多姿的文化可以包含佛教、回教跟大學學術。我們中華文化是儒、釋、道，說到基督教可能還要加上法家，法家就事論事，剛好跟聖人的果實，還有約翰一書一章九則裡十個聖人的果實完全相

通，提供給大家參考，謝謝。

來賓二：大家好、段先生、張健老師好。我想請問段彩華先生能不能講一下你最新的那本小說《北歸南回》，這本小說裡你創作的契機，第二個就是所謂的北歸南回，能不能再做更深一層的詮釋，尤其是南回中的南指的就是臺灣，這個臺灣對你來說是不是有更深的意義，謝謝。

段：我剛才談到小說的技巧，《北歸南回》就剛好跟我原來的構想有一些地方不一樣，必須敘述，因為它的時間太長了，要寫一個大時代，從抗戰前一直到反共、遷徙來臺，到開放探親。這麼長的時間，足夠寫三百萬字。就要考慮到這樣的問題，回到大陸的時候坐車，就回憶過去的事情，這就用傳統的小說的方法來寫。于思屏回到家鄉的時候，回憶他怎麼樣離開徐州時，要用傳統的敘述方式做白描。

再談到臺灣對我是不是有更深的意義。實際上，任何人都不只有一個家鄉。以我來說，大陸家鄉是夢裡的家鄉，我有一首詩題名〈五月五日感懷〉，頭一句就是「夢中夢外兩個家」。我 16 歲就到臺灣來了，每換一本日記，便在第一頁寫上：我是陽曆 37 年 11 月 8 日晚上九點鐘的火車離開徐州，民國 38 年 5 月 20 日晚上八點多鐘在高雄港登陸來到臺灣。我在臺灣生活的時間五十多年，我在那邊生活只是 15 年而已，所以臺灣真正說起來，是我第二個家鄉。久居第二個家鄉的人，再回到故鄉看時已經面目全非了。寫于思屏就是以我自己家鄉為背景來表現沉痛的。它本來是一個丘陵地，我要走到對面鄰居家裡去，必須要走下高坡，下到最低的地方是小路，爬上對面高坡去，才能到鄰居家裡。再回去一看，已經被共產黨統統填成一片平地了，房子統統改變，街道也改變，只有一個地方我還認識，就是我的這部小說裡，我把他寫成了于家巷，實際上就是段家巷，那個地方沒有于家巷，段家巷到小學校那小斜坡還在。我寫這小說的主題是一個大時代的縮影。

再談一談由九歌出版社發行的長篇小說《花燭散》，雖然和《龍袍劫》一樣，都是運用電影演出方式表現，但不同的是，《花燭散》特別要求

要有彩色電影的效果。讀者們可以根據生活經驗，一面閱讀，腦海中
會浮現各種顏色出來。像搶新嫁娘的一場，花轎在雪地上走，被強盜
們搶去了。花轎是什麼顏色？雪野是什麼顏色？不用作者多渲染，效
果就出來了。

尤其過陰曆年打鬥的時候，他為了要趕快搶回迎娶的新娘子，就大年初
一便一箭射到「天增歲月人增壽，春滿乾坤福滿門」的門聯上，這樣一
聯想彩色效果就出來了，都是紅色的寫著金字或者黑字。順著情境進
展，打到各屋裡，在刀光劍影中出現牌九中的天牌、人牌。再砍殺下
去，又出現麻將牌七餅、五萬、紅中、發財。也在亂殺亂砍中，打出骰
子，寶盒和寶子。這些賭具的顏色，便會在讀者的眼前浮現了。

進展到元宵節這一天晚上放焰火，小街上掛滿各式各樣的花燈。掛滿
了燈籠的街上在打殺，另一邊在池塘上放焰火。讀者們根據生活經
驗，彩色的效果又浮現於眼前了。再補述一下這一天的白晝，主角在
看玩鄉會，有踩高蹺的、扮演八仙、舞獅子、玩旱船的。讀者們誰沒
看過這些？彩色效果又出來了。在這一場裡，我還運用了幾次快鏡頭
急閃的大特寫，製造電影蒙太奇的印象。

這書的後邊，出版社把它說是民國初年，實際上是清朝，清朝叫捕
快，到民國就叫警察，是清朝乾隆到嘉慶那時候的事，故事中人要吃
斑鳩肉壯陽，後來有鴉片戰爭，壯陽藥改成吸鴉片了。那時候放焰火
是什麼樣？焰火中爆炸出《西遊記》的畫面，唐僧、豬八戒、孫悟
空、沙和尚，接下來再爆炸出是八仙過海，一看就知道是彩色化。這
是我心營意造設計出來的，讓讀者看了如同看彩色電影，至少在此之
前，中外古今的小說家都沒有這樣寫過。為了達到彩色效果，時間盡
量壓在兩個春天內發展，前面一年春天，王明杰遇見那個漂亮的女孩
子丁淑月，是在一個開滿杏花的河岸上，粉紅色杏花，大家一想就是
彩色的，那女孩穿的服裝稍微寫一下就行了，很多地方我們可以省掉
筆墨，特別去烘托她的。這就是張健教授剛才說的，有些地方可以

寫，有些不必寫得那麼詳細。

來賓三：我們知道段先生從小讀四書五經，然後在家裡是京劇的培養，所
　　　　以在初中受到老師的褒獎而立志開始寫作。但是在張健教授這裡聽
　　　　到，各種文章都有各種流派的分析，所以我好奇如果段先生受了學派
　　　　影響之後，是不是也一樣能寫出這樣的文章？還是利用自己的經驗也
　　　　能寫出這樣的文章，學院派和憑自己經驗所寫出來的東西，這兩者之
　　　　間有沒有衝突跟不謀而合的地方？

段：每一個作家都是從自己最熟悉的地方開始寫的，生活就是他的素材，
　　談鄉土文學是尋根，每一個作家一定是從鄉土出發，寫他最最熟悉的
　　生活，成熟以後他就不能老寫那幾個題材，寫完了就沒有了，必須要
　　吸收且讀很多的東西，要吸收別人的生活、觀察別人的生活。我在最
　　敏銳觀察的時候，我可以從人的臉孔跟他說話的口音，判斷出他是什
　　麼地方的人，而且大致上都沒有錯。這在《我當幼年兵》裡就寫著，
　　當時有八個戰鬥英雄分不出來，我查出來六個，還有兩個沒辦法查出
　　他們的人名，旁人說隨便排好了，因為那時戰鬥英雄排錯了，有人反
　　應上來，我們報社和印刷廠會受處分，他說隨便排，我說我再看一
　　看，一看這兩個人年齡同是 24 歲，沒辦法分別，我接著再看籍貫，這
　　一個是山東人，那個是江西人，我說這個山東人長得長方形臉、土里
　　土氣，那個瓜子臉孔帶點聰明相，是江西老表。叫排版的放上去，等
　　到第二天《青年戰士報》一來，一對完全正確，這就是寫作的人一定
　　要觀察體驗別人的生活，這同一時代裡大致的生活都是一樣的，觀察
　　多了、體驗多了，對別人的生活經驗，就變成自己的經驗，生活面一
　　定愈廣愈好。而且雜學還要多，一個寫小說的人除了讀歷史、讀兵法
　　戰冊，像萬寶全書、奇術一千種這種書也要讀，你的素材越多，這些
　　素材就會鼓勵你非寫不可。

張：剛才段先生特別強調，應多吸收別人的經驗，因為個人的經驗是有限
　　的。其實小說家除了他天生敏銳的感覺，像他剛才說的，所謂的第六

感是很重要的，但是更要去吸收記錄，把觀察的所得收集起來。我舉個例子，我三十多年前跟黃春明一起到金門去訪問，我看他沿途永遠拿著一本筆記本，簡直隨時隨地都在記，風景、環境、人物、別人的對話都在記，那時候是因為大家設備不夠，現在有的小說家就帶一個小的錄音機，甚至帶一個攝影機，把這些東西都記下來，因為人的記憶是有限的，記下來後可以回去慢慢消化。我們今天時間到了，謝謝各位參與，我們希望以後還有機會跟各位相聚，也希望各位對段先生的為人與作品好好的了解、甚至於好好研究，臺文所也可以能拿段彩華的小說做碩士論文，甚至博士論文的題目，謝謝各位。

【延伸閱讀】

段彩華，《段彩華小說選集》，臺北：臺灣商務印書館，2006 年。

段彩華，《北歸南回》，臺北：聯合文學出版社，2002 年。

段彩華，《花燭散》，臺北：九歌出版社，1991 年。

段彩華，《上將的女兒》，臺北：九歌出版社，1988 年。

段彩華，《野棉花》，臺北：爾雅出版社，1986 年。

段彩華，《龍袍劫》，臺北：名人出版社，1977 年。

段彩華，《花彫宴》，臺北：華欣文化事業中心，1974 年。

張　健，《兩顆太陽》，臺北：藍星詩社，2005 年。

張　健，《夏荷集》，臺北：藍星詩社，2004 年。

──選自許素蘭等《徬徨的戰鬥　十場臺灣當代小說的心靈饗宴：國立臺灣文學館・第三季週末文學對談》

臺南：國立臺灣文學館，2007 年 12 月

照片盒
憶我的爸爸段彩華

◎段西寶[*]

　　2015 年冬，1 月底。整理爸爸的遺物，整理到回憶錄「大動亂中的玩童」，見卷末日期押著：2010 年 2 月 18 日，脫稿於永和市（今新北市永和區）。回憶錄中小玩童的最後一節，停留在一場 14 歲時看的烏龍籃球賽，心裡不禁浮起兩個問號？

　　問號一：2010 至 2015 年之間呢？長達四年多的空白，為何不去續寫後邊的歲月呢？

　　問號二：為何時光只止於 14 歲？

　　問號二很快得到解答，重新翻爸爸的散文體自傳《我當幼年兵》（臺北：彩虹出版社，2003 年 3 月出版），1949 年隨著國共內戰來到臺灣，初駐地臺南市第二高級中學，當時 16 歲的少年，日後私自把校園當作他的第二家園／舊日的庭園加以緬懷……。

　　幼年兵的生涯一路寫到了 24 歲及其以後，連接小玩童在軍中長成了大樹。爸爸應該是認為自出生走筆至青年的前半生，這樣長的年月已經是很足夠了。

　　心底仍然納悶，腦海裡揮之不去一幅場景，2014 年 10 月 11 日左右，連續重溫了小時候看過的金庸小說，順帶新發現了一本《金庸散文》。散文卷末附錄一篇〈月雲〉，寫富貴人家小少爺宜官（宜官為金庸自己小時候的小名）與貧窮丫頭月雲的相處，故事以一個莫名碎裂的瓷鵝為端，具寫了

---
[*]段彩華長女。

無理的外力加諸於人，是人的生命之常。頗有感觸之餘，文章開頭的童年小學堂學生放學後互唱再會，幾筆勾勒家鄉的石板路、池塘，時間又是1930 年代，淡淡的江南情調，文體不自覺會和爸爸寫的那些蘇北家鄉風情重疊在一起，有一股親切熟悉的雷同感說不上來。

我拿著這篇文章給老爸讀，父女兩人飯後聊天。

爸爸：「當時的確是地主有錢人家的小孩，才能去上私塾小學堂。」

我：「這篇看起來像回憶錄的一個段落，不知道金庸現在有沒有在寫自傳？市面上已經有出版一本《金庸傳》了，不過是別人替他立傳，希望能讀到他親筆寫他自己。」

爸爸接口：「唔，我也正在寫我的回憶錄。」

聊著聊著爸爸突然想起金庸的好朋友梁羽生，梁羽生下過不少功夫專門研究中國對聯，搜羅許多抗戰時期的名聯、絕聯。爸爸一向是個超級狂熱的對聯迷，興頭一起話題轉到妙聯妙對的趣味上了。

爸爸過世後，記掛住「正在寫回憶錄」這句話，可是翻箱倒櫃各種手稿、日記，再沒看見 2010 至 2015 年之間「正在寫的」任何憶往的長篇創作文章，倒是打油詩、短詩、字謎、單句格言、自創對聯加橫批這些遊戲做得很勤奮。

他老人家一直有隨時想到什麼，就在順手拿來的任何紙張上（諸如DM、雜誌內頁、廣告單、拆過的信封、邀請函、報紙、包裝紙等等…），寫下文字的習慣。附圖的紙盒，原本是一個裝茶葉隨身包的盒子，爸爸一時詩興大發，洋洋灑灑寫了一篇如下：

　　春暖鞋街在臺南

　　赤崁樓上見石刻

　　野柳無有一株柳

　　鞋街未必真賣鞋

　　兩百年前招牌爛

今日難尋這條街

木屐拖鞋人盡歿

現代過客穿皮鞋

詩文約莫在表達物換星移之慨吧，其後又在紙盒上取題「照片盒」，從此這個紙盒不裝茶葉，盡拿來裝照片了。

說到照片，印象深刻爸爸是個愛上相的人，也非常喜歡拍照，40 歲結婚生小孩後，鏡頭下取材的對象，自然是家人子女了。收拾散落家中客廳的照片，清一色熱熱鬧鬧的闔家歡人物影像，唯獨一幅自助式簡單裱框的單純系列風景照，很突兀的立在客廳的照片區域內。

那是一個順手湊合的現成大木框，原畫（？）已遭父親大人拆除，大木框的大小剛好足以容下九張風景照片的連環拼貼，九張照中有六張黑白相片，黑白相片的取景都是一幢似是日據時代的古老建築，建築物前長著高大的榕樹。

想問爸爸這些榕樹和建築是在哪裡？照這幹嘛？父親大人已經到另一個世界去了，當然不會得到回答。

大榕樹與那幢古老建築反覆以不同角度拍攝，反覆到令人耿耿於懷的地步。

沒有人可以詢問，索性把心一橫，拆除裱框，把照片從糊住的厚紙板拼下，想翻看背面會否有什麼文字蛛絲馬跡留下，好在其中兩張背面有提示，寫著：臺南第二中學後門集會場之一／之二，及 6.3 的字樣，「6.3」可能標示著 6 月 3 日？

循記憶再翻開《我當幼年兵》——〈我的第二家園〉之章……，啊呀，找到了！

節錄書中第 8 頁的一段文字：

經過臺南公園，只感到裡面綠蔭很濃，隔著鐵欄杆，沒有心情欣賞園內

的美景，就在班長的監督下，走進第二中學的大門。只是短短的幾小步，卻開啟我另一段屬於血和火的人生，屬於唱戰歌的人生。

我們是從校門裡邊一條大路走到後院的。學生們正在上課，沒有受到驚擾。前院的樹木和花草很多，也沒有心情去看，像囚犯跟隨一個押解的，到了後院時，眼前突然開闊，經過四百公尺跑道的前面，望見另一邊綠茵茵寬廣的草坪。草坪東邊有兩棵又高又大的老榕樹，相隔不多遠，各自散開濃濃的綠蔭，遮蓋住一塊空空的平地。

再東邊，緊連著榕樹的，是一幢高大的房屋，水泥牆，灰色的瓦頂，分上排和下排，開著兩溜窗戶。有些榕樹枝葉綠得發黑，幾乎擦到窗戶，景色滿幽雅的。班長把我們帶向榕樹那一邊，我們都以為經過烈日的爆曬，一定是讓我們停在綠蔭下休息。只差四、五步遠了，他卻喊一聲「立定」，我們便站在太陽地上。意思是告訴我們，哭也沒有用，當了兵，連不花錢的樹蔭也不是隨便可以享受的。

磨練從這裡開始！

第二故鄉情的萌芽，也從這裡成為原點，黑白相片中的那幢古老建築，是當年校舍臨時權充改為幼年兵群之一的爸爸，起居坐臥的營房；大榕樹下的集合、出操，乃至小兵們在樹蔭底下聊天、乘涼、躲懶、嬉戲，大榕樹刻印著爸爸 16 歲至 18 歲的青春歲月。

明明書中寫著紮營於臺南二中，只有短短的一年左右（自 1949 年 5 月底至 1951 年春天），為何此地會成為爸爸後來魂牽夢縈的第二故鄉呢？

記掛到：

過了七、八年，我已長成大人，站在營房裡或走在街上，都是一個大兵了，在精忠報社服務，駐地在鳳山。隨著時間的蔓延，年齡的增長，心裡非常懷念那個老地方。大概是民國 46 年到 48 年中間的事情，不能自止的，我請了一天假，搭火車到臺南市，散步式的沿著公園往那邊走，

慢慢的進入第二中學的大門。

那時正是夏日的中午，學校裡放暑假，看不見一個人。只有我自已，腳旁連影子都沒有，閒散的、靜靜的，漫步到後面的操場，漸漸走近北邊的那棵大榕樹。當我停在榕樹底下時，一種奇怪的事情發生了！我清清楚楚的聽見過去的班長扯長聲音在叫：「後門集合場，講話隊形──集合！」這一聲剛落音，接著響起一百多個人向床鋪底下放小板凳的聲音，咯登咯登一陣亂響，以及紊亂的跑步聲。

我心裡一驚，奇怪，這是怎麼回事兒？這個念頭一起，那些聲音便嘎然消失了。在濃濃的榕樹蔭底下，依舊是我一個人，靜悄悄的站在那裡，離肩膀不遠，掛著一縷縷的榕樹鬚子。

真的，一點也不虛假，那聲音在我的耳邊響了大約有五秒鐘到十秒鐘，聽得十分清楚，是過去的一位值星班長叫嚷的。在醫學上，精神科的醫生會說：「這是幻聽。」在心理學上，從感情上分析，這是過去的聲音的迴響！因為在潛意識當中，我太愛這個地方了，太懷念這個地方了，才會發生這種現象，聽見了七、八年前的聲音──一個班長的命令，和一百多個小板凳咯登咯登的動靜。

當時的我，讀的書不多，並不明白這些，只覺得奇怪又欣喜，在樹下站立一會兒，等情緒平穩了，才信步走進那棟大房子裡面去看。我們過去睡覺的床鋪早已不見，木板牆也早已拆除，偌大的屋子裡，搭起籃球架，恢復了它的舊觀──室內運動場。

留戀片刻再走出來，向榕樹西邊凝望，綠茵茵的草坪仍在那裡，彷彿比從前凌亂一些，失去我們那群小兵的保養和維護，大草坪顯得髒多了，也破爛好幾塊。

如果不是感情繫念，心靈深處有它，我是不會聽見過去的聲音迴響的。從那一次故地重遊以後，我便在內心裡，把那看作是屬於我個人的第二家園。以後每隔一兩年或兩三年，便會到那裡留戀一番，摸一摸榕樹，坐一坐草坪。在民國 57 年 58 年中間，我甚至帶著照相機，拍攝下那棟

大房子，和後面集合場上的那兩棵大榕樹，作為永久的紀念。恐怕照壞了，還多拍了兩張，那正是我聽見聲音迴響的地方。有點失望的是，我以後再去，都沒有聽見舊日的任何聲音。

《我當幼年兵》第 23～25 頁

上述文字，說明了那六張黑白老相片的緣起，也同時喚醒了我的記憶，爸爸的確曾經說過，有一陣子，頻頻買火車票往臺南跑，目的地臺南第二中學，對照前文，時間大約落在 1958 至 1969 年之間，十年左右每隔一兩年或兩三年就會舊地重遊一番。

〈我的第二家園〉對兩棵老榕樹的懷念，筆觸是非常溫柔的：

中午和晚上睡覺時，可以從敞開的門內望見後邊的大草坪，吹著掠過草坪的涼涼海風，而榕樹鬚子越拉越長，在雨後顯出嫩嫩的鵝黃色，輕輕搖動，興起一種異鄉情調。

《我當幼年兵》第 11～12 頁

爸爸又在文末自剖：

正由於第一家園的闊別，隔著海、隔著山。有一段時間，認為永遠回不去了，我才發生移情作用，在潛意識中，把這裡看為第二家園，用它來代替失落的老家，是非常自然的，那時的我，還在需要家的年齡

《我當幼年兵》第 27 頁

一面分類舊照片和整理遺稿，時序進入二月，赫然在一張樣稿的背面，發現一篇手跡，大意如下：

健康因素……回憶錄只能揀擇成熟的果子書寫，其他「比較不重要」的

　　即便是成熟果子，甜度和味感到底有點不同，沒摘也就沒嘗了……。

　　以上適足以解釋，抱病關係，2010 至 2015 年的空白，「正在寫」只是聊天中的隨口接句罷了，而凝視著這張字體頑固的手跡，感覺得出爸爸在揀擇果實的取捨上，有他深深的執念……

　　24 歲以後逐漸摸索出個人的寫作風格，再到 1962 年退役後得以專心從事寫作，生命正式進入最多彩繽紛的昂揚時期，創作量豐，作品的量與質成正比。其後結婚建立家庭、有了小孩，精神層面更趨穩定。和童年、青少年時代的易感多病，同時又被迫與家人分離，被迫離開故鄉，相形之下，青壯年期的爸爸，較能在大環境之下爭取主動權，並主宰自己的命運，爸爸基本上是個愛自由的人，但從揀擇果子的傾向，不難發現他也是個愛束縛的人。那些失去的、抓不住的、回不去的，概括為鄉愁的情感，是爸爸更樂於負荷並欣然摘採的果實，而他沒有揀擇，沒有正式書寫的 25 歲迄於 82 歲終點，生活明顯平穩許多的年月，實則占據了他人生的三分之二強，彷彿，試圖捕捉那些失去的，藉文字重現早年生活的點點滴滴，品嚐到那份酸澀，才是成熟的滋味，因為那是活過的證據。

　　這很合乎似是來自心理學的界定：早期經驗，往往影響人的一生，大多數人終其一生很難解開早期的情意結，那些情結是不容易坦然放下、超脫的。

　　一直視寫作為唯一信仰，卻因腰痛宿疾加深，漸漸無法隨心所欲經營長篇文章了，那麼剩下來的精力，這幾年間如何排遣呢？

　　一、看書；二、下棋；三、聽京戲；四、重溫江蘇老家的小遊戲；五、則是前面提過的做短詩、發明字謎、創作對聯這類……。

　　一、看書：爸爸很自豪自己是個好讀者。評點古詩、跑圖書館借閱兩岸封鎖期間，對岸作家的作品、自購象棋譜打譜怡情，唯書籍但凡超過三百頁，對爸爸而言就過重了，手打重書，手部神經牽連到背部坐骨神經，一旦引起腰疼苦不堪言，且打譜需一手持書另一手空出來擺棋子，賞玩棋

譜腰會痛，不打心裡又不快活，該當如何是好呢？爸爸靈機一動，信手把三百多頁的書撕開，分成三小紮各一百頁左右，打起來果然靈便多多，並向女兒炫耀：「瞧！這招多聰明。」

很能在病痛中苦中作樂，並自得其樂的傢伙。

二、下棋：父女間固定於晚餐後對奕，也是從這裡延伸出上述的打譜活動。

1.黑白棋——正式名稱為奧賽羅翻轉棋，發明於英國，風行於日本，棋盤少少的 64 個格子，父女間一盤棋平均卻要下上二到三個小時，黑白棋爸爸下不過女兒……

我：「平常因為有在跟電腦下。」

爸爸：「不公平，跟電腦下等於有棋譜，有練功祕笈。」

於是父女間對奕進入下一個階段。

2.象棋——輪到女兒下不過爸爸，屢戰屢敗，愈挫愈勇（？）之下，更加發奮的屢敗屢戰，飯後父女熱戰的時間長達七個多月，這七個多月之間可沒有什麼週休二日那套，除卻偶爾的二、三天，爸爸有事或我有事，其他的日子每天都不打烊，夜夜盤上激鬥。女兒老是輸，只好頻頻回棋剛才下的那一子不算，回棋無數次依然照敗如儀。

爸爸透露，年輕時他的棋不管在軍中或文藝界，都是小有名氣的，另一位作家舒暢，很欣賞爸爸的棋，舒暢本身的棋力在職業三段五段之間，常勸爸爸到棋會鑑定棋力，據他估計約落在三級到職業初段之間跑不掉，不往這方面發展很有些可惜，爸爸以太過專注於寫作，一心無法二用，及臺灣沒有容納職業棋士生存空間的舞臺而婉拒了。

爸爸下象棋的棋風是擅於用馬，在檢討棋時仔細的說明了「掛角馬」、「臥槽馬」、「反宮馬」、「懸擱馬」等殺手鐧用法，及解析殘局時仕象權的數學性趣味。

熱衷下棋的同時，接觸棋譜變成一件很自然的事。那時臺北有一間老字號專賣簡體書的書店「問津堂」，裡面的棋書書種豐富、洋洋大觀，凡是

棋迷愛好鑽研者，都會往那間店朝聖尋寶（包括我們父女倆在內）。爸爸在問津堂補足了兩岸不通時期，夢寐以求的楊官璘棋譜，也涉獵活躍於近期第一國手許銀川的棋，連最新年度的象棋年鑑跟著打包回家。（即前述拆開成三小紮的那本厚書）

流連於新舊棋書之間，爸爸津津樂道象戲五十年來的沿革和演變。棋手們不斷探路創造出許多嶄新的走法，例如傳統上認為不討好的邊馬／邊卒，巧妙運思也能拿下好的成績。

父女倆下棋下到這一階段，演變成停奕改研究棋譜，飯桌上同時要擺大棋盤和棋書，空間變得侷促，爸爸於是用紅色鋼珠筆畫線，自製了工整的小棋盤，以利說棋使用。

整理遺物時看到這張紅色小棋盤，不禁感歎：「哎，這就是生活過的痕跡呀！」

三、聽京戲：每週六早上按時收看電視播出的京戲，周日並乖乖看重播。嫁出去的妹妹每逢回家，都會很貼心的用筆電播放一些網路下載的京戲，讓爸爸過足戲癮。

爸爸對革新京戲有一些想法，構思藉著創造新砌末，想要推動京戲現代化。

他在生命的最終留下遺稿，是剛動筆開頭數頁，即猝然輒止的劇本〈影迷結婚記〉，及尚未命題的球員打籃球故事。

爸爸總是暢議：舞臺劇可以經由布景來做搭輪船、坐火車、開飛機的轉換，京戲當然也可以新詮傳統的砌末來搭輪船、坐火車、開飛機。

旁人問他：「那砌末要如何運用？」

爸爸祕而不宣的賣關子：「這是獨家構想的文化財，是有專利的！」

隨著爸爸的離世，這「專利」也給他帶到天上去了。

四、重溫江蘇老家的小遊戲：

1.六洲——同樣是棋類遊戲，棋子排列成一定的規模，會產生類似「眼位」的形狀，我和爸爸共同據此推敲，六洲的發源處應該來自圍棋，是圍

棋的姊妹作副產品，很可惜身為女兒的我，耽於學圍棋的同時，無暇仔細把六州的玩法記住，六州的完整版叫「九州十八縣」，流行於蘇北、山東、江浙一帶，對岸在文化大革命的十年浩劫之中，摧毀了許多事物，棋類活動在當年自然也受禁止，復原後但願六州、九州十八縣也能有人傳承和延續。

　　2.陞官圖──中國版的大富翁，某年過年妹妹初二回娘家，應景買了一款陞官圖，身為外公的爸爸，和二女兒（妹妹）及小外孫，三代同堂玩了一場陞官圖，好像畢竟周遭的環境是進入了滑手機，小朋友更沉迷於線上遊戲的數位時代，陞官圖玩起來顯得枯燥蕭索並不起勁，爸爸這人又挺念舊，憶起女兒尚幼時，闔家熬夜玩陞官圖度過除夕夜，那一個夜晚好快樂！老來重玩卻全然不是那個滋味，爸爸乾脆自行撰文寫了一篇「陞官圖玩法補正」，規則鉅靡遺正經八百，偏偏又寫在一張廣告單的背面，依他老人家的補正法去玩會否趣味倍增不得而知，只覺得爸爸這人真的很能找法子自得其樂。

　　3.摺紙──所摺的主題都是蘇北故鄉取向，清代延續下來的烏紗帽、龍舟、小襪子之類，常常看著摺紙完成的形體和摺痕，都感受到爸爸懷鄉傷感的那一面。

　　「大動亂中小玩童」是一個片段一個片段串聯起來的回憶錄，有些片段在串聯的過程中，並不適宜納入整個大長篇，會顯得累贅重複而未編排進去，成為遺珠。

　　遺珠中一則寫道：

　　　童年時，我母親對我說，酉時是天剛黑不久，雞吃得飽飽的，要進窩睡
　　　覺時，是個好兆頭，註定我一生是隻飽雞。這話值不值得相信，是安慰
　　　她自己呢？還是在安慰我？要等我長大後才知道，要用我一生的經歷去
　　　證明可信度有多少。（註：父親生肖屬雞，酉時出生。）

爸爸對他生離的母親，有一種難言的愛恨交織。正因互相刻骨銘心的愛，日後回想母親一味盲從親族的建議，在 13 歲上以讀書學業為重，送他離鄉背井遠赴徐州，導致這一別再也無緣重逢。爸爸對其母畏於親族耳語所下的決定，並不是沒有恨意，但又矛盾的明白從長遠的角度看來，一切打算都是為他好的。

爸爸所不能接受的是，他在 11 歲剛喪父，辛辛苦苦好不容易克服了傷痛，到了 13 歲年紀還太小，根本禁受不起母子分隔兩地的處境。爸爸從那段時期就抱著這份糾葛，一直活到晚年也難於釋懷，這情念如影隨形折磨了他一輩子，且隨著身體狀況走下坡，悲傷的情緒更形劇烈。

現在的爸爸劃下句號走完了一生，完成屬於他的任務，所有的愛與恨抵銷歸零，那個嚮往自由也愛自由的爸爸升了天，終於再也不用受這些情念束縛的折磨，可以無限時空逍遙遊了，為人子女的，在此衷心祈禱他的冥福。

——選自許素蘭主編《跨國‧跨語‧跨視界——臺灣文學史料集刊　第五輯》
臺南：國立臺灣文學館，2015 年 8 月

西出陽關有故人

悼念朱西甯、段彩華

◎桑品載[*]

　　四十多年前，我以「司陽」筆名在《中國時報・人間副刊》寫「方塊」文章。其時，國防部總政治部（後改稱「總政戰部」，沿用迄今）推動軍中文藝正盛，我在一篇文章裡，將朱西甯、司馬中原、段彩華譽為「鳳山三傑」，因為他們的軍旅始於高雄鳳山，文學作品揚名也在鳳山。他們又服役於同一個單位——陸軍入伍生總隊，我當幼年兵時，也屬於這個單位，對他們我有一分特殊的情感。

　　我擔任《中國時報・人間副刊》主編時，請他們寫了很多文章，朱西甯、司馬中原都在「人間」寫過長篇小說，段彩華則專注於短篇小說，若以「篇」計，他寫的最多，可說篇篇精采。

　　後來他們都定居臺北，最早退伍的是司馬中原，次為段彩華，朱西甯最晚。其時朱已官居上校，在總統府上班，單位屬總政治部第二處，專職推動國軍新文藝發展。

　　三位中，朱西甯年齡最大，司馬中原第二，段彩華最小。如今，朱西甯和段彩華已先後過世。這篇文章只寫這二人，司馬中原尚健在，他的六個子女有兩人已超過 60 歲，司馬中原說他每天還能健行萬步，臺北的文學活動，他多數參加，老當益壯，成為人瑞有望，他既還能「躍馬」，暫且不寫他。

　　先寫我與段彩華。

[*]小說家、散文家、評論家。

　　他是江蘇宿遷縣人，1933 年出生，2015 年逝世，享年 82 歲。

　　我初當「幼年兵」，是在 1950 年，12 歲，和段彩華在同一個連。他大我 4 歲，被稱為「老幼年兵」。此中有故事，得先說分明：

　　1949 年，孫立人將軍奉命在北京、上海、武漢等地召募知識青年從軍，有數萬人加入，其中還有女兵約三百人和年齡較小的「娃娃兵」。不久，江山易幟，匆匆來臺，孫立人在鳳山陸軍官校鄰近處「三分子」成立「入伍生總隊」，共 4 個團，女兵落腳屏東，單位名「女青年工作大隊」，16 歲以下的集中在入伍生總隊一團第三營第九連，這個連，就叫「幼年兵連」。

　　幼年兵年紀雖小，操課與大兵無異，個兒矮的，身高不及 30 步槍，但一樣扛著槍出操，跑步、玩單槓、跳木馬。1950 年 5 月 4 日，幼年兵連在高雄大貝湖操練槍榴彈實彈射擊，槍膛爆炸，有十多名幼年兵當場炸死。

　　上級大怒，嚴辦幹部，同時對幼年兵年齡作檢討，較長的，個兒較高的，分到其他單位，如此，原來的一個連，只剩兩個排，約五十餘人。

　　這時，上級發覺入伍生總隊之外的單位，也有娃娃兵，便下令全部集中到入伍生總隊，經再三「搜索」，將原來的幼年兵連擴編為「幼年兵營」，分三個連，後來又擴編為「幼年兵總隊」，共有幼年兵一千三百餘人，年紀最大 16 歲，最小僅 6 歲。原營房不夠住，搬到臺南新建的「勝利營區」，和成功大學（其時叫「臺南工學院」）僅一牆之隔。

　　我是在原單位六十七軍被「搜」出來的，編入幼年兵營第九連，即是發生槍榴彈爆炸後只剩兩個排的那個連。後來的比原來的年紀更小，所以稱「原住民」那兩個排為「老幼年兵」，段彩華便在其中。

　　「老幼年兵」裡後來出了一位詩人，本名張恍，筆名「彩羽」。

　　同一個連，老小有別，也形成距離，我知道誰是段彩華，段彩華可能不知道有我，記憶裡，兩人沒說過話。

　　「幼年兵營」存在時間不長，不到一年，便有了一千三百多人的「幼年兵總隊」，我和段彩華居然同屬第三大隊，不過，我是實實在在的

「兵」，段彩華雖然也是「兵」，但分在營部管「中山室」，我要出操，他不必。

1951 年，段彩華 17 歲時，以中篇小說〈幕後〉，獲得中華文藝創作獎，這個獎是文學界的最高殿堂，所得獎金在當時大約可買下在臺北市一棟小洋房。他聲名大噪，我佩服、羨慕兼而有之，以現代狀況相比，彷如和劉德華在同個單位當兵。

從此，他的作品不斷在文學雜誌上出現，不知什麼緣故，我喜歡起文學，尤其是段彩華寫的，一定細讀，不過，我的月薪只有七元五角，書買不起，只好到中山室去讀公家訂的報紙和雜誌。

他很嚴肅，使如我的「小幼年兵們」為之望而生畏。他是班長級，也懶得理我們。

有一天，我去中山室看書，離開時沒把書放回原位，他立即訓了我一頓。訓也就罷了，還記我「違規」，說要報到我連裡，給我處罰，至於如何處罰，由我的班長到連長決定。我十分害怕，因為我可能被罰跪、罰站夜衛兵，甚至挨打。

我害怕了好幾天，竟沒有被罰。暗自慶幸，猜想段彩華只是嚇我，沒有上報。但我還是很不高興，因為我是那麼佩服他，他幹嘛嚇我？

許多許多年以後，我向他提起此事，他說他毫無印象——他沒印象，我印象清晰，這正是統治者與被統治者對同一事件的感受差別。

同住臺北，漸漸我薄有文名，又因編副刊之故，和他常見面。綜合感覺，他為人謹慎到近似拘束，內向性格明顯，話不多，但言必有物。文如其人，數千字的短篇小說，看來短薄輕巧，卻寓意深刻。張健兄評他小說「揉合剛柔，別具境界」，說得切實而中肯。

他雖不擅言笑，笑起來聲音特大。我覺得他的「笑式」很特別，總是同一種表情，所以測不出他的高興程度。此外，當他說笑話，或說一件很可笑的事，他又不笑。

龍應台寫《大江大海‧一九四九》之前，訪問了很多與那個大時代相

關的人，她到臺南市來訪問我，還帶來一個三人攝影小組，她在臺南大飯店訂下一個套房，我們就在那裡見面。

她知道那時臺灣有群幼年兵，我是其中之一。訪談中我建議她去訪問段彩華，因為他已是傑出作家，也建議她去訪問那時才 6 歲的最小幼年兵郭天喜。

書出版後，沒見她寫段彩華，但寫了郭天喜。我不知道原因，也沒問。

1953 年 2 月幼年兵解散了，一千三百多人有三個去處，最多的八百餘人分到聯勤駕駛兵學校學開軍車，學成後分到陸軍各部隊當駕駛兵，有一百多人分到士林蔣介石官邸當警衛，年紀最小的三百多人分到北投復興崗政工幹部學校（後改名為「政戰學校」，即今國防部政治作戰學院）當「學兵」，我是其中之一。

段彩華則有特殊出路（因為他是作家），分到陸軍《精忠報》當校對。

60 年後，有幼年兵提議來個大聚會。領導這件事的退休中將熊德銓，他正是我在幼年兵營時的副班長（他屬於「老幼年兵」）。某日，他來臺南看我，希望我為這件事出點力。

我不但贊成，並認為，「幼年兵」這三個字就具有歷史意義，因此建議活動升高到國家層級，請總統馬英九參加。這事由熊副班長去辦，獲得爽快答應。

大夥決定為這次聚會出一本書，書名「中華民國幼年兵」[1]。我打電話給中央研究院院士胡佛教授，請他為這本書寫序，他立即答應。

我又想到龍應台，她在香港大學任客座教授，對這群幼年兵的故事十分有興趣，我打電話給她，希望她參加，可以一下子見到數百位現在年紀比她還大的「幼年兵」，她說一定參加。

中華民國 100 年 3 月 18 日，幼年兵成立 60 週年，數百位頭髮或灰或

[1]編按：《中華民國幼年兵──幼年兵總隊成立 60 週年綴真》。

白的老翁，在臺北「英雄館」餐敘，龍應台說她前一天在香港搭午夜最後一班飛機趕來，我在「英雄館」門外迎接她，帶她入場。

不久，馬英九總統與國防部部長高華柱一起出現。馬總統致詞，期待幼年兵的故事不但「空前」，更希望「絕後」。

他在致詞中提到「兩位作家」段彩華和桑品載，我其實是沾段彩華的光。

當天，我為此活動在《聯合報》寫了一篇文章，隔日，《聯合報》6 版以頭題刊出新聞。

那以後，和段彩華見面次數不多，僅電話聯繫。他出了一本書，叫《我當幼年兵》，寄了一本給我。有回他和一群作家到臺灣文學館訪問，我在那裡和他見面，邀他活動結束後兩人吃飯聊聊，他婉拒，說要搭原車回臺北。

他的噩耗，我是在報紙上看到的，而且是過期報紙，沒和他見最後一面，很感遺憾。

段彩華心臟不好，據說與受了一次驚嚇有關。

他在《精忠報》當校對時，常在夜深人靜時到辦公室寫文章。其時到處抓匪諜，覺得行事有異者，寧可錯辦，也不放過，「當心匪諜就在你身邊」的招貼，處處可見，每個公共電話亭都有。

段彩華常晚上獨自伏案寫字，引來保防官注意，便將他傳來問話。幹這個工作的人，說出的話必帶恐嚇，沒憑沒據的事先說你有。你若回答得使他不滿意，會被一傳再傳，一問再問，發幾句牢騷而被送綠島關了十多年的，時有所聞。

段彩華因受驚嚇，長期失眠，他雖沒坐牢，身心卻受重創。

下面寫我與朱西甯。

朱西甯，杭州藝專畢業，在入伍生總隊的軍職是「少尉繪圖官」，繪什麼圖，我不知道，大概是「軍事地形圖」之類的。我也不認識他，他出版了他的第一本書《大火炬的愛》時，我已在幼年兵總隊，那本書寫的都是

入伍生總隊的事（「大火炬」是入伍生總隊的隊徽，就如奧運火炬）。我才知道本單位的作家除了段彩華，還有朱西甯。

我初見他，是在臺北市，他在政二處任中校，我在總政治部一個叫「心戰小組」當中尉研究員，算起來，還是同個單位。他已是如中共所稱的「一級作家」，我是「朱迷」，有天一時興起，主動用軍用電話打給他，他立即約我在介壽館的背向面長沙街「國防部會客室」相見。

他像個老大哥般熱情，但畢竟還稱不上哥們兒，所以也客氣。說了些什麼，一字不記得，綜合性印象，至今未忘。

一回生，二回熟，以後見面次數多了，話就說開了。總之，他對我很多鼓勵，他住在內湖一個眷村裡，約我去他家吃飯。

他雖是校級軍官，住屋大約才二十來坪。眷村一式皆平房，他在小得只能放單人床的臥房與廚房間的櫃上打個方洞，一塊木板架置在洞上，木板一邊是臥房，一邊是廚房，他的文章就是在那塊木板上寫出來的。

他的妻子劉慕沙，也是作家，她精通日本文學，常翻譯日本作家的作品。日本有位女作家叫三浦綾子，她的長篇小說《冰點》曾造成《聯合報》和《中國時報》一次「翻譯戰」，大意是：兩報副刊都想刊出這篇小說，但同時還只翻譯出一部分文字。編《聯副》的平鑫濤在副刊作了刊出預告，主編「人間」的王鼎鈞向老闆余紀忠報告此事，余老闆指示，絕不能落於人後，一方面加快翻譯速度，一方面將已翻譯好的文字大篇幅刊出。訊息被平鑫濤得知，亦如法炮製，以後幾天兩副刊別的文章不登了，都以全版刊「冰點」。互戰了約一週，《聯合報》出奇招，不但副刊刊出，還借用了一個新聞版，用兩個全版登這篇小說。翻譯的人忙得人仰馬翻，為「人間」趕工的，是劉慕沙。

朱家有三千金，即天文、天心、天衣，如今個個是名作家。我去朱家那天，天文才讀小學，天心讀幼稚園，天衣還在牙牙學語。我托大她們稱我「桑叔叔」。

我本是張愛玲迷，那時她的作品在臺灣是「禁書」，我初讀她的作品是

一位讀臺北師大的香港僑生經「偷運」又給我「偷讀」，把我迷得神魂顛倒。我編「人間」副刊後，朱西甯已搬到辛亥路自宅屋，有次去他家，他告訴我有張愛玲在美國地址，我可以向她約稿試試看。

張愛玲很快回信，說得很客氣，不過一時無稿，答應有了一定寄給我。我施展「纏功」，持續寫信，終於得到了她的一篇長散文〈談看書〉。

朱西甯有很多朋友，更熱心提攜晚輩，但不太喜歡參加群體性活動。他曾說：「作品是作家的身分證。」把文章寫好，是被稱為「作家」者唯一工作。

我於 1980 年離開臺北到高雄一家報社工作，後又搬到臺南，有工作纏身，又因年事漸長，去臺北機會少了。和朱西甯只見過二、三次，且是匆匆見面，匆匆告別。

1998 年，朱西甯，72 歲，逝世。消息傳來，我打電話給劉慕沙，禁不住大哭。天妒英才，才 72 歲，朱西甯走得太早了！

國立臺灣文學館收藏了他的文稿，並於 2014 年舉辦捐贈展，展覽結束前幾天，朱天文、朱天心及朱天衣女兒一起到文學館，我在那裡和她們見面。

劉慕沙因身體不適沒來，託女兒送本朱西甯的短篇小說選集《現在幾點鐘》給我。書扉頁上寫著：

給

品載

西出陽關有故人

慕沙　2014.7.29[1]

---

[2] 王維的〈渭城曲〉：「渭城朝雨浥輕塵，客舍青青柳色新。勸君更盡一杯酒，西出陽關無故人。」劉慕沙將第四句「西出陽關無故人」更動一字（將「無」改為「有」），我的猜測，其意為：「西」即是朱「西」甯；「出陽關」是說離開人世；「有故人」是說他還有很多朋友尚活著，我忝為其一，十分榮幸。

　　朱西甯寫過一篇關於幼年兵的文章，裡面提到一件關於我的事，是朋友間開的玩笑，全屬子虛烏有，我要為自己的「蒙冤」澄清。

　　這篇文章，大概是在軍報上發表的，曾收入前述《中華民國幼年兵——幼年兵總隊成立 60 週年綴真》書中，別處沒見過，也未見收入他的作品集，連劉慕沙也毫無印象。我讀來有親切感，徵得慕沙同意，特予重刊：

　　幼年兵給我的第一印象，是聲音。

　　那樣刀兵遍地的年頭，轉戰南北撤兵來臺灣的各路軍隊，倒似「劉玄德攜民渡江」，多多少少都收容了些流民和烽火孤雛。後者的安置，率多由國家集中了來，遞次編為幼年兵隊，隸屬也屢有更改，而終是國家把他們帶大，教育得很好。大抵也都頗有出息，文學界知名的便有段彩華、桑品載等諸人。

　　那年頭是整個國家在風雨飄搖裡，時當民國 38 年春夏之交，全國戰局逆轉，我們該算三期知識青年從軍的三個團，正式的名義，最後編制為「陸軍軍官學校第四軍官訓練班入伍生教導總隊」，名銜蠻長的，這三個團給關閉在陸訓基地之一的臺南旭町營房裡苦訓快練，彼時是要造就我們每個士兵皆是幹部，期以新銳之師，及早開赴大陸戰場，且戰且擴充新軍。由是可以想見，訓練進度如何急迫緊縮，要求如何嚴酷。為期八個月那一段時光，真的是把人整得無晝無夜，無天無日。營區的壁壘之外倒是怎樣了一個天下，幾至一無所知。那時候我們的好朋友火中送炭，發表白皮書，對此公案我們也僅就貼在牆上的報紙，掠過一眼新聞標題，也都沒辦法究知其詳，至多只曉得我們苦訓快練結束之後，已經無法獲致精銳的裝備，自然那是一項壞消息。但是夾在日日戰事失利的惡訊中，再壞的消息也壞不到那裡去了；反正這個新兵營的每個少年，都是背負著國破家亡，已都認定我們是支哀兵。既是哀兵，置之死地而後生，倒也坦然。最迫切的一點渴望，反而只求那麼壓死人的緊張訓練，好不好早晚讓我們鬆口氣。

如是可以想見那種與世隔絕的日子，人的聽覺都訓練得完全習慣於一種男聲口令式的，剛硬粗礪的低頻率聲波。乍乍的營區裡，突現尖細柔嫩的人聲，會得恰似春臨大地。正拔著鵝式正步，人像木偶一般，也忽覺艷陽天裡傍花隨柳，春風春雨踏青時節了。

新兵營訓練的特色之一，而且習以為成規，只要是整隊行進，不問腳程遠近，起步便是軍歌。幼年兵編進總隊之後，自然也不例外。而偌大的營地，也是自幼年兵隊來了，歌聲突出的到處播散，也才叫人認真的感覺到什麼叫做「柳營笙歌」。有人提議把幼年兵訓練成唱歌隊就好，可見那種感覺不只是我一個人。

爾後傳來幼年兵要到各連來認個哥哥，倒叫人甚感新鮮。但是久等沒有下文，竟不知是自有自作多情的哥哥把心頭所想拿來造謠生事，還是我們的術科這樣緊迫，自顧不暇，哪還有餘力弄個小兄弟來照顧。之後幼年兵開去屏東女青年大隊認姐姐去了，才知前此傳說並非空穴來風，然而也頗叫人微酸，細品那味道，卻又是酸到兩頭去；一頭酸著這般小鬼不來就近認哥哥，一頭酸著入伍生總隊與女青年大隊原該門當戶對，年事相當，又是從上海同船渡海而來，兩地相思，倒讓這般小鬼攪和去了。

認姐姐是千真萬確，段彩華認的姐姐是樂茞軍（薇薇夫人），司馬中原也有，桑品載、彭華茂他倆，不知道認的是誰？也都會有。桑品載有過一段「醜聞」，不知誰有能耐，能威迫利誘他寫來公諸於世。那時他怕只有八、九歲的光景，年深日久其實可以拿來漁樵閒話了。（桑品載按：朱西寧猜我那時八、九歲，其實是十三歲，這般年紀的小鬼，和女性會有什麼「醜聞」？冤枉，冤枉，真的是造謠生事，空穴來風。）

然而也是軍旅倫理的一種新貌罷，俗語有謂「上陣還是父子兵」，古來多少名將名臣，也與「子弟兵」，這般幼年兵，本就是戰火裡部隊拾來的流浪孤兒，先就一番惻隱之情，而部隊奶大的這般孩童，竟會是一片孺慕之情，司馬中原太多的作品——特別是中篇小說〈山靈〉，俱見這樣的情

分，真的是好。

當年的幼年兵隊，最是叫人想著張樂平的《三毛從軍記》，三毛戴的是看不到臉的大鋼盔，穿的是大皮鞋，和捲了一道又一道的袖管、褲管的大軍裝，扛的是大槍，打的是小日本鬼子。幼年兵的裝備卻毋寧是更為農民一些，游擊隊一些；斗笠、紅短褲、碎布條打的草鞋，也算三點式。卻不發槍枝，畢竟不是漫畫，唯一的非武器裝備──小板凳，榕樹下用來上課。出操也只是徒手教練，當年的旭町營房，即今之成功大學光復校區，幼年兵隊當在文學院西南西方單獨一幢不是高房基地的紅磚平房，我們三團二連的營房，還要在它的西南方，也算得是緊鄰，縱然軍紀要求要怎麼樣的肅靜，這些孩童們也確實比一般學校要安靜得多，卻到底還是小孩，又聲音那麼尖細，很吸引人的錯覺，所以緊鄰總不免受其嘈擾，而時有哭聲，是軍營從不興有的絕響，所以時常給人冷不防的家庭感的錯覺，令人溫馨，繼而憐恤，因為多半還是挨打挨罵了。

六、七歲的孩子正是好哭的年齡，又有黏哭的孩子，惹了就哄不好，說是幹部們總會男性的無耐心，然而中國教育法也有小杖受之、火棍子頭上出孝子，或說「小孩子屬破車」，兩天沒敲敲打打，它就鬆了榫頭，散了板。想都有道理，教育成敗不在體罰與否，體罰原是枝節，根本還在愛心，父母還不是打也罷，罵也罷、總都是愛。幼年兵後來都有出息，不能說是打罵之功，然而也可反證：打罵並未把孩子們弄得沒出息。

想想這般幼年兵的歌聲、哭聲今猶在耳，如今一晃竟也三十年了，早該兒女們歌聲、哭聲繞樑，福氣好的，靠不住業已弄孫，當年幼年兵為數不算很多，千把兩千人，總是部隊因國家搶救了那麼多無依孤兒，培植了那麼多人才，單次我所認得的或知道的，已成大器的小小兵，沒有一人提起當年，不但眉飛色舞，以其幼年兵出身為榮。只怕也就足堪告慰當年那般幼吾幼以及人之幼，不顧困難、不怕違紀，為國家拾回來那些遺孤的老兵了。

──朱西甯〈幼吾幼──軍隊奶大了的小小兵〉

——選自許素蘭主編《跨國・跨語・跨視界──臺灣文學史料集刊　第五輯》
臺南：國立臺灣文學館，2015 年 8 月

段彩華的營構

◎姜穆[*]

一、成長的過程

這一代是苦難的一代，他們是在漫天烽火，彈片橫飛中，逃過了死神的黑手而成長的，這一代各行各業的人們，幾乎沒有一個例外，當然，有些藉著蔭庇，當人們在烽火中掙扎時，他們卻在冷暖兼備房裡的席夢斯床上，欣賞以血肉上演的戰爭悲劇的豪門子弟，那些人今天已不屬於通過劫難試煉而成長的這一群了。

劫難造成這一代的悲劇，但如以一個文學家的成長而言，他們卻是幸運的一群。他們以他們的生命，通過了這劫難的試煉。

他們有豐富的生活體驗，他們是以自己的血來寫那些悲劇的，因此，還有誰更有資格來寫這一代的苦難呢？只有他們自己來寫，才最深入、最生動、最鮮活。但是一個文學家，他們的成長不僅僅需要生活體驗，他們更需要哲學、社會科學，甚至於自然科學的知識。

文學不是科學，因為文學不能用任何公式可以完成，然而不可否認的，這是一個知識即權威的時代，因之，這一代的小說家，除了他們具有的豐富生活之外，他們還需要追求知識，以表達那些體驗。中間代的作家們，他們生活在知識封閉的環境裡，他們投考軍事學校被留難，當然讀文學校更是被視為叛逆性的不忠，要從那封閉的環境中突破相當困難。他們受著這樣的限制，如他們沒有一股不可抑止的生命力，突破了層層障礙，

[*]姜穆（1929～2003），貴州錦屏人。作家、評論家、文學史料蒐藏者、導演。

同黑卵一樣,「悍志絕眾,力抗百夫。」[1] 以「延頸承刀」的氣概,也以「披胸受矢」的精神,去追求知識,迎接那些苦難,他們不會成為文學家。他們之能成為小說家,或散文家,完全是「力」所說的:「壽夭、窮達、貴賤、貧富,我力之所能也。」[2] 的奮鬥得來。這種堅強的生命力,絕非在冷氣房中成長的博士們可以比擬。

小說家段彩華的成長,正是通過了滿地的荊棘而來的,回顧來路,真是血跡斑爛。從 15 歲初中畢業後,他便隨山東第三聯合中學流浪,16 歲進入軍中,可以說他是軍中成長的小說家之一。他與司馬中原、朱西甯、舒暢他們都同時開始選擇了文學這條艱苦的道路,而這些人都已卓然成家了。白步(即詩人辛鬱)在訪問段彩華的訪問記中,對段的批評是相當深入的。

他說:「在當前文壇,嚴肅的批評雖然尚在萌生階段,但段彩華,無疑的已以他的作品建立了小說家的地位,而成為我國文壇一顆閃亮的星辰。」

他又說:「段彩華小說家的地位,是經過二十多年的磨練與奮鬥不輟而建立起來的。他雖沒有學位,卻有豐富的知識;特別是對人生的體驗,銳敏而深入。」[3]

段彩華不是一夜成名,也不是「十年寒窗無人問,一舉成名天下知。」他是一點一滴的把自己堆砌起來,成為現在的形象,沒有任何取巧,他真的把自己的根,深深的繫在文學的泥土裡。

他的成長過程,是在中國劫難中,回顧他的來路滿是荊棘,而且留有他斑斑的血跡。

我們的社會,對於代表知識的學位的崇拜,已經到了盲目的程度,但是對於一位野生野長,穿越過層層障礙,種種苦難的作家,則尚未得到應

---

[1]《列子‧湯問篇》。
[2]《列子‧力命篇》。
[3] 白步,〈閃亮的星辰——段彩華訪問記〉,《中華文藝》第 57 期(1975 年 11 月),頁 6。

得的重視。這是經濟繁榮所造成的悲劇，由於知識所造成的「暴力」，人們的眼睛只見到文憑了，奮鬥已不再受社會的肯定，而奮鬥起來的真實價值已經被那些淺短目光的人們所否定了。然而一個按部就班，獵取知識而具有成就的作家，固然應獲得尊敬。這樣的作家與走了許多崎嶇道路，通過許多艱苦而成名的作家，是應當更受到重視的，可惜我們的社會是只「重文憑不重人」，儘管他們的作品等量齊觀，也難得到那從冷氣房中鑽出來的作家同樣的地位，也難得到同等的肯定，這一點，使我們不得不懷疑這個社會的客觀標準是什麼？以什麼去對一個作家的評價。

從他的年表[4]可以看出他的奮鬥歷程相當的艱苦。對於這樣一位作家，我們寄予無限的敬意。

二、作品的分析

小說自號稱為藝術至今，已有相當長的一段時日了。小說如何稱之為藝術，沒有定義可循。我以為小說成為藝術，主要是小說透過文字媒體，突破而表現了人類的行為及意識；小說是運用戲劇效果，以增加趣味性，同時又用散文或詩般的文字，以裝飾情節，換言之，小說是要求美的，因此，小說應被視為藝術。

小說所討論的人類問題，必須具有射擊中靶的效果，擊中讀者的心靈，故小說的表現方法，必然是把握住能為人類心靈交會的那一點，並擴大那一點的效果。

勞倫斯的《查泰萊夫人》雖然在我們社會道德標準之下，被判決為一本誨淫的小說，但從人性的觀點去衡量《查泰萊夫人》這本書，無疑的使人類感到，在虛無的所謂道德與人性的衝突下，人類是法律、道德、風俗等等的俘虜。因此人有兩面性；那就是屬於法律、道德、風俗等的人；另一面，則是人類真正的面貌；他們便生活在這樣的矛盾中，查泰萊夫人是

---

[4] 段彩華，《段彩華自選集》（臺北：黎明文化公司，1978 年），頁 1～2。

突破這種矛盾的一個例子。換言之，她是真實的人，是為自己而活的人，她不願做法律、道德、風俗的囚徒。

人類有許許多多這類事情在黑暗中進行，東西方都一樣，只是勞倫斯敢予挖掘，東方的作家——尤其是中國的作家——不願作這種挖掘罷了。

佛洛伊德的學說曾被作家廣泛的運用，段彩華自然也不例外。從他整個作品中去分析，多數都是小說正統的技巧，如《龍袍劫》便近於章回的、俠義的小說，當然其中也有象徵在內，但那無關於技巧。不過像他的〈黃色鳥〉則近於心理分析的方法，把人類心靈美的部分表現出來。

這是文藝家的道德觀。不錯，人類的心靈有醜惡的部分，但也有美的、善的部分。固然人在被道德。法律等抑壓的獸性，時時有從抑壓中抬頭的可能，而照人性惡與善兩派的說法，人類也有本就性善的，何必一定要「嘔吐」才算挖掘了人性呢？〈黃色鳥〉中的「老頭」，他所付出的愛心，便是人類潛在本能之一，老吾老，幼吾幼也是人類的人性，並不一定都是戀母情結。在〈黃色鳥〉中，段彩華挖掘的是中國的人性。

這大概與他對於小說的一種看法，那也可以說是「段彩華主義」有相當的連帶作用。

關於這一點，他說：

> 小說家的先決條件，必須對人類的各項問題都關心。他經常要思考人類的過去、現在和未來，同情發生過的悲劇，阻擋沒有發生或可能發生的悲劇。其次，他要有敏銳的感應力、觀察力、對世界現象和人生現象多多吸收，並透過善惡觀念及藝術良心、辨出哪些是對的？哪些是錯的？……他要有愛的胸襟，也有恨的力量。[5]

大概這就是「段彩華主義」。他的心中有一個法庭，他判決人類的行

---

[5]丘秀芷，〈段彩華的「陽春白雪」〉，《書評書目》第 36 期（1976 年 4 月），頁 74～83。

為，當然，他的〈玩偶〉、〈插槍的枯樹〉等等也是如此。

《花彫宴》也許欣賞的人不會太多，但那卻是他性情之作，雖然他在丘秀芷訪問他時，對這篇作品非常謙虛，無可否認的是，丘秀芷對這篇作品的看法是有獨具隻眼的。對於丘秀芷的訪問，段彩華雖然率直的否認了丘秀芷對「《花彫宴》當成藝術品去琢磨」的看法，但是李寶玉在〈《花彫宴》讀後〉的批評中，是與丘秀芷的看法相同的。

李寶玉認為讀《花彫宴》餘味無窮，他說：

> 你一定有過這種經驗──一顆很好吃的糖，總是慢慢地嚐，不忍心一口吃光。看《花彫宴》如吃一顆可口的糖，又如品嚐一杯上等好茶，在淡淡的煙霧裡，享受濃濃的香與醇，餘味無窮。[6]

他善於運用「單一效果」[7]，《花彫宴》如此，《龍袍劫》如此，當然《鷺鷥之鄉》也是如此的。他的小說，大致可以分成三類，第一類以他的故鄉為背景，第二類以軍中為背景，第三類以現實的生活為背景。這三類小說中，以第一類最有分量，第三類比較缺乏說服力。不過《龍袍劫》這本書，據作者在〈《龍袍劫》前言〉裡說：這是一個真實性的故事，作者「完全依照事實」來寫這本書。他說：

> 這部書裡所提的這件大案子，發生在前清末年。
> 案子肇始的地點，離我的家鄉只有三、四十里路。地名沒有改，醞釀事情的原因，也沒敢稍加變動。……90 年後，被捲進這件案子的人都死光了，連墳垱都難尋覓了，我被這個故事壓得受不了，才決心把它寫下來。[8]

---

[6]李寶玉，〈《花彫宴》讀後〉，《中華文藝》第 46 期（1974 年 12 月），頁 99～100。
[7]威廉（B. C. Williams）；張志澄譯，《短篇小說作法的研究》（臺北：商務印書館，1967 年）。
[8]段彩華，〈《龍袍劫》前言〉，《龍袍劫》（臺北：名人出版社，1977 年），頁 5。

　　由他這一段一再強調的話裡，我們知道這本書的真實性。雖然在字數上，它是一本長篇小說，但是他卻是段彩華一貫的手法，使用單一的效果，強調了失「龍袍」的危機，所有的欽差、政府等等，都是為了加深這個危機罷了。雖然最後段彩華強調了要把這「龍袍」獻給孫先生（按指國父），並為孫先生所拒絕，但那也不過畫好龍後的點眼，強調主題意識，實則這本小說始終在失去了龍袍之後的那點危機打轉，那個危機即是這本小說的整個靈魂，也是全部的興味線，最後的結論，點入中心主題，這一點我的看法不是「龍」上的「眼」，而是蛇上的足。容或說這是事實，因為作者已在本書開宗明義的說是實錄式小說，但我以為朱西甯說得很對，小說不是紀錄，他必須透過虛構，並且能推理，才能構成小說的條件。嚴格的說：《龍袍劫》不如〈玩偶〉也不如〈孩子和狼〉。因此我以為段彩華的短篇小說，勝過了他的長篇小說。

三、語言上的成就與缺失

　　我把段彩華的小說分成三類是否恰當，是頗為躊躇的，老實說，我之所以如此的分，主要是根據他使用的語言，以及事件發生的背景以及色彩來作決定。

　　他所使用的語言，有特殊的結構，最為顯明的特色，是很少有虛字，如「的、嗎、啦、呀、了」等，不到非必要不予使用，因此，我杜撰了一個名詞，他使用了「硬調語言」。

　　現在摘一些類似語言，供作以上我所杜撰名詞的印證。

　　「走路有勁沒有勁？」（通常極可能加「呢」字，當然不加更生動。）
　　「老大爺不喜歡牠？」（通常極可能加「嗎」字，不加則更顯得乾淨俐落。）

　　　　　　　　　　　　　　　　　　　　　　　　——摘自〈黃色鳥〉

　　「動作輕又快」（通常極可能加成「又輕又快」。）

「動作輕又快，背脊起著波浪，石子兒被蹬動向下滾，小孩往嘴巴上看出，他們不是野狗不是鹿，而是另外三隻狼，要加入拼鬥小黃。」（通常人們會在「要加入拼鬥小黃」的「加入」下，增「一起」兩字。）

——摘自〈孩子與狼〉

他的小說類似的對話，比比皆是。對話是如此，描寫也不例外。我們試看他幾種類型的描寫：

開始聽見絕壁那面傳來的激流聲，這個人已來到九龍廟的前面。那烏鴉早已飛遠，也許是隱入廟內的松枝內，聽不見叫聲，也沒有現出黑翅膀的影子。只剩下這個人，停在廟前的山徑上，茫然的望著將暮的天空。廟內有鐘聲響起，是和尚們晚上打坐的時辰了。

——〈九龍崖〉，《段彩華自選集》

他推開酒店的玻璃門，街道在眼前浮盪著。五月裡他往海濱渡假，看見幾千根排木泡在防波堤裡。一個孩子站到一根上輕輕嗬搖，連最遠處的排木都向空中拋去。他又經驗到更奇怪的情景，平頂屋子向天上跳，比拐角處的七層樓還高；陸橋在燈光中沉下去，折斷似的火車平搭在它的身上。

——〈玩偶〉，《段彩華自選集》

樹種得很亂，有的在開花，有的才剛長葉。枝枒纏住枝枒，葉子又層層遮蓋住，中間的路上，只能漏下陽光的碎點。左邊有一溜（按，用絡字更為生動與貼切），經人砍伐過，新栽的小樹只長半人多高，擠得很密，枝葉和枝葉相纏，陽光雖曬下大半截，卻照不透矮樹叢底下去。

——《龍袍劫》

以上所摘的這些語言中，我們對於段彩華有一個印象：那就是他不帶一絲

一毫感情。丘秀芷說：「段彩華的筆法，早已突破傳統。」[9]有人批評他「用冷冽冽的眼光去看這個世界」（轉引丘秀芷的問句），這些批評，或者說是描寫，可以說都是相當深刻。對於段彩華，若沒有深入的觀察，便很難提出準確的批評。他是一個把熱烈的情感，深藏在那些人物及情節之中的作家。

他這些冰冷的造詞中，也許出自於刻意要求「句」的簡潔，企圖用最經濟的文字，表達最多的東西，這當然是一個作家所追求的目標。但是文藝作品過於冷冽，對於讀者情感的震動多少受些影響。

也許這種看法，不能概括段彩華的多樣性，但我以為有時過分的簡潔，卻可能「以文害義」。其外，段彩華使用在他小說內的語言，多半是以需要來決定，這些作品中，以描寫他家鄉的一些事件所使用的語言最為鮮活。而且從他的作品中的語言來分析，我們很容易獲得一個結論，那就是段彩華有驚人的記憶力。其證據是《龍袍劫》是發生在他家鄉三、四十之里外的「故事」，而他竟然能在九十年後，不加增添的寫了出來。據他在前言中說：那是九十年前。依據計算，應是民前二十多年，他聽到那個故事，最起碼也在他 15 歲（民國 37）之時。他能如此的寫，當然他的記憶是極驚人的。其次則是他使用他家鄉的特有語言，入於他的小說中，而且這一部分，是他最優秀的，最突出的一部分。他在離開家鄉數十年後，仍能繼續的運用那地方的語言尤其是那些專有名詞，如鳥名、作物名等，更是令人敬佩了。

就因為段彩華有這樣的優越條件，他成為中國小說的十大家之一，乃是當然和必然的事情。

四、戲劇的結構

小說的結構，是極難把它分析出來的一部分，但是段彩華的小說例

---

[9]丘秀芷，〈段彩華的「陽春白雪」〉，《書評書目》第 36 期，頁 76。

外。

　　他曾在《新文藝》月刊上，寫過有關小說結構的理論，記得我曾把那篇大作剪貼存檔，可惜檔案未加整理，資料泛濫成災，要使用時，竟然未能撿出而感到遺憾。

　　約略記得，他舉出的結構，有「串珠式」、「環形式」和「梯形式」等數種。他雖然未能完全依照他的論文加以實踐，無可否認的，他使用電影的剪接方式來創作小說。

　　我們感到他曾試圖實驗自己的理論，據他在回答丘秀芷的訪問時，他說：

> 在我當幼年兵時（那是我練習寫作的初期），參加過一次話劇演出，請來擔任導演的是「吳宗淇」先生。他處理戲很認真、很紮實，而且能掌握每一場戲的重心。在他替我們排戲時，我體會出：導演工作是一門大學問。我很感到興趣，從此下決心研究導演這門學問。
>
> 我看過很多有關戲劇導演的理論，根據那些理論，去分析我看過的話劇、平劇、電影。尤其是電影，看得比較多。我選片子是先看誰導演的，而不是以演員為取捨標準。每看一部電影後，便思考：某一場戲為什麼那樣處理，如果換個方法處理，會產生什麼樣的效果。長時期研究下來，也就有了些心得。
>
> ……小說和戲劇有很多共同的地方，於是很自然的，我便把拍電影的很多技巧，運用到小說裡來。除了共同的地方運用之外，連小說和電影不同的地方，我也盡量使它接近。比如說，影劇是用動作解釋劇情的，小說是用文字來分析劇情的，故小說裡面的動作少，靜態的描寫比較多。我有很多作品，從頭到尾全是動作，便是使它完全戲劇化了。[10]

---

[10] 丘秀芷，〈段彩華的「陽春白雪」〉，《書評書目》第36期，頁76～77。

　　小說與電影確有許多共同點，完全把小說戲劇化則未必然，何況「從頭到尾全是動作」又未必是戲劇呢。不過就戲劇與小說來比較，無疑的，戲劇的結構，是比小說嚴密的，而且戲劇單線發展極少，小說則甚多，尤其是現代的小說更是如此，而心理分析的小說，則甚少情節，但我們卻不能把心理分析的小說結構，說是戲劇的結構，當然更不能說心理分析的小說，運用了戲劇的手法。

　　雖然對於戲劇的手法，被運用到小說上。

　　我們儘管不完全同意段彩華的看法，但是劇本結構的環節相扣這一點，段彩華確實運用得相當的好。

　　由於他特別注意到戲劇手法的運用，當然能自圓其說。

五、結語

　　在本文的第一節裡，我引用了《列子‧力命篇》的「力」所誇示「力」的作用，以剖析段彩華，雖然他的小說有一些斧鑿痕跡，處處表現了他的用功與苦心經營，與其說這是段彩華的病，毋寧說他的努力與奮鬥精神，使我們敬佩，他有今天的成就，與他的不斷吸收有關。他總算得了一身「龍袍」。

　　從 1940 年代開始，朱西甯與司馬中原、舒暢等即已經在文壇上爭得一席之地，段彩華是他們在鳳山時代的朋友，我可以看出他們之間的互相影響，當然這是必然的。但他們有共同之處，那就是寫作態度的嚴肅。他們也有相異之處，即語言的運用，以及題材的處理都不相同。

　　朱西甯、舒暢與段彩華的小說，可以說是經之營之的作品，司馬中原則是自然如流水，有潺潺淙淙的韻味。

　　總之，他們各有所長，而段彩華亦為十大小說家之一，雖然這十大家，未必都是名實相符的，然而十大家中，當初在鳳山一起練習寫作的一些朋友，占其十分之四，可見得朋友間的砥礪也相當的重要。

——選自姜穆《解析文學》

臺北：黎明文化公司，1987 年 10 月

段彩華、〈野棉花〉和其他

◎隱地[*]

　　1986 年底，爾雅向段彩華約稿，他給了我一冊短篇小說集《野棉花》。

　　那是將近三十年前，段彩華在〈自序〉裡說：「遠自十七歲，便獻身文學創作的我，慘淡的心營意造，至今已有三十六年了。在這漫長的歲月中，我坐車也寫，坐船也寫，倦極也寫，受傷也寫，害病也寫，甚至在夢中也能得到文章中的情境。整個算起來，發表的小說、散文、詩和劇本，至少在一千萬言以上。」

　　30 年前就寫了一千萬字，往後的 30 年，段彩華繼續不斷地寫，先後完成了短篇小說集《一千個跳蚤》（世茂）、《百花王國》（世茂）、《奇石緣》（華欣）；長篇小說《上將的女兒》（九歌）、《花燭散》（九歌）、《清明上河圖》（九歌）和《北歸南回》（聯合文學）等，以及為近代中國出版社寫傳記文學《轉戰十萬里──胡宗南傳》；為行政院文建會寫《王貫英先生傳》。一直寫到 2015 年 1 月 13 日因心肌梗塞過世，身邊還留下七、八萬字的童年回憶。2003 年，他在彩虹出版社還出版過一本《我當幼年兵》。

　　段彩華寫作一生，他與朱西甯、司馬中原齊名，號稱「軍中三傑」，但他不喜歡這稱謂，他說他是三人中寫作起步最早，卻永遠列名在朱西甯和司馬中原之後，何況，他擅寫北方鄉土及現實生活題材，以軍中為背景的小說反而少之又少，所以一向低調的他，居然大張旗鼓的寫信給國立臺灣文學館，希望不要以那樣的封號，限制了讀者對他作品的想像。

---

[*]作家、爾雅出版社發行人。

朱西甯，山東臨朐人（1926 年 6 月 16～1998 年 3 月 22 日），72 歲。

段彩華，江蘇宿遷人（1933 年 2 月 12～2015 年 1 月 13 日），82 歲。

司馬中原，江蘇淮陰人（1933 年 2 月 2 日～）。

為何讀者總把朱西甯、段彩華、司馬中原三人名字並列，並標榜他們是「軍中三劍客」或「軍中三傑」，主要三人都是 1949 年來臺，都出身軍中，都寫鄉土小說，但稍有不同的是，朱西甯是軍人中的文人，在投筆從戎前，他曾讀過杭州藝專（今中國美術學院），司馬中原 15 歲從軍，段彩華是少年兵。至於段彩華不願被稱為「軍中三傑」，主要，朱西甯和司馬中原，前者有「三三集團」的光環，左右門生環繞；後者由皇冠出版的「鄉野傳說」也為司馬打響名號，只有段彩華獨來獨往，始終像孤獨俠，和文友之間也較少互動，處事低調，不苟言笑，作品雖多，東一本，西一本，沒有一家出版社好好為他企劃行銷，寫了一甲子，似乎永遠沒有人重視他，難免有落寞之感。

其實早在 1951 年 18 歲時，段彩華就以中篇小說《幕後》，獲中華文藝創作獎，被稱為天才；1968 年，又以〈酸棗坡的舊墳〉選入第一本年度小說《五十七年短篇小說選》，和白先勇、舒暢、王禎和、黃春明、曉風等人同列，臺大教授張健，早年就對段彩華的小說推崇備至，他說「幽默或嘲弄，同情或悲憫」是其作品的趨向和特色……白描的簡淨有力，在臺灣文壇段氏也是數一數二的。

《野棉花》共收〈貨郎挑子〉、〈兩個外祖母的墳地〉等八個短篇，毫不花拳繡腿，篇篇都是紮實有力的作品，尤以主題小說〈野棉花〉，描繪 1940 年代初國困民窮的蘇北家鄉，以一個戲班子為主幹，寫出荒旱年代中國人命毫不值錢，以兩對小兒女情感的穿插，將一個血與淚的故事，躍然紙上。

整體來說，1930、1940 年代的中國人，由於連年戰亂，鄉野荒村的窮人家，人命如芻狗，隨生隨長，隨長隨死，像野棉花絮，像蒲公英的種子，四處飄落、四處生長，荒塚野墳處處，可憐的孤魂野鬼，在黑暗裡冤

屈無處控訴。

段彩華的短篇類型多變，像百寶箱，裡面有各種寶貝。他尤擅長烘托，像細水慢燉一道菜，段彩華的小說技巧，在平淡中能將讀者的一顆心糾結如麻，為他小說筆下的人物悲痛，甚至哀號。

那是一個什麼樣的時代啊，窮到老百姓要賣兒賣女，才能換取藥物食物，幸虧那樣的歲月過去了，段彩華以如此深刻、近三十部長短篇小說，為這一代中國人留下了寶貴的紀錄，但我們卻一直忽略了他，還好他尚有自信，自己知道，他已經寫出了他該寫的，因此，他的遺言是：希望在他死後，有人會研究他的作品。

段彩華有一個四千字的短篇〈押解〉，寫一個四處偷竊的神偷，因多起案件被關在監牢，其中有一竊案開庭，需從高雄押解到臺北，決定搭乘火車。整篇小說，故事場景都在火車上。三十多年前，吳念真和覃雲生二人合作將小說編成了電影劇本，也得到中影首肯編列了預算，沒想到後來卡在當時的鐵路局，有關人員認為出借列車只為拍一部「運送小偷以及小偷繼續在火車偷竊旅客財物」的電影，有損火車形象。結果遭到拒絕，〈押解〉拍片計畫因此告吹。

但覃雲生仍念念不忘段彩華的小說，他說：「段彩華的每一個短篇都是寶」，除了〈押解〉，他還提醒我去找三民書局出版的《雪地獵熊》裡的〈三馬入峪〉。

覃雲生說：「段彩華不曉得那裡學來的技巧，他的小說篇篇意象鮮明，都有畫面，讀他的小說，就像看一部部的電影，他處理文字，毫不拖泥帶水，每一篇小說，一開頭就擊中要害，一路讀下去，像施了魔法，不知不覺，讀者就被捲了進去。」

聽覃雲生這麼說，加上這些天自己連續讀了段彩華的幾篇小說，如〈花彫宴〉、〈春天夭逝的孩子〉、〈情場〉等，突然覺得作家段彩華有兩個世界，他把人生中所有趣味的部分，都去經營他的小說世界，而他自己的真實人生反而忽略了，於是他在文友及一般人的心目中，好像不是一個有

趣的人，甚至有人說他對人冷漠，有些不近情理。

　　寫到這裡，突然悲從中來，中國人，從滿清末年，到中華民國誕生，然後是抗日、北伐，然後國共內戰，連年征戰，人民四處流離，誰不像野棉花，原來我們都是野棉花啊，從小得不到溫暖，怎可能給予別人溫暖？

　　段彩華或許也未能給予許多人溫暖，但他總算找到一個桃花源──獻身文學讓他的孤寂有了出口，他寫到神經衰弱，但不寫更讓他活不下去，終於，他為自己的心營造了一個趣味無窮的世界，因此他也知道自己的存在是有意義的，這就是為何他臨終前要說：「希望他死後，有人會研究他的作品。」

　　許多偉大作品誕生了，可惜我們眼前這個雞零狗碎的瑣碎年代，把什麼都淹沒了。

──選自《文訊》第 353 期，2015 年 3 月

段彩華的小說特質[*]

◎陳芳明^{**}

　　段彩華（1933～），完成第一部小說《幕後》（1951），開啟日後不盡的
文學道路，他不願被稱作「軍中三劍客」，畢竟他的風格與朱西甯、司馬中
原全然不同。他擅長寫自己經歷的故事，卻又不是庸俗的寫實主義者。在
創造的過程中，偏向現代技巧，他喜歡寫扭曲的心靈故事，在內心世界往
往可以看到另外一層風景。段彩華擅長使用較短的句法，無形中使讀者在
閱讀時，帶動輕快的旋律。在 1960 年代，他在聯合副刊大量發表短篇小
說，對於傳統中的迷信，以迂迴的方式徹底反省，透過故事的描述，對於
反共復國的神話也有某種程度的批判。他擅長使用象徵與隱喻的方式，聲
東擊西，在傳統與現實之間完成跳接。他重要的作品包括《雪地獵熊》
（1969）、《花彫宴》（1974）、《龍袍劫》（1977）、《野棉花》（1986）、《一千
個跳蚤》（1986）、《流浪的小丑》（1986）、《百花王國》（1988）。長篇小說
包括《上將的女兒》（1988）、《花燭散》（1991）、《清明上河圖》（1996）。

　　段彩華在 2002 年，發表長篇小說《北歸南回》，寫出他的時代悲劇，
三個外省族群過了中年以後，回到自己的故鄉，其中包括季里秋、于思
屏、方信成，背負巨大的歷史悲劇，在臺灣社會被改造一生的命運，最後
又選擇回到故鄉。他們面對的是支離破碎的記憶，三個返鄉者各有不同的
記憶，卻構成時代的悲劇，就像書名所暗示的，家鄉已成意象，真正能夠
使他們安身立命的反而是小小的海島。其中暗藏他的願望，即使經歷過太

---

*編按：本文原題為〈一九六〇年代臺灣現代小說的藝術成就──另類現代小說的特質〉，題目由本
書編選者張恆豪重新命名。
**作家、評論家、政治大學講座教授。

多的殘缺與失落，即使無法為漂泊靈魂找到定位，他們有一個共同願望，
就是期待和平真正降臨在兩岸。

——選自陳芳明《臺灣新文學史》

臺北：聯經出版公司，2011 年 10 月

段彩華長篇小說的主題、人物與藝術性*

◎彭嬌英**

民國 98 年時，段彩華曾去信國立臺灣文學館，要求正名，不希望再被稱作軍中作家、三劍客[1]；彩彩華說，年輕時就很在意這些稱號，當時沒機會為自己正名，但如果再不說就沒機會，才會在晚年提出。從這則新聞我們可以了解到，許多在文學史或研究中發展出來的稱謂、稱號，有時並無經過細緻的文本爬梳，或沒有跟隨作家的創作生涯有所調整；如段彩華至今已過古稀之年，仍創作不輟，其寫作題材早已跳脫、超越「軍中作家」或「反共文學」的框架。循此，更需研究者進一步爬梳段彩華晚年、或近期的作品，讓讀者對段彩華的創作歷程有更完整的認識，還段彩華一個純淨、公平、且具文學藝術價值的作家身分。

本研究聚焦於段彩華此位臺灣文學作者，是為單一作者的研究專論。段彩華創作勤奮，自 1951 至 2009 年共出版了 30 部作品。然對段彩華的研究論著卻相對地少，一直要到 2010 年才有第一本段彩華小說研究的論文出現。其原因可能是段彩華的作品數量太多，早期的文學史或論述又多將其定為「反共文學」作家，因此有關段彩華的作品及論述多僅在反共文學研究中出現。有鑑於此，本研究便在〈段彩華小說研究〉此第一本段彩華專論的範疇之外，針對此論著較少討論的段彩華之長篇小說擬深入觀察。段彩華的長

---

* 編按：本文節錄自彭嬌英，「伍、結論」，〈段彩華長篇小說研究〉（臺北市立教育大學中國語文學系碩士論文，2013 年 1 月），題目為本書編選者張恆豪重新命名。
** 發表文章時為臺北市立教育大學中國語文學系碩士生，現為新北市金龍國小教師。
[1] 〈作家正名──段彩華：別叫我軍中三劍客〉，《聯合報》，2009 年 5 月 13 日，A6 版。

篇小說篇幅龐大、數量為眾，也無怪乎不受研究者的青睞。本研究便以段彩華的八部長篇小說為研究文本，討論段彩華在長篇小說中欲建構的思想內涵，以及其小說的人物、情結、敘事技巧等一爬梳，除了能讓更多讀者閱讀到段彩華在反共文學之外更多彩的面貌，也期將段彩華的小說作品在臺灣文學歷史中留下重要的藝術價值。

段彩華的八部長篇小說從最早的《山林的子孫》（1969）到最近的《北歸南回》（2002），不僅在寫作時間上跨越了近三十年之久，更有多部高達三十萬字的長篇鉅作；除此之外，各部小說的題材幾無一重複，如《山林的子孫》描繪臺灣原住民的生活，小說中帶著對現代化抗拒的力道，此一對現代化的矛盾在《三家和》中也可看到，此小說講的是臺灣屠宰業的故事，觸及到一般民眾於消費、生活或面對政府力量的過程。《龍袍劫》則又將小說時空拉回到前清末年，以皇帝的龍袍失竊開啟了故事的進行，情節緊湊，有武俠小說的感覺。《賊網》亦以古代為故事背景，較屬傳統故事小說。

到了 1990 年代的《上將的女兒》則彷彿是「花木蘭」的故事，時空背景則為日軍侵華的中國，段彩華在這部小說中的軍事情節上添加了情感關係的戲劇性和趣味性，相當精彩。《花燭散》是部結合婚戀題材的民間俠義小說，時間在民國初年，小說從原本要洞房花燭夜的新娘被劫啟端，劇情同樣相當緊湊，人物關係複雜。1996 年的《清明上河圖》更有創意了，小說講述名畫《清明上河圖》從清宮廷裡失竊，朝廷派出宮兵追討名畫的過程，小說以說畫人為引頭，以畫的終處收尾，用思相當巧妙。來到兩千年的《北歸南回》應是八部長篇小說中較有反共背景之氣息、為三位因戰來臺的主角返鄉（中國）的故事；但段彩華並非將「返鄉」一事完全予以美化，而是各有現實狀況的不同；描繪出老兵們返鄉時各種微妙的心裡感受，卻又同時暗喻兩岸即使分隔多年，表面看似「和平」，但實際上卻蘊藏著許多「暗潮洶湧」的地方。

自此我們可以看到，段彩華的八部長篇小說之主題無一重疊，題材的變化多端令人目不暇給，且在人物與情節的型塑上不僅立體、更是錯綜複雜，

然仍可緊扣小說主線，在龐大的篇幅中帶領讀者在趣味橫生的筆調中前進。段彩華的長篇小說有反映社會現實，描繪臺灣社會現狀，亦有傳統小說的筆調創造文藝武術的世界；或回歸生命記憶，在小說內容上與自我經歷互為結合。段彩華在其所堆疊、創建的小說世界中，納進了時代變遷的認知與調適，如《山林的子孫》與《三家和》便是對當時臺灣社會於 1970 年代面臨「現代性」的狀況，小說關注於在現代化教育下，文明知識與原住民傳統文化的衝突以及社會價值的轉變；以及工業化

　　社會逐漸發達，傳統產業經營模式改變的衝突。由這兩部小說─尤其是早期、且描繪原住民排灣族的《山林的子孫》已能替段彩華說明自己並非只是反共文學作家，段彩華以非原住民作者的身分，關心原住民族題材，展現對社會的關懷。

　　除了以臺灣現實社會為題材，段彩華也在類似武俠、俠義小說的書寫中將自己的寫作技巧發揮得淋漓盡致。在《龍袍劫》、《賊網》與《花燭散》中都有大量的武打動態場景的描繪；在內容上，則可以看到「反體制」、「反法制」的精神內涵，例如《龍袍劫》中革命黨的出現，《賊網》中林家的盜賊背景，《花燭散》王仲勝的任意虐殺，《清明上河圖》裡張光白用計於沖霄樓的密室血鬥、太平天國、強盜、捻匪各方反清廷勢力的描寫等。而這與前述之《山林的子孫》與《三家和》又是截然不同的小說題材了。

　　特別的是，段彩華雖為 1949 年隨國民政府來臺的作家，但卻一直到2002 年出版的《北歸南回》才為他首次於長篇小說中描寫到「返鄉」題材的小說。《北歸南回》有大量可與段彩華自身經驗重合之處，由小說的描繪更可見來臺的老兵們在返鄉省親後對於自我認同的感受，而在臺灣的這一群人不僅失去了故鄉（中國），更失去了身分，處於兩相矛盾的困境之中。

　　段彩華以筆桿創造了豐富多彩的小說世界，他寫在臺灣的時代變遷與現代化經驗，或寫武人寓言來以古喻今，或回溯家國記憶、描繪族群傷痛。不囿限於某類題材、不自封於外來的標籤或定義，而是奮力耕耘，徜徉於嘔心瀝血的小說珊瑚礁裡頭，字句發閃且微微搖曳。段彩華以作家之姿，不以身

分為框架，書寫原住民、在其作品中更有特別書寫的修辭建構。在臺灣文學中，段彩華是極早便著手原住民女性角色的塑造；其書寫女性角色大大地彰顯了性別的相關議題，在各個長篇小說中都有不同性格、又不落刻板的女性角色。段彩華於家、族、國與女性角色之間鋪陳的種種情節，都可見段彩華積極以性別角色探觸國族建構的風格特色之企圖。

段彩華在小說的豐富題材，更有著對小說人物描繪上的立體與深刻來促其作品之豐厚。善於運用電影蒙太奇的移動與剪接手法，突出在視覺上與聽覺上的氣氛營造，安排懸疑、突變、巧妙的情節組合，融會出令讀者預料未及的小說效果。雖然小說篇幅厚長，但其語言精確、用字簡潔、下筆著力，有論者譽為「硬調語言」，在在都令段彩華的長篇小說作品有著引人入勝的魔力，閱讀段彩華的小說彷彿是看了一場戲劇般的爽快。對讀者來說，小說首要便要令人有一讀再讀的吸引力，若能情節安排得當，即使是長篇小說也不為序亂、毫無章法；更甚者部部皆有新鮮的情結，像是不同作者之理念；讀來卻有相似的動態筆調與電影般的鏡頭畫面—則在臺灣文學的歷史洪流中絕對是一尊獨特之標的。段彩華在臺灣文學史中已用百萬字彰明自己的「作家」之名，無須任何簡化式的稱號或定義，卻需更多的讀者與研究者翻開其小說字字爬讀。臺灣文學作家段彩華，其作品豐富，字句燦爛，建議讀者無須為其小說的厚重所懼，儘管翻開第一頁，便能讓段彩華的活潑及富生命力的文字帶領遨遊那值得更多人發現的小說世界。

——選自彭嬌英〈段彩華長篇小說研究〉
臺北市立教育大學中國語文學系碩士論文，2013 年 1 月

段彩華小說中的「蒙太奇」運用[*]

◎余昱瑩

　　蒙太奇，是法文 montage 的譯音，原來是指建築學上的裝配、構成等。後來被電影導演引用到電影方面，成為一般所說的剪輯技巧。如「在歐洲，蒙大奇指剪接藝術。」[1]「『剪接』一詞可以說是電影理論的超源，也是早期電影理論的核心所在，愛森斯坦的整套電影理論，無非就是『剪接』二字而已，更確切的說，『蒙大奇』是也。」[2]蒙太奇在 1920 年代由俄國導演普多夫金及愛森斯坦等人加以發揚光大，使得蒙太奇成為電影美學中重要的專有名詞，蒙太奇隨著科技的日新月異也逐漸發展出各種方式，如蒙太奇段落（montage sequence），這是「在 1930、1940 年代，好萊塢發展出一種特殊的剪接手法」，「就是以快速短鏡頭的溶接，少數以切接的方式，將多個鏡頭連成一個片段，來表現一段時間的過程，或將一段冗長的時間濃縮成短暫的時段，作為經濟有效率的敘事手段。」[3]基本上蒙太奇是一種導演對於影片結構的整體安排，包括敘述方式與角度、時空結構與場景段落的佈局等。段彩華長期對電影理論進行研究，且自比為以導演的身分進行小說的創作，是以能開創獨具一格的文字蒙太奇。

　　電影是由鏡頭所組成，鏡頭與鏡頭之間的連接有其特有的方式，「通常用溶接、淡出入、重疊及劃接等技巧來連接畫面成蒙太奇。」[4]也可用來

---

[*]編按：本文節錄自余昱瑩，「三、蒙太奇」，〈段彩華小說研究〉（東吳大學中國文學系碩士論文，2011 年 8 月），題目為本書編選者張恆豪重新命名。
[1]路易斯·吉奈堤著；焦雄屏譯，《認識電影》（臺北：遠流出版公司，2005 年），頁 570。
[2]劉森堯，〈中譯者序言〉，普多夫金著；劉森堯譯，《電影技巧與電影表演》》（臺北：書林出版有限公司，1991 年），頁 3。
[3]井迎兆，《電影剪接美學──說的藝術》（臺北：三民書局，2006 年），頁 69。
[4]David Bordwell, Kristin Thomposon 著；曾偉禎譯，《電影藝術：形式與風格》（臺北：美商麥格

「摘要一個題材或壓縮時間成一些具有象徵或典型的影像」,[5]即組成蒙太奇段落,這些是一般電影在轉場時經常會用的方式,也是製造印象的剪接技巧,段彩華將其用在小說中,如〈貨郎挑子〉一文,小說一開始的描述:

> 貨郎鼓卜咚卜咚,順著柳樹行響進了莊子。許多女人站在門前看矮牆上伸出小姑娘的頭。[6]

此即以貨郎鼓的聲音淡入,這是採用電影淡接的方式。「淡接又分為淡入(fade in)與淡出(fade out),淡入指畫面由黑畫面轉為正常影像,淡出為相反效果,即由正常影像轉為黑畫面。淡接通常代表一段時空的開始或結束,淡入象徵開始,而淡出象徵結束。電影的開場常以淡入開始,而段落的尾端,則常以淡出結束。」[7]小說最後以貨郎沿著柳樹行離開村莊結束,貨郎的走出村莊即人物離開鏡頭,「主角走離鏡頭有時暗示一個未定渺茫的未來。卓別林的一些默片常以這樣的動作和鏡頭結束,因為片中的小人物必須遠離現實的環境到遠方另謀生計。」[8]除了暗示貨郎必須另謀發展,同時也留下餘緒,「一種愁緒隨著淒迷的柳條兒漸行漸遠還生。使人有一種下盡其情的餘味。」[9]而同樣的表現手法在〈花彫宴〉中也可見到,本篇以一位行腳僧意外的遇見一場在桃花溪旁所舉行的露天喜宴,由於受不了酒香的吸引,行腳僧破戒飲用封存多年,待嫁女時才開罈的花雕酒,宴席是以「曲水流觴」的方式進行,俟新娘出來時,馬匹受到放鞭炮的驚嚇,不由得一陣亂跳,其中一匹差點傷到新娘,幸好有人及時出手解救,

羅・希爾國際公司臺灣分公司,2008 年),頁 587。
[5]David Bordwell, Kristin Thompson 著;曾偉禎譯,《電影藝術:形式與風格(第八版)》,頁 587。
[6]段彩華,〈貨郎挑子〉,《野棉花》(臺北:爾雅出版社,1986 年),頁 29。
[7]井迎兆,《電影剪接美學——說的藝術》,頁 68。
[8]簡政珍,《電影閱讀美學》(臺北:書林出版公司,1993 年),頁 80。
[9]王志健,〈評〈貨郎挑子〉〉,《傳統與現代之間》(臺北:眾成出版社,1975 年),頁 271。

正當眾人議論紛紛時，突然發覺行腳僧不見了。此時：

> 青石橋上響起一遍叫嚷，賓客們都趕去看，一件僧衣在水裏飄著，衣內
> 捲進幾片殘紅，隨波翻動，花子們卻向溪岸的遠處指。大家再向遠處
> 看，只見一個光背的人渾身水珠，在綠野上走著，頭回也不回。[10]

這是描述行腳僧在救了新娘之後不辭而別的情境，同時小說也以此結
束，同樣令人有餘波盪漾之感。正如李寶玉所言：「看《花彫宴》如吃一顆
可口的糖，又如品嚐一杯上等好茶，在淡淡的煙霧裡，享受濃濃的香與
醇，餘味無窮。」[11]段彩華的此種運鏡方式，也營造出如同看完電影走出
戲院時，讓人有一種意猶未盡的感覺。

除了淡接的運用外，還有溶接的使用。「溶接是兩個畫面轉換的過程，
前一個畫面逐漸的淡出，同時間後一個畫面逐漸的淡入，然後完全取代前
一個畫面的效果。溶接常代表一段時間消逝的過程，或事物成長、變化與
轉移的過程。也可以作為回憶過去、表達幻覺的心理活動，或純粹為了美
化兩個畫面的連接效果，減少切接跳動的感覺。」[12]如〈外鄉客〉一文中：

> 我走到港口上，望著停在防波堤裏的大小船隻。很多水手在甲板上來回
> 走，一艘巨輪鳴叫著進港，從燈塔外面遠遠駛來，海面被劃開兩道斜
> 紋，船頭壓碎一片片翻起的浪花，漸漸的近了。那是一艘商船，靠在碼
> 頭上以後，旅客們便從梯上登岸，提著旅行袋和箱子，從鐵柵裏出來，
> 和等在外面歡迎他們的親友握手。起重機向下吊笨重的貨物，船員們忙
> 碌著，一個戴藍帽子的人大聲指揮。等到這一切都平靜，負責打掃碼頭
> 的人拿著掃把過來了，香蕉皮、罐頭盒、碎紙，和各種顏色的藥瓶，統

---

[10]段彩華，〈花彫宴〉，《花彫宴》（臺北：華社文化事業中小心，1974 年），頁 89。
[11]李寶玉，〈《花彫宴》讀後〉，《中華文藝》第 8 卷第 4 期（1974 年 12 月），頁 99。
[12]井迎兆，《電影剪接美學──說的藝術》，頁 69。

統掃起來，裝進垃圾桶，再提到防波堤那邊，倒進海裏。天邊有海鷗在飛，翅膀一會兒變成直線，一會兒變成兩個閃動的三角形，眼睛望得久了，海上便現出彩色的宮殿，變得清晰又被霧氣遮住的大廈，有長長的紅橋聯繫著。我的心裏生出一種感覺，向下看著自己的膀子和手，希望它變成一對翅膀，像海鷗那樣飛過去。這念頭使我的手平起猛落的搧動幾次，發現兩隻腳仍然站在水泥地上，下巴才慢慢的揚起來，手不動了，從嘴裏發出輕嘆一聲。[13]

　　這是小說開始的第一段，段彩華以蒙太奇段落方式來描繪。先以遠景長鏡頭及近景短鏡頭與特寫鏡頭交錯，描述主角「我」在港口所看到的景象，在描述完碼頭工人把垃圾往海裡倒後，接著鏡頭轉向天空的海鷗，然後以「溶接」的手法插入「海上便現出彩色的宮殿，變得清晰又被霧氣遮住的大廈，有長長的紅橋聯繫著。」這一段「海市蜃樓」的場景，然後銜接主角的內心情感。這一小段的文字敘述中，蒙太奇的效果，運用得相當成功，尤其在後段部分，主角不自覺的揮動雙手，以為可以像鳥一樣飛過去，在此之前穿插幾個海鵬在空中飛翔的變化圖形，以此回應主角內心的渴望，而海鷗的剪影鏡頭，如同電影中的隱喻鏡頭，即為主角內心深處積壓已久的意念，希望突破人身的限制，可以像鳥一樣可以自由自在的飛翔。

　　黑澤明在處女作《姿三四郎》「這場戲的最後，黑澤明第一次使用了他最喜歡的電影標點，這一標點也一直貫穿於他今後的所有作品中，這就是劃，一種比切、隱、疊更不常見的符號」「這種方式在現代攝影中相當少見，卻一直被黑澤明堅持採用。」[14]「劃接是以直線或其他形狀的線條，作為轉換畫面的分界線，當線條劃過螢幕，新的畫面就蓋過舊的畫面。」「日本導演黑澤明可說是最愛用劃接的導演，在他的電影《七武士》、《羅生

[13] 段彩華，〈外鄉客〉，段彩華，《野棉花》，頁193～194。
[14]（美）唐納德·里奇著；萬傳法譯，《黑澤明的電影》（海口：海南出版社，2010年），頁9。

門》、《大鏢客》等片中，都有普遍的運用。以直線將畫面分割成不同的區塊，稱為分割畫面，每個區域都有不同的畫面。電影中常運用分割畫面來交代兩個不同人物的電話交談，一個在左，一個在右，觀眾可以同時看到兩人的表情，是一種變相的劃接。有些電影會運用實景構圖，把人物分別放置在畫面的兩端，中間以牆壁隔開，觀眾可以同時看見兩個房間的情況，這也是分割畫面的作法。」[15]段彩華可說是黑澤明的戲迷，對於黑澤明的電影相當喜愛，自然也成為其臨摹的對象，而黑澤明愛用的劃接方式，從段彩華的作品中也可看出類似的用法，如在《清明上河圖》中，即以劃接的方式組成蒙太奇段落：

> 接下來的每一天，都有幾場慘烈的屠殺。樓上畫好一隻猴子，樓下殺死一個人！
>
> 樓上畫好一棵樹，樓下斬了兩員大將落馬！
>
> 樓上畫完一艘船，樓下死傷了五個武士，砍倒兩匹戰馬！
>
> 張秀秀槍挑一員猛將，樓上在描摹一個仕女。
>
> 許秋蓮用判官筆刺入一個敵人的胸膛，樓上已畫好一座細細的遠山。
>
> 彩色的毛筆在紙上塗抹，槍刀在場子上急閃！
>
> 樓上完成了一個摹本兒，裱在南面的牆上，樓下已死傷二十五員上將。
>
> 血，濺在場子上，比石榴花還要紅，還要紅……。[16]

　　這裡以劃接的方式，將畫面切割成兩個，為方便觀眾的視覺方向，一般的劃接大都把畫面採左右分割的方式，但段彩華在這裡雖同樣將畫面分割為二，但我們可以發現，因為場景是樓上和樓下，所以不論是左右分割或上下分割均可，端看讀者自己的想法，當然也可看出作者的巧思，因為鏡頭的分割，使人有兩邊的事件同時進行的感覺。劃接除了用來分割畫

---

[15]井迎兆，《電影剪接美學——說的藝術》，頁69～70。
[16]段彩華，《清明上河圖》（臺北：九歌出版社，1996年），頁405。

面，另外也「是一種少見的再來表示時間流逝的方法（對大多數導演來
說，常常使用隱或者疊）。」[17]隨著樓上摹本一幅幅的完成，樓下的死傷也
越來越慘重，而時間就在其中悄然而過。這也是段彩華自言的喜歡以含蓄
的方式表現在創作上。[18]這種連接方式可以含有兩個層面，高潮迭起的的戲
劇性內容，以及透過蒙太奇方式處理所呈現的戲劇張力。這一段是轉場高
潮戲的最後，情節結構的安排緊密，各個人物的行為動作都能恰如其分的
呈現，隨著樓上畫中景物一個一個的完成，樓下的傷亡也越來越慘重，以
此不斷的升高讀者興奮的情緒，一步步的加速強化，逐漸的推向最後的高
潮。但最重要的是，以《清明上河圖》所帶來的利益，對照殘酷無情的殺
戮，揭示為何而戰的悲劇，以及影涉幕後操控的獨裁者反其整個官僚體
系。「電影因為富有臨即感，所以它不必像一般文字那樣說教，它裡面自然
有很強烈的無言的批判性。」[19]段彩華以小說的方式達到相同的效果。

　　另外，段彩華也有加強印象的「剪接」方式，類似普多夫金所論的
「中心主題的反覆運用」。「中心主題的反覆運用（leit-motif 或 reiteration of
theme）」我們經常可以看到一個有趣的現象，即編劇者特別強調劇本中的
基本主題，因次，遂產生了一種不斷重複主題的剪接方法。這種方法的特
質可以用一個例子來說明：在一部反宗教的電影中，劇本的中心主題是揭
發沙皇時代教會的殘暴和虛偽，其中有一個鏡頭反覆出現了好幾次：一個
教堂的鐘慢慢敲響，銀幕上疊著這樣的字幕：『教堂的鐘聲將為這個世界帶
來容忍和愛的福音。』每當編劇者要強調教會所散布的這些福音的愚蠢和
虛偽時，便呈現出這個鏡頭，以反諷的手法來強調這部電影的中心主題。[20]
段彩華在〈外鄉客〉便重複應用「海上便現出彩色的宮殿，變得清晰又被
霧氣庶住的大廈，有長長的紅橋聯繫著。」這個影像來強調故事中的主

[17]（美）唐納德‧里奇著；萬傳任譯，《黑澤明的電影》，頁 9。
[18]余昱瑩，「段彩華採訪稿」，〈段彩華小說研究〉，東吳大學中國文學系碩士論文，2011 年 8 月，頁
　141～142。
[19]簡政珍，《電影閱讀美學》，頁 206。
[20]普多夫金著；劉森堯譯，《電影技巧與電影表演》（臺北：書林出版有限公司，1991 年），頁 60。

題。第一次使用是在開場第一段，主角也是在這片段之後遇到老人，第二次出現，則開啟主角與老人關係的建立，同時也揭開老人為何成為「外鄉客」的原因。到了第三次的出現，作者的敘述有了不同的變化：

> 幾分鐘後再回頭望，有輛噴水車沿著馬路洒水。老人在遠處躲到樹底下。等噴水車過去後，再回道路中間，陽光在洒過水的路面上反光，忽然看起來好像是走在波面上，擋在前面的房屋也變成宮殿和宏樓，老人的影子就映在宏樓上，彷彿我常在港口上看到的。[21]

　　主角每次在港口看到是宮殿和宏樓，這次有所不同增加老人的影子映在宏樓上，段彩華以「宮殿和宏樓」，作為現實與幻象的複雜疊合物，體現虛假與真實的小說重點。如今再疊上老人的影子，使得虛幻的本質更加脆弱，也暗示著老人即將死亡。主角與老人非親非故，只因曾經尋訪過老人一次，就成為老人辦後事的人選。小說最後在主角為老人送終後，如往常一樣在海面望了許久，「天際卻沒有出現彩色的宮殿和宏樓的影子。」[22]老人一生最大的心願就是重歸故里，但終其一生這個願望始終無法達成。老人的願望，事實上也是作者的願望，小說一開始，主角希望變成鳥可以飛到海的另一邊，即已影射出作者希望返鄉的意圖。然而在兩岸的政治角力下，返鄉始終如同海上的宮殿和宏樓一樣的遙不可及，雖遙不可及但總還有一個希望，直到老人的死亡，象徵著希望的破滅，所以宮殿和宏樓下再出現。在〈貨郎挑子〉中也可以看到，貨郎鼓是貨郎賴以維生的工具，只要聽到貨郎鼓的聲音就知道貨郎來做買賣，〈貨郎挑子〉就是以貨郎鼓的聲音來開場，貨郎也因此得見春芸，卻沒想到會對春芸一見鍾情，因此無心做生意，心中一直惦念著佳人，於是

---

[21] 段彩華，〈外鄉客〉，《野棉花》，頁212。
[22] 段彩華，〈外鄉客〉，《野棉花》，頁222。

他不知吆喝一聲好，還是直站著等人出來；把搖鼓旋轉幾下，卜咚！卜咚！一扇窗子咯吱咯吱打開，從裡面伸出一顆頭。[23]

　　再次搖起貨郎鼓，表面上是要收帳，實際上是希望可以再見到春芸，作者在此藉由貨郎鼓的聲音引出窗內的人，當然也意味著貨郎得以由外入內，使整個場景由外轉內，順勢帶出春芸即將出閣的情節。受到暗戀失敗的打擊，貨郎把手鼓搖得更響的離開村子，響亮的鼓聲是用來掩飾貨郎心中的失落感，小說以貨郎鼓聲起，以貨郎鼓聲結束，可謂頭尾呼應，此二篇雖是相同手法的運用，但卻採用不同的感官感覺來進行變化。〈外鄉客〉中，作者採用的視覺感官的方式，而在〈貨郎挑子〉作者改用聽覺的方式來呈現。在《山林的子孫》中則是兩者並用，段彩華是以視、聽或兩者兼具的形象重複出現，外化人物的心裡活動，使其細緻生動，也達到強化主題的目的，可見段彩華對電影蒙太奇綜合運用求新求變的能力。

　　景框（frame）是指「影片上的單格畫面。」[24]亦能轉換成多種隱喻。如：

　　樓窗打開，透進冷風，春信姊姊在簾內看花。清晨的溪上照著薄霧，桃花豔麗的開著，從樓頂看，彷彿是在夢的世界裏。簾影被陽光照射，一條一條，落在姊姊的身上。那天她穿的是淡青色的衣裳，未擦脂粉，髮上簪著白色的翡翠。我看見她就怔住了，她問：「那樣呆呆的看我做什麼？」說話時，風吹著她的衣角微動，髮絲也根根飄著。[25]

　　我想起那次，就彷彿又聽見大雁的叫聲。春信姊姊在樓欄內小立，樓欄是靠近庭院的一邊。簷上滴著水珠，是雨後的黃昏，雲彩映著霞光，在天上變幻。她正望得出神，我走進她，都沒有發覺，身上只有樹影在

---

[23]段彩華，〈貨郎挑子〉，《野棉花》，頁 33。
[24]路易斯・吉奈堤著；焦熊屏譯，《認識電影》，頁 566。
[25]段彩華，〈花雕宴〉，《花彫宴》（臺北：華欣文化事業中心，1974 年），頁 86。

動。那天她穿的是素白的衣裳，被霞光照得非常鮮艷，我還以為穿的是粉紅。面頰映在光輝裏，更是嬌艷，像那樣的顏色，我只在雨後盛開的荷池內見過。等她回過頭，輕輕的「啊」了一聲，問我說：「你什麼時候來的？」我說：「站了半天了。」又問她：「你在想什麼？」春信姊姊說：「二八月，看巧雲。我在看巧雲。」說著就有一行大雁從庭外的天空中飛過去，叫著蒼涼的聲音。春信姊姊皺起眉，臉上突然有一朵愁雲。[26]

　　這兩段除了是用來形容人物的美，另外透過景框的手法，藉由窗框、欄杆等的隔斷，形成內外兩個不同的空間，搭配蒙太奇的手法，將窗外／樓欄外的景致一覽無遺，透過珠簾的陳設，將天光及鳥鳴聲等外景元素融入春信姊姊的閨房，使得在有限的空間中，卻仍能保有視覺上的變化。第二段利用黃昏光，由於此時的光線從側而非頭頂上照下來，邊緣都有光，使得整個人物沐浴在光輝下，其影像抒情動人。「透過百葉窗、露天的葦簾子，或是叢林中的樹葉間隙等的強烈陽光照射人物，用這種光的班點把人物裝飾起來」，[27]這也是黑澤明愛用的手法，段彩華在此用簾影及樹影有異曲同工之妙。而窗框也如同畫框，使窗內的人看外面的景色，如同欣賞一幅美麗的圖畫。既然是框，當然也具有「框住」的意象，也象徵著框內人物的不自由。而「簾」也有類似的意象，在古典文學作品中通常象徵著「禮教」的束縛，在此也暗示出春信姊姊是個遵守婦德的女性，於此呈現，除造成書中景觀上的多樣化，也加深文本的豐厚性，成功渲染出「閨閣之女」的形象，也反映傳統中國仕女的生活。

　　段彩華自比為導演，所以小說中蒙太奇的使用廣泛，早已成為眾所周知的特色技巧。由上述討論發現，段彩華對蒙太奇的用法並不局限於某一種方式，但技巧和內容必須相關，如「新浪潮運動留給影史一個很好的典範：剪接方式不只是一種潮流，也不是技術的限制，更不是僵化的教條，

[26]段彩華，〈花彫宴〉，《花彫宴》，頁86～87。
[27]佐藤忠男著；廖祥雄譯，《電影的奧秘》（臺北：志文出版社，1989年），頁37。

而是取決於內容和題材。」[28]也就是段彩華的文字蒙太奇是視內容和題材予以適當處理及靈活的運用。段彩華並非科班出身的創作者，以其自身努力不懈的研究，創造出以動的描寫為主的觀念，迴異前人靜態和動態揉合在一起的創作觀，使其小說的創作技巧邁向高峰。但段彩華並不以此自滿，〈流浪拳王〉及《花燭散》的創新實驗，代表著段彩華勇於突破局限及對創新的追求。尤其《花燭散》是以彩色電影演出的方式敘寫，為文學上罕見的創舉，段彩華在長期的自學自創下，結合電影的各種技巧，雜揉成自己的創作方式，將電影的動感，充分的表現在平面媒體的小說上，成為獨具一格的個人特色。

——選自余昱瑩〈段彩華小說研究〉
東吳大學中國文學系碩士論文，2011 年 8 月

---

[28]路易斯·吉奈堤著；焦雄屏譯，《認識電影》，頁 201。

評介段彩華的〈押解〉

◎張健

　　目前出身軍中的小說家中，有三位幾乎被公認是業已卓然成家的，一是朱西甯，一是司馬中原，一是段彩華。

　　朱西甯是三人中最以工力見長的一位，但就他的若干近作來看，他的節奏已使敏銳的讀者感到過於滯緩，因而減弱了小說主力（或主線）予人的感應力，乃至使誠心的讀者都半途而廢，這是朱先生值得三思的（當然他也許有理由擇善固執，而不顧一切的如此寫下去）。司馬中原的才氣豪邁，文中往往奇峰突起，波瀾壯闊，但欠缺剪裁及自我制御的功夫應是他的大憾，於是每見他的作品中挾帶了大量的泥沙，使苛求完美格調的讀者由喜愛而煩膩；固然我們也知道作者所受生活壓力之大，使他無以一貫地精心創作，但，基於一個讀者的求全心理，我願建議司馬先生在每一段相當時期內，嚴格要求自己完成若干精鍊的作品（即使僅僅一兩個短篇）。統括地說，他的一般缺點是節奏過促；有時候，作品的「帥」與率是很相近的。

　　而段彩華，不像朱氏與司馬，他似乎並沒有一套「道」要載，也沒有十分固執地抉擇某種利於他個人表現的題材，（如朱氏之地域性偏向，司馬的傾於陽剛性），他是一個對人生諸樣相具有普遍興趣的作者，以他的同情或悲憫，幽默或嘲弄，他悉心而灑落地處理他所遇到、覓到的任何一種題材及人物；也許，他迄今為止尚未寫出另二位作者那樣幾能「獨當一面」的作品，但他無疑是最能吸引那些也具備較廣泛興趣的讀者群的。就節奏而言，他明快而不傷於促，偶而醞釀較悠緩的氛圍，也不致令臨文者窒悶不適。在此點上，他可說是目前文壇上的佼佼者。

《純文學》第 2 期上刊出的〈押解〉，便是一個極佳的例證。

在文學、藝術的領域內，有一種技巧是不落痕跡的，譬如東方首屈一指的大導演黑澤明，他的近作《紅鬍子》便全不見賣弄技巧之跡。段彩華當然還不能跟黑澤明比，但以大喻小，我們也可說段氏是頗有匠心而不使人意識到他的「技巧」的。〈押解〉是一篇直起直落的作品，平鋪直敘得不容讀者說一聲「不懂」；說主題或內涵，也不能讓唯「道」是求（按筆者亦為一載道主義者，但自信對「道」的意義持有較寬的幅度。）的批評者頷首。可是它無可折扣地吸引了讀者，讀完這篇東西，像讀完若干作者的同格調之作時一樣，會覺得心胸開朗一些，會覺得現實的人生容易領受些，會覺得悲喜劇之分未嘗不由於個別的人的觀點與態度；更不用說對於某種社會問題的進一步矚視了。若就筆者的看法，這樣的作品又何嘗不是「載道」的？不過其道「不可道」而已。

由「警長拿著公函，由椅子上站起來。」到「『對不起』法警轉向我說：『公事公辦。』」這個兩萬多字的「故事」倒像一張新寫實主義的黑白影片。這個開端完全適用於電影，這個結尾則比電影更乾淨俐落。而且前後呼應，（第二段一開始就是：「這是遞解公事」。）中間穿插了不少人物，尤其火車上的幾位乘客更是各有千秋，但作者一點也不想讓那個初出茅廬的警員（我）和那位玩世不恭的慣犯逸出讀者的視界。

白描的簡淨有力，在臺灣文壇上段氏也是數一數二的。朱西甯便不免時而贅繁了。那個「我」是怎麼一個型？一句話便勾出來了：「我拿起一枝鉛筆敲敲下巴。」還怕不夠顯突，隔一段又來了——

　　老張看老吳，老吳看老王，沒有一個肯站起來。我問……
　　接著說啊說的，警長就掏出打火機向不抽菸的我敬「菸」了，大家全想笑，「我聳聳肩膀……一面把公函裝起。『要是跑了呢？』」

就這樣，主角「脫穎而出」了。作者並不想製造一個 007 式的英雄，

警長也先說了：「法律本身，有很多漏洞。」但好像有一種事在人為的哲學微微支柱著那個人。他年輕，沒見過世面，可是他不油，他有責任感，甚至有一股傻勁使他願意試試扶助那有漏洞的法律。到頭來，他算是大功告成了，可是自己的口袋卻被犯人掏空了，真有點像《老人與海》中的老人，雖然他的「奮鬥」比較瑣屑。

再說作者的白描。「海離得很近，有時從山後閃出來，又隔開很遠。」「火車在搖晃，路基上的枕木和硬石子飛向後面，三翅仔的腳兩邊亂擺，身體像臘腸似的掛在風裡。」「我們走向廁所，擦過粉紅洋裝的女人，我才看見她的領口內，白淨的脖子上，帶著黃色的金項鍊。」上面隨手引的三小段，只有一個「臘腸」的比喻，可是給人的印象都清晰極了。《高老頭》前幾頁那種縷述，現代人恐怕十個裡不會有一個受得了的，就是紅樓夢和《西遊記》裡的某些片段，我們也覺得太煩了。段彩華處理人、景的方式，有點接近《儒林外史》，但更直接的說，還不如說他多少是受了海明威的影響的：讀他的作品，總有些字句讓你想到《戰地春夢》、《日出》乃至《戰地鐘聲》的，偶而也到《老人與海》的地步。讓人讀著爽快，且也不嫌味短。

不過就處理題材的方式來說，段倒是極似沙洛陽的。他們同樣明快（這還是跟海明威一路），而對世界和人則抱持欣賞和淡淡的嘲弄的意味（這點上段或要濃些），使人覺得他們的人生觀也許是樂天的，儘管他們也知道這世界的醜惡夠多了。他們是在已有的炭畫上添些淡彩，幫你賞鑑可賞鑑的，不像另一些作家是在提供昇華的觸媒。

講到人物，我覺得〈押解〉中的「我」和三翅仔，正等於《西遊記》裡的悟空和八戒，後者會搶鏡頭，可是前者才真是作者的主要心力之所灌注。段的對話是否百分之百的合乎人物本腔。我不敢說，可是乍出的神來之筆卻使人不暇在瑣細的「求真」上費神。「你這人通人性嗎？」三翅仔問「我」。「誰認識一個字，誰是王八蛋。」「一條腿」賭咒。「幾位先生，大家都夠朋友。」司機抓抓額頭說。「你是個紳士，為什麼不站著呢？」又是

三翅仔……。

　　在火車上的時間怎麼處理？押上火車之後，我在心裡納悶。來了，作者讓那警員挖三翅仔的舊案，放心，三翅仔不會袖翅旁聽的。說說中間還插妙文呢：「什麼自由？」……「『我偏要見到（想見的人），』他仍用夢囈的聲音說：『現在就去見。』」……「那麼，你是位學問家！」然後有別的閒人插進來了，三翅仔說想上茅坑，想開溜了。

　　一個有大蒜味的男人揍了三翅仔一拳；那個穿粉紅洋裝的給他糖吃，他還報地吃她豆腐，她笑得快樂；一個小鬍子崇拜起英雄來，餵他五盒便當的肉；加上上廁所查大便的小學生；還有臉上刺花的山地老太婆（這倒像道具）給他「碰碰」。最後是那個自稱「姘頭」的悍女人。作者寫出了社會眾生相，落石下井的，鼓勵壞人的，濫用同情的，好奇無邪的，麻木不仁的……但他並不想撻伐他們，也許只有有些憐憫吧。因為他們似乎並不比三翅仔更像「人」。而唯一成個人型的「我」，又是傻楞楞得讓乘客們（就是社會吧？）覺著惹厭的。

　　總是那麼緊湊，也總是那麼輕鬆不羈，這種氣氛，連大家吳承恩也沒能把持得始終如一的（當然那是長篇，相提並論也許不公平）最後真以為沒戲唱了，卻還有……「長得不怎麼樣。」我批評（難得！段彩華的人物不大想也不善批評的，也像海明威、沙洛揚，他們多半只是存在於活動中。）著說。「但她為了你，連命都不要！」三翅仔說：「真是世界上最偉大的女人！（那是他的第『一百零八個』愛人）」而法警檢查犯人口袋時，裡面有一瓶維他命 C。

　　我也讀過段彩華一些為換稿費而寫的東西，不過給人不想讀的感覺的卻很少。也許我該勸他還是不妨多尋求些結實的東西融進去，也許那反而會損了他。但是至少，在你沒有找到很多的證據（由作品裡）前，你無權說他不嚴肅。

　　我跟朱、段、司馬三位都可說是素昧平生，其中跟段曾在周夢蝶書攤上有一面之緣，但前後不過半分鐘，且未交一語，所以若有人以為我有心左袒

或捧場，我是不敢苟同的。我只是一個比較細心，尚稱超然的讀者而已。

——選自張健《讀書與品書》

臺北：國家出版社，1973 年 2 月

氣氛與布局
評段彩華〈怪廟〉

◎陳戈[*]

一

　　一篇小說有一篇小說的特色重心，欣賞長篇小說，從特色重心入手。小說不可能包羅萬象，不可能「麻雀雖小，五臟俱全」，所以欣賞的角度不宜隨意擺在什麼地方，作地毯似的全面褒貶。

　　段彩華的短篇小說〈怪廟〉，人物方面，有主角配角。劉長庚、謝俊平、王宇廷、體育教務兩主任等，是配角。多少都有了外形、脾氣、身分的描述。第一部分中，劉長庚的樣子，疑神疑鬼的神情，著墨更多。不過配角的地位不凸出。如以謝俊平當王宇廷，王宇廷當謝俊平，或以體育主任當教務主任，教務主任當體育主任，配角互變，對〈怪廟〉這篇小說，並沒有什麼影響。

　　姚漢臣、姚漢青、丁孝鄉、大蜘蛛等，是主角。這些主角的個性和行動，也不能支配這個短篇。大蜘蛛是禍因，狡獪而殘忍，體積龐大；姚漢臣愛女生王艾芳、丁孝鄉幾個人當著王艾芳的面，激他去撞鐘，結果姚漢臣死於怪廟中；姚漢青不甘心，為兄報仇，臨死咬破手指，寫了個血的「虫」字；丁孝鄉爬上金身佛像找怪因，而後又與蜘蛛的腳格鬥，力小慘死。這四個主角，串成了小說的故事。主角的心性為人，仍沒充分的發展。

---

[*]作家、評論家。

　　換句話說，〈怪廟〉的人物，不論性格，激發人的潛在性情的環境、倫理的關係、命運的順逆，種種最能塑造人物的有力因素，都沒深刻的表達出來。於是姚漢臣、丁孝鄉、劉長庚等主配角，未能活躍於上說中，到達人物代表小說的地步。

　　因此，〈怪廟〉不是以塑造人物為特色重心的小說。

二

　　　天臺廟門不能進

　　　十人進去九人死

　　　和尚獵戶都避散

　　　到此回頭莫遲疑

這四句詩，刻進木牌子，掛在怪廟前的大樹上。體育主任所帶領的流亡學生，初到廟前，就看見裡四句詩，指出廟中的凶險情況。

　　小說結束時，刻詩的木牌子早給劈成兩半，丟到樹根附近。改立一塊石碑，碑上也刻四句詩：

　　　一為寺院除患

　　　一為兄難赴死

　　　終於除滅蜘蛛

　　　肅淨本鄉本土

後四句詩指廟給焚毀了，蜘蛛給焚死了。前四句詩換成後四句詩的中間，發生了禍害，死了人。丁孝鄉為寺院除害，獨力和蜘蛛的腳搏鬥，姚漢青報姚漢臣的仇，黑夜摸進廟中，兩人表現了勇敢的精神。另一方面，劉長庚迷信、獵戶膽怯、其他學生望蜘蛛而逃出廟，相視之下，姚漢青、丁孝鄉更顯得可欽可佩。

　　石碑的樹立，兩個學生的英勇行為表明了這篇小說的主題，人與獸怪爭鬥，少數人犧牲，殺死獸怪，救了多數人。

　　〈怪廟〉有主題，但特色重心，不是表現主題。有兩種原因。

　　第一個原因，這篇小說的主題是人與獸怪的爭鬥。人與獸怪的爭鬥，大抵是力與力的對立，或人的機智與獸力的對立。〈怪廟〉中，住持慧明尖叫一聲就死了；學生聽鐘聲追進廟裡，姚漢臣已直挺挺的倒在地上；姚漢青接著死在大鐘附近，寫出血字「虫」，也應算單純的場面：蜘蛛落腳，丁孝鄉用力砍，馬上給蜘蛛絲纏住吸走，更顯得人力小。蜘蛛連續咬人，獸性凶狠，咬人而不被發覺，獸物狡獪的直覺而已。〈怪廟〉的流亡學生如此與大蜘蛛對立，是單純的事，是較原始的事。

　　其他表現主題、強調主題的小說，卻提出人與人之間的衝突。人與人之間的衝突，由於環境的嘲弄，命運的逆差，個人性格的偏態，另外加上偶然發生的事故等，於是結成「結」，即小說術語上的「衝突」。「衝突」中，個人的心理充分發揮，而本質上總是個人為人情、道德、或倫理不容，人力不能奏功，落得被環境、命運所困，於是造成複雜的場面，且每每止於悲劇，令人哀傷歎惋。這樣，人與人的衝突強調了小說的主題，於是小說的特色重心乃擺在主題的表現上。〈怪廟〉卻不是這一類的小說。

　　第二種原因，人與獸怪爭鬥，每每氣氛險惡，場面詭祕。同時，自然的，作家處理如此題材，也在氣氛和場面上著力。讀者為氣氛所□，所思索的只是禍害之因，對於小說中的主配角，對於單純而較原始的主題，相形之下，比較不注意。〈怪廟〉一文，姚漢臣的個性不凸出，丁孝鄉的砍殺不壯烈；讀者關心的，先是大廟的險惡的氣氛，而後是什麼原因招致如此的氣氛；換句話說，經過了什麼樣的過程，疑雲方散，天光現白，大蜘蛛給發現了。

　　基於以上兩種原因，段彩華自然而然的把〈怪廟〉的特色重心放在氣氛的渲染上。氣氛的渲染，不是靜態的描繪，而是活的發展，一步一步引人入「險」。這麼一來，又與導致氣氛越險惡詭祕的布局息息相關。可以

說，氣氛的渲染和布局的奇詭嚴密是一體的二面，或是橫截面與縱斷面之別而已。

事實上〈怪廟〉的成就，正是氣氛和布局的奇特生動。欣賞〈怪廟〉，宜從氣氛和布局的相伴進展上入手。

三

〈怪廟〉這個短篇，分成四部分，四部分恰巧組成緊湊的結構。第一部分勾繪怪廟的外貌，利用有關怪廟的傳說造成疑團。第二部分是流亡學生進入廟中，與廟接觸了。第三部分寫姚漢臣遇害廟中，廟之所以怪，也現出端倪。第四部分，即最後一部分，故事的節奏加快了，姚漢青第二度死去，而後才找到為害的大蜘蛛；人力鬥不過大蜘蛛，放一把火燒廟。

以上四部分，造成一步一步向高潮推進的大結構，到了蜘蛛現身的高峰，故事陡然一落，蜘蛛死去，小說結束。

這大結構一步一步上推時，段彩華同時插進許多合情合理，引人入「險」的細節，於是小說顯得充實。大結構代表組織，有機的細節代表內容。〈怪廟〉的組織與內容俱佳。童話故事偏於簡單的組織，偵探小說偏於驚險的細節，不能和〈怪廟〉相提並論。

〈怪廟〉的氣氛的渲染，分成兩段，一段是大蜘蛛未現身前，小說充滿了疑雲，這一段著筆較多。另一段是大蜘蛛現身後，工力相垺。前一段等於這篇小說的前三部分和第四部分的前小半部，後一段等於這篇小說的第四部分的後大半部。段與部分的說法，都與組織或大結構有關。

〈怪廟〉的大結構下，又有許多小組織，節是懸宕、伏筆兩種手法的運用。氣氛、懸宕，和伏筆所代表的內容，就是〈怪廟〉的筋骨血肉。

四

〈怪廟〉的詭祕險惡的氣氛，並不是依賴靜態的描繪陳述，而是依賴活的、有組織的細節。這些細節，分別從背景、傳說迷信、顏色氣味等方

面發揮了渲染力。

　　這篇小說的背景，可能發生在生物學昌明、醫學進步的現代社會？不能。可能發生在極端迷信，凡事歸於神鬼的社會？也不能。段彩華選的背景，是迷信未除，生物略知的鄉間。廟宇菩薩，流言本多，獵戶選用紅纓槍鋼叉，而流亡學生們，並不真信鬼怪，依然戒心未除。這樣的背景，正宜製造詭祕險惡的氣氛。

　　劉長庚的話，大都是些傳說迷信，一開頭就揚言廟有些邪氣，卻找不到原因，只見人直挺挺的死，拿廟沒法子。邪氣即在，唯一方法，是等廟自行倒塌。獵戶也相信這類說法，不敢上山。

　　流亡學生，也愛傳迷信。飯中有辣椒，以為鬼作祟。大鐘不響，認為禍害未除。小說第三部分的開頭，聽到鐘響了，魔鬼怪胡鬧，撞鐘警告。姚漢臣死因不明，有的學生便推到鬼上。

　　顏色氣味方面，廟內外草樹是黑綠的；毒馬蜂聲嗡嗡的飛；「天臺廟門不能進」的牌子，簡直與武松過景陽崗打武，縣衙貼的警告無異；高牆長青苔，廟變黑漆，到處鬼影幢幢；大鐘上用血寫「虫」字，廟裡氣味怪，從來沒聞過，天花板中，怪味道薰得人發昏。一座鼎盛的大廟，落到如今淒涼的地步，山路堵死，廟門封牢上鎖，夠駭人的。

　　段彩華從背景、傳說迷信、顏色氣味等方面，逐漸烘托氣氛，給予真實的恐怖感受。整個環境的創造，不能不說成功。

五

　　整而環境凶險，而復人又一個一個死去，這篇小說乃顯得恐怖而生動。段彩華在人接連死的幾個片段上，運用了懸宕和伏筆的技巧，即布局的安排。

　　小說開始，劉長庚說廟邪氣，一直到第四部分王宇廷嚷琵琶成精了，真正的禍因，始終若隱若現，沒直截的道破。把禍因懸吊起來，埋伏下去，為的是加重氣氛的緊張。

　　劉長庚、獵戶、流亡學生沒進廟前，先存了鬼怪作祟的觀念，實際上離題甚遠。作者第一次應用懸宕的手法。

　　住持慧明添燈油，尖叫一聲死去，於是有人懷疑和尚自己謀害，又與本題無關，第二次懸宕。

　　和尚自己不可能謀害，有人聯想到土匪下的毒手，第三次懸宕。

　　學生先後進廟，姚漢臣第一個死，別人推測他與怪物廝殺，不中，第四次懸宕。姚漢青咬破指頭，活血寫下「虫」字，令人想岔想到蛇上去，第五次懸宕。蜘蛛丟下絲，學生又誤以為繩子，蜘蛛垂下腿，丁孝鄉嚷蛇，第六次懸宕。

　　六次懸宕，一人接一人死，氣氛更沉重，小說漸達高潮，最後才引出真正的死因。故布疑陣的技巧，構思的廣範嚴密，歎為觀止。

　　段彩華不只利用懸宕的手法加重氣氛的緊張，而且挨緊懸宕，製造滑稽的場面，以便達到更強的緊張效果。段彩華陸續採用懸宕，每用一次，就駁擊一次，化解懸宕的正確性。駁擊回去，懸宕不成真正的禍因，就顯得滑稽了。

　　除了駁擊懸宕之外，另有更滑稽的場面，揉進緊張的氣氛中。兩隻馬蜂嗡嗡地飛，章四略說：「最軟弱的，恐怕是蜘蛛。」怎麼見得？蜘蛛垂下絲，丁孝鄉以為是普通的繩子，「現在好拿它晾晾衣裳」，他可真會急死讀者！蜘蛛伸出幾條「蛇」，王宇廷嚷叫「快點逃！琵琶成精了！」不是又荒唐，又滑稽！

　　懸宕和滑稽揉和的方法，英文稱為 Comic □，可譯為滑稽的插曲。一篇小說，懸宕使人緊張，滑稽使人輕鬆。緊張的小說等於拉弓，一次就拉緊，弦易斷，等於讀者禁受不起。現在加上幾個滑稽的插曲，等於拉弓，先小拉一下，放鬆，而後多用力幾分，再放鬆，最後才拉到最緊的地方，而弦不會斷，又能發揮最大的功用，小說中的滑稽插曲，一面緩和懸宕，一面加強懸宕。山峰似的，有山有谷，但一山比一山高。峰是懸宕，谷是滑稽。谷想得峰高，小說的高潮逐漸來到了。

段彩華運用滑稽的插曲，說明他也是一個幽默的作家。

讀者欣賞〈怪廟〉，為氣氛所感，很快就明白有不尋常的事。懸宕引讀者上岔路。同一時間裡，作者又埋下伏筆，為蜘蛛的現身鋪路。懸宕和伏筆，一消一長的同時進展。

第三部分開頭，馬蜂□了蜘蛛，伏筆開始埋下，尚不必特意交待，提□注意。無明死去，頸子有塊傷口，沒流血，身上發黑，幾條灰白的繩子纏身，這些癥狀，離死因不遠了。姚漢臣死，丁孝鄉爬過金身的佛像，望見天花板上一捲灰白的繩子，而後姚漢青說天花板上的氣味薰得人頭暈，整個故事的癥結就在那兒。伏筆一步比一步更明顯，讀者就知道離小說的最高潮不遠了。

六

這篇小說的一開頭，段彩華就寫出大廟詭祕的樣子，而後渲染氣氛，運用懸宕和伏筆，把讀者帶進高潮。蜘蛛出現是最高潮；最高潮之前，段彩華費了許多筆墨，串起幾個凶險的死；尤其是姚漢青，不甘枉死，忍痛咬指，血字書成「虫」字。如此詭祕的氣氛，如此凶險的死亡，禍因必不是凡物，才能夠使小說的最高潮有最高潮的分量，足以支撐最高潮前面的曲折故事。

大蜘蛛沒出現前，儘管有人送命，有人檢查，仍尋不出真正的原因，大蜘蛛夠機警的。

大蜘蛛現身時，蛛絲與繩子無異，吐出氣來，一股黑煙似的，伸出一隻腳，竹竿粗細，八九尺長，整個背比銅盤大，幾個人爬上去，站不滿，好大的怪物！

流亡學生拿它沒法子，丁孝鄉用刀砍，雞蛋碰石頭。只好放火燒掉大廟，順便燒死蜘蛛。熊熊火光中，蜘蛛東挪西移，西禪房上出現，爬過屋脊，又從東禪房上出現，火中顯得狼狽，確實也叫人害怕。最後仍衝出火窟，給人用紅纓槍和鋼叉刺死。

這麼一隻巨大的蜘蛛，不亞於神龍雲現，驚心動魄。有了這隻大蜘蛛作怪，凶險的氣氛和死亡不會顯得不踏實。於是整篇小說的內容攝人心神，結構也愈發緊湊，內容與結構相得益彰了。

段彩華創造的大蜘蛛，和朱西甯創造的狼，各有千秋，都是近年來短篇小說中的大手筆。

七

〈怪廟〉的特色重心不是人物的創造，也不是主題的探討。這不是〈怪廟〉的缺點。〈怪廟〉的特色重心是氣氛的渲染，布局的緊密，這就是段彩華在〈怪廟〉中所表現的不凡的功力。

段彩華不平凡的功力，從何產生的？仔細分析〈怪廟〉，細讀文中的描寫，如馬蜂的飛行螫人，如姚漢青的「發瘋」，如用手指頭的血寫「虫」字，如學生守夜，蜘蛛垂絲，伸腳，種種地方，活龍活現，觀察力實在細微而生動。創造偉大的蜘蛛，串聯幾個神祕的死亡，想像力實在恢奇。小說家得具備不尋常的觀察力，想像力，段彩華兩力兼有，足當小說家而無愧。

除此之外，段彩華還有不尋常的文字功夫，值得重視。文字工夫分兩類來說，一類是字彙豐富，字彙又代表正確而充盈的思想，文句就十分可觀。另一類是風格，風格自成一家，述事寫景，才能生動。且從〈怪廟〉中找出實例，分別說明段彩華字彙思想的豐富、風格的生動。

第一部分有一段描寫大廟的文字：

> 瓦屋頂很闊，大殿和禪堂合抱，分前後三道院子，每道院子裡都有金剛
> 菩薩。住過一百多個和尚念經，撞鐘的聲音能到山下。

這一段文字中的大殿、禪堂、合抱、三道院子、金剛菩薩、和尚念經、撞鐘等字詞，正切合廟字，不是人人寫得出的。且不論這些字詞代表

了多少的思想和生活經驗，單以寫出這一串的字詞來說，段彩華的文字就不會空虛貧乏。

劉長庚會警告學生：

> 河岸和山腳下毒蛇多，晚上出去要穿長筒靴子。小池塘裡不要洗澡，洗了會染上瘴氣。打獵的人要用紅櫻槍，看了別見笑，笑得他們發脾氣，會把人當作山豬老虎戳的！

三個句點，分別表示三種意思，不必加連接詞，不必加名詞代名詞，三種意思都描寫一種環境，本身已具條理。這正是中國文字簡練的特色。這樣的文字，風格穩健，讀者就感到生動了。

> 鐘只要響起，驚動四面的村子，雀鳥會嚇飛，月亮會暗澹。

短短幾個字，村子動、鳥飛、月暗，組合在一起，字彙用得好，風格顯得穩，好深厚、好雄偉的文字氣派。

段彩華的觀察力、想像力，加上如此的文字氣派，等於猛虎插翅。

——選自《青年戰士報》，1969 年 8 月 25～27 日，7 版

評段彩華的〈沙河對岸〉

◎原上草[*]

民國 40 年間，我在《文藝創作》月刊上初讀段彩華先生〈幕後〉，那時候就覺得這位小作家很有才華，它雖然距離傑作尚有一段途程，但沒有攙進絲毫矯揉造作，文學還有比真誠更可貴的質素嗎？隨後便難得在報刊上見到他的名字，至民國 53 年始將《神井》的單行本問世，民國 58 年又連續推出《雪地獵熊》、《五個少年犯》兩個集子。倘若僅就這四冊作品（中篇二，短篇四十九）來個概括的評語，那最使人欣賞的該數《神井》一書，而以後的作品縱篇幅長了些，文字也精鍊些，題材卻似乎逐漸枯窘，連帶地域特色及空氣也跟著稀薄。要是按故事區分，那鄉土的勝過今日社會的，今日社會的勝過戰爭的。仔細推究起來也是理所必然，因為他除了來臺服過十餘年太平交役，在大陸卻沒有扛過一天槍桿子，無基礎的想像總要比實際的體驗差些，所以儘管〈三馬入峪〉是篇獲獎作，堅強的主題與生動的情節並沒有將它先天的缺陷彌補。

有關段彩華小說的評論，我只蒐集到六篇，其中有讚美，有崇拜，有吹毛求疵。他們的見解常常大相逕庭，譬如司馬中原在〈荒野的靈魂〉中說：「作品的壓縮，應該是段彩華作品比較嚴重的損失……。過度精心的架造和斧削，損及作品豐潤的血肉……。」張健在評介其〈押解〉文中說：「段的對話是否百分之百合乎人物本腔，我不敢說，可是乍出的神來之筆卻使人不暇在瑣細的『求真』上費神。」另一位則將他的文字佩服得五體

---

[*]原上草（1922～1999），本名古德賢，另有筆名沙風、古跡、蝨蟲等，廣東梅縣人，小說家、散文家，1978 年首屆大馬寫作人（華文）協會主席、馬來西亞華文作家協會的創始人之一。

投地，甚至把與他看法不同的人列為可憐的三四流評論者，批評文章發展到運用近似獨裁口吻，也許就是文化沙漠所以雜草叢生的緣故吧。不過吾人有理由堅持，撰寫評介應存誠懇、嚴肅的態度，而膜拜與震怒並無說服讀者的力量。

在《中華日報》連載 131 天的〈沙河對岸〉，是他繼〈山林的子孫〉後的第二個長篇，全文約十五萬字，寫抗戰期間，我方一架飛機轟炸青陽鎮，不幸毀於敵砲火，駕駛員跳傘降落後被捕，兩位國軍軍官會同游擊隊前往搶救的故事。前此，作者曾經寫過一個〈狂妄的大尉〉的中篇，它們時代背景相同，人物方面，也是凶殘的皇軍，軟骨頭的漢奸，以及不屈服於暴力，有機會即群起反抗的百姓。至於作者何以不常運用此類題材，我想不外鬼子鐵蹄踐踏我國河山時，他才有他〈小孩求雨〉中扛泥龍的孩子那麼大，為見聞所限而藏拙。當然，天才小說家無須抱著「寫你熟悉的題材」之教條不放手，問題在心理、事理、學理方面或可憑恃推斷，形象方面就不能完全倚賴想像了。如 19 世紀法國科學小說家尤爾斯（Jules Verne），他在所寫的《環遊月球》（*De la Terre à la Lune*）中就考慮到飛行艙內會發生二氧化碳太多的問題，並作淨化處理；然倘若沒有太空人親自登臨，誰能知道懸在我們頭頂上的白玉盤實際是一片髒海灘呢？

下面是涉及〈沙河對岸〉的一些粗淺分析——

先介紹他的演示技巧。一部電影的第一個場景，通常皆用遠景或中景起頭，如《羅生門》的第一組畫面是由大遠景、遠景、中景、特寫……合成的。絕少數的例外，如《廣島之戀》（Hiroshima Mon Amour），它的開始為兩對擁抱著的裸肩，鏡頭介乎近景與特寫之間。我不能武斷段彩華的小說已充分電影化，但他的作品在從事新手法的實驗當無疑問。例如第一章的起頭四句：

「1.藍布小褂兒上，2.落著一層土，3.兩個趕路的坐在騾車上，4.來到了桃店子。

「5.天是晴朗的，6.沒有槍聲沒有煙霧，7.打起手篷向前望，8.桃店子

莊外的五棵大楊樹，9.抖動著葉子。10.掌鞭的歪戴著斗笠，11.吆喝了幾聲，12.把車子向莊頭兒上趕。13.地上有雞籠子，14.五升斗，15.油漆的舊木箱子，16.被牲口的蹄子踢開。」

假若按電影鏡頭分劃 1、2 為近景，3、4 為中景或中遠景，5、6 為大遠景，7 為大特寫，8、9 為遠景，10 為特寫，11、12 為中遠景，13、14、15 為特寫或近景，16 為中景，是說得過去的。

設或前引四句是別人的作品，它的分句、子句的次序大概是這樣：

「兩個趕路的坐在騾車上，藍布小褂兒上落著一層土，他們來到桃店子。

「天是晴朗的，沒有槍聲沒有煙霧。掌鞭的歪戴著斗笠，打起手蓬向前望，桃店子莊外的五棵大楊樹，抖動著葉子。吆喝了幾聲……。」

不用說，這不是唯一的句序變換，不過這已足敷比較兩者有何不同。（第一句增加了「我們」二字，純粹繫於語氣的連貫。）簡言之，段作先呈現趕路的小褂兒、掌鞭的打手篷，而使景象逼在讀者眼前，別人的寫法雖然也是那些文字，在感受上終究有些懸殊。

三人抵達莊子邊上，作者還拍攝了一個俯瞰鏡頭：

「大楊樹的枝杈上，站著一個十四、十五歲的小孩兒。離頭上的鳥窩只有兩尺遠。……從樹底下穿過去的騾車，席篷搖晃著……。」

可是在觀點方面段彩華顯然受了更多古典小說的影響，其特徵為任意進入人物感官意識。例如：「季平山抬起頭望。……一群矮小的人影，穿著黃軍裝，……向這邊跑過來。……從服裝的顏色上，他們斷定是二皇，心裡卻有點緊張，不知道怎麼辦，怔怔的在僵硬在路上。」這是一人觀點與群眾觀點的接合。「何仙姑握緊肩上的蓮花，臉孔板硬，不讓牙齒打顫。鐵拐李聳聳葫蘆，想抑制自己，膀子上偏起滿雞皮疙瘩。有些人想笑，心在怦怦跳，笑不出聲音，樣子反變得難看。老三雖裝作無所謂，一隻手插腰，在旁邊跟著，兩條腿裡老是有一條軟綿綿的拔不起來。」這是穿梭型全知觀點。

　　背景。從首章游擊隊員老六認識掌鞭的是徐海道上的蘇老千，再加上蘇說的這句話：「我不進去啦！調轉車頭，趕到辛池鎮那邊好回話。」說明沙河距離隴海鐵路東段不很遠，因為雖然兩位軍官在路上車、船、徒步了二十幾天，只有最後一截路是蘇套騾車送的。至於青陽鎮是不是安徽省的青陽縣治，那裡筆者沒有去過，不敢臆測。時間則為中央軍撤到西南後四、五年（民國 30 至 31 年間），一個榴花紅的五月。

　　伍、季二軍官千里迢迢趕到桃店子，老六要請他們吃井水泡煎餅，除了後來他們在河邊野店裡吃過一餐魚外，文字間再沒有出現過葷腥，可見人民生活多麼困苦。連小孩兒都懂得上樹放哨，難道他不喜歡遊戲嗎？小菊的唱詞畫出那個時代：「去年蝗蟲飛，今年鬧乾旱，災荒一串一串來，比不上砲火刀兵連！」日軍與偽和平軍，時借清鄉之名燒殺、擄掠，無所不為，百姓的生命在他們心目中比豬狗還要賤。怕被冤枉逮捕者逃走，以鐵條穿其手腕。牢房關不下時，隨便拖幾個出去槍斃。在這個情勢下游擊隊與村民一致奮不顧身地參加劫獄行動，一點也不顯得牽強。

　　因此無論這部作品的真正評價如何，至少這幅中國苦難圖的長卷會永遠烙在讀者心板上。

　　主題的定義與「寓意」、「平凡的真理」、「教訓」等接近，但這些應如源頭活水自動注進池塘，而非臨渴鑿井，否則難免使作品有八股氣味。〈沙河對岸〉的主題常不外乎如下這些：「被異族蹂躪的人民最愛國。」、「侵略他國的軍隊都迷信血腥為最有效的鎮壓手段。」、「惡主的奴才常較惡主更殘暴。」如果讀者惋惜那位死於敵憲兵酷刑下的駕駛員，還可能咀嚼另一位駕駛員的話：「他，怎麼會那樣暴躁，不肯在敵軍刑具下多拖一些時候。」

　　名稱取的好，「沙河對岸」並不是單指青陽那一個地方，河東、河西全是。渡河舉事前，對岸在河東；完成任務千辛萬苦往回趕，對岸在河西。它是這部作品所有現場事件的背景。

　　作者心理背景。站在歷史觀點言，當年想蠶食中國並非東鄰日本一

國，然行動最積極、手段最殘忍的，首推這個與我們同文字軀殼不同語言、同屬黃色皮膚不同種族的櫻花之邦，由於那場戰爭，造成我們今日棲遲海角一隅，大陸同胞淪於水火。作者用這個題材寫小說與五味川純平寫《人間的條件》的心情是不一樣的，後作偏重於抒寫侵略戰爭的不當，前作則在漫得化不開的鄉愁刻畫日軍、偽軍、漢奸的嘴臉。

說故事者。這部小說大部分為圖景與一些人物的意識波動，可以說並沒有一個說故事的人在讀者耳邊嘮叨，但作者要是希望將自己澈底隱匿，那只有運用一絲不苟的客觀觀點，或僅限小說中的人物評議一切。例如：「大夥兒睡得發昏，愈覺得沒有精神，步子在地上拖。槍聲比剛才更緊，也嚇不去他們的鬆散。」這位分析解說的人，便是從幕後伸出頭來的說故事者。

故事的本身僅有四個字——劫獄、突圍。其中劫獄的主戲不過花了第六章多半篇幅，前五章有兩章是情勢的展示，另三章寫劫獄的準備，後十二章為突圍，擊退追來之敵與抵達安全區。而環繞著核心事件的是許多若加以剪裁甚且可以成為獨立的短篇。如伍明沖與小菊部分，他們的遇合很有海明威的風味，只是在發展上止於吻及來日的藍圖而已。如偽鎮長、河西的地頭蛇霍慶桂、王杰、耿歪子、方廷奇、狄星……。他們無不使讀者難以忘懷。假設沒有這些性格各異的男女在一個個場面中作搶鏡頭的演出，那這部作品當衝越不過故事階段。

長度。全文約十五萬字，讀起來不嫌長，這與篇幅無關，因為此點並無絕對標準，而是懸疑、衝突、高潮不斷，沒有使讀者煩厭的冷場。

真實性。作者似乎暗示主體事件是虛構的，如伍明沖說：「在 XX 公路上，趕馬車販鹽的。」他們既由大西南而來，終站又出現「徐海道上」，有什麼隱祕的必要呢？此種「XX」流行病，與故事中一些 007 型的奇蹟，皆削弱它的真實性。

人物。雖然今日的小說作者都揚棄一次詳細描繪人物外型的方法了，然能夠做到像段彩華這般不落痕跡呈現的還不普遍。如伍、季二軍官與蘇

老千出場就有許多考究：因為蘇乃過場人物，他特地將第一個「鏡頭」以技術分割，讓讀者先見到伍、季二人。而伍、季的名字在老六問到的時候才順便介紹給讀者。開頭他們是小褂兒上落著土的趕路人，然後陸續加強其形象——一個戴著破草帽，一個額角上有痣……像照片浴在次亞硫酸溶液中愈來愈清晰。

重要人物俱能聞聲見人，即使只有簡短對話的過場人物，亦甚為生動。較差的是大佐、憲兵隊長及在憲兵隊裡的偽鎮長，之所以難以使讀者信服，可能作者對他們陌生有關。而最荏弱的是那位被救出的空軍駕駛員，作者指使他為飛行任務保密，寫他擁有憑記憶取代空中照相的超人本領，結果人物失真，結構脆弱。

懸疑。小說的結構，可以說是由成串的大小懸疑所組成。有人將 Suspense 譯為「提心吊膽」，未免失之過偏，因為它尚包含諸般未決的疑問——怎麼回事？怎麼辦？能夠達到目的嗎？如桃店子遭劫的現場，槍口對著異鄉人，游擊隊員不服新排長，能把空軍駕駛員救出來嗎？無一不是懸疑。民國 59 年 5 月間段彩華在《幼獅文藝》月刊發表一個〈大卸八塊〉短篇，寫班主始終不表演壓軸節目，弄到最後一晚躲在幕後表演，卸了八塊的是西瓜而不是人。班主騙了觀眾，但讀者滿意，因為如果真寫以人作道具表演，戲劇性則不足，弄不好變成一篇敘事散文。再說，兩元錢亦不可能看到那種不尋常的表演。

〈沙河對岸〉的大懸疑，是作者特別設置的我飛機赴青陽鎮的任務為何。郝隊長說：「那是空軍派來的飛機，深入敵後，有特別任務。」季平山說：「一定有沒完成的任務。」王杰說：「日本鬼子知道他們掠過那麼遠的地區來，名堂不會小。」鬼子抓到我空軍駕駛員，刑求轟炸以外的任務是什麼。游擊隊員也問，他裝作沒聽清楚，不回答。季平山問的時候，他說：「皮鞭子打斷兩三根，身上都給火燒爛了，都沒有說出來。」抵達安全地帶，才說出他去河東為地形拍照片，以前不講，是「怕過不了河，白白把消息漏出去。」以上為此一懸疑的始末。

　　吾人咸知，飛機的任務分轟炸、掃射、偵察、運輸等，駕駛員所能保密的是軍機細節，而非形之於外的任務項目，源於飛機是個龐然大物，它的行動很難瞞人耳目。鬼子不在俘虜身上蒐集我空軍戰力布署配備方面的情報，一奇。駕駛員對自己同志不以轟炸或偵察簡答，而故作神秘，二奇。過了河即大洩其密，三奇。

　　這個懸疑使人洩氣，它是這部作品的敗筆。

　　對話要言不繁，是段彩華的一貫風格，但嚴格搜索亦有稍欠韻味之處。如有時地方氣息稍嫌不足，看樣子他也知道此點，故爾要東北籍的伍明沖說他從小就在四處流浪，而口音複雜，漏洞在當地人卻不時掛「媽個巴子」在嘴上，無形中把背景遷移好遠。再就是偶爾將對話與描寫混淆不清。例如：「……沿路躺著死屍。母親的腦漿迸了，嘴裡不剩一口氣，懷裡的嬰兒還在吃奶。鄉村在著火，房屋倒塌了！鬼子們踏過的地方，什麼都不剩。被剝光的女人呻吟著，胸口插一把刀子！」這 68 個字寫出一連串的悲慘景象與滿胸臆的國仇家恨，我們誰也不能否認他語言造詣之深，然而它多像舞臺上的獨白！

　　文字上的疏誤：

　　1.文藝腔的對話如：「我從骨頭裡能感覺到。」、「那麼久沒見到國軍的標幟，突然出現在天上……。」、「腸子都被拖出……」、「太陽出在草尖上，落在草棵子裡。羊群一堆一堆，像天上掉下來的雲彩，曬乾的草繩搭在木樁上，一根連一根伸向遠方……。」、「能的，我還要再殺死一些敵人——」、「沒有感傷的時間，快幫我解開他！」

　　2.冗辭贅語。如：「在這種情況下，援軍不明，子彈稀少的情況下，比什麼都重要。」、「伍明沖圍著木筏端詳說……」

　　3.「日本」字樣過多。如：「日本鬼子」、「日本三八式」、「日本的膏藥旗子」，其中「日本」、「日本的」宜刪。「日本的武力」、「日本的飛機」、「日本軍官」、「日本兵」、「日本兵營」，其中「日本」、「日本的」，宜換上「鬼子」、「矮子」、「黃狗」，才是當時活的口語。

4.置於括弧中的注釋稍濫，並有重複者，宜精簡之。

5.繪字。□□□□□□「一滋牙？」、「金牙滋啦著……」、「籠罩」、「渾身」「憋得」、「憋不住」、「晃動」、「搖晃」、「拜八兄弟」、「頂呱呱」……。

細節上的缺失：

1.長途跋涉。當局由大後方派兩位軍官赴沙河地區協助訓練游擊隊，似嫌過於慎重，相信前線或小後方也有的是這種人才。飛機也飛得過遠，有游擊隊可以代為偵察地形地物而不利用，何也？大後方直接授予任務也離譜，那臺發報機能連絡上嗎？

2.轟炸、偵察兩用機。「天空被鐵翅膀掛破……都擔心機槍要掃射……。」、「在方瓜地和斜坡的上空打旋，似乎留戀著不走……。」它低飛偵察完畢又去摧毀敵人高射砲陣地。這種輕型（作者沒有描寫它聲音），而載炸彈甚多，打大後方飛來的偵察、轟炸兩用機，不知油料夠飛回去否？

3.墜機與浪費彈藥。「有兩次偵察敵區，飛機墜毀了……。」、「飛機栽在花生地裡，很多人看得清清楚楚……。那兩個駕駛員張開傘，在風裡輕飄，掠過一片樹林子，才被日本鬼子攔住。他們不開槍打□□，開飛機的找出手槍亂射……。」連續三次毀機及慌慌張張地浪費彈藥，不是這部作品必須保留的情節。

4.□袋裡的槍。季平山向憲兵隊那邊走，「站崗的日本憲兵從北面駛過來，跟他迎個斜對面。季平山感覺對方的眼光已穿透衣裳，看清他口袋裡的槍……。」頭天他換上身的衣服，是一件魚白小褂兒和青褲子，中式褲子不行縫口袋。手槍常放在褂子口袋裡，就算槍是那種小型的，跨一步，它一晃蕩，既□□慌，也容易漏馬腳，不插在腰裡是逞能嗎？□□另有旁證：「伍明沖的右邊口袋裡，裝一把槍，衣角向下墜，感到□□□□……。」

5.戰時子彈不上膛。「大夥兒一陣忙亂，不曉得怎麼辦，統統從肩上拿

下槍，拉開槍拴子，朝膛裡裝子彈。」是過分小心怕走火，還是不知道使用槍機上的保險？

　　6.一堆糊塗蟲。伍明沖在青陽鎮掏出五毛銀元買了幾個粽子，一走開背後就響起嘁咕：「是二皇的便衣隊吧？」、「八成是的，面貌生得很！」這段「戲」有三點不妥。一、粽子太貴，五毛銀元只買幾個，大可利用找回偽中儲券之便介紹當時貨幣。二、倘若伍明沖等是二皇的人，應該使用偽中儲券，同章寫一女人丟票子買麵醬，可作佐證。兩個老幾俱作錯誤研判過巧。三、人才離開盆子邊就嘁咕，不怕疑似二皇便衣聽到？

　　7.假山。季平山臨渡河時，要老六「回去告訴隊長，多準備大石頭，在沙灘這邊，堆成無數座假山。每座要一人多高，最後兩三人高。」這位軍師的意見大有問題：第一，「無數」不像一個軍人用於作戰的語言。第二，石頭假山只能供敵人欣賞，對攻防毫無用途。末尾王杰說：「河西的沙灘上堆起很多土牆，沙袋子。」隨後又改口：「二皇……監視著那些土袋子，石頭牆。」使讀者摸不著頭腦。

　　8.青陽皇軍過多。民國 30 年太平洋戰爭已爆發，日軍大批兵力調赴中南半島與南洋等地，青陽這個鎮甸不宜於放一個營投閒置散。

　　9.小菊的穿插。她是個非常重要的人物，沒有她的未婚夫偽鎮長在場，伍明沖等人的良民證要出漏子，更不會順利進入日本憲兵隊。但作者忽略了那個時代有許多事忌諱女性參預，跟土生土長的游擊隊走在一塊兒，簡直是大逆不道。

　　10.街景。門前掛著的木頭牌子上寫著「青陽鎮憲兵隊」，改成「大日本憲兵隊」或「青陽憲兵隊」才算正確，當時鬼子乃趾高氣揚的征服者，「鎮」不是他們樂於漢化的地方區域之稱謂。標語上之「大東亞的共和國」，多一「的」字。

　　為了顧慮自己也犯了信口胡說的毛病，寫到這裡特地將 131 天的剪報再細讀一遍，讀完仍然認為作者在題材擷取上不夠審慎，所以任憑怎樣努力，過多常識基礎不結實的虛構成分和工業氣味，使它的價值遠遠落在

〈狂妄的大尉〉之後。如果他不濫用懸疑,以同樣背景,寫游擊與百姓以各種苛薄方式對抗皇軍偽軍,那結局絕對不會虛弱如斯。而一個小說作者,無論其手藝如何高超,學習其市用塑膠花盆景點綴大道,終非智舉。別說勉為其難地抒寫生疏的事物,既容易出現缺陷,在精神上也是個沉重的負擔哩,相信他本人也有過這樣的感覺,所以早在《五個少年犯》自序中便寫下這兩句話:

「糟糕的是,多少年來,只要我執筆寫東西,其中的大部分,總引起心理的矛盾。覺得換個別的題材,也許更能表現得好些……。」

——選自《臺灣日報》,1973 年 3 月 9～13 日,9 版

〈門框〉讀後*

    段彩華的〈門框〉是一篇極其平實的作品。在這裡沒有什麼驚天動地的事情發生，也沒有什麼纏綿悽惻的場面。一切都是按照著人情之常，含蓄而收斂地描繪著。二斗的死與二斗嫂的悲痛，二斗嫂的種錯了打瓜子，奶奶的生病和死亡，鄰居的主持公道把奶奶的錢給二斗嫂，二斗嫂的買下一個舖面，從此和她的五個孩子，衣食大概可以無憂：這一切都是被含蓄而收斂地描繪了。我想，不事誇張與不作戲劇性的操縱，當是〈門框〉的最高德性呢。

    讓我們引證幾段原文：

> 「你這步走遠了，死人，」她啼哭著說：「叫我怎麼辦？怎麼辦哪——？」
> 保丁和鄉長把她拉開，四個幫忙的用蘆蓆把屍首捲起來，她還有點不相信丈夫真的遠去了。滿嘴喃喃的唸叨著：
> 「臘月三十快到了，缸裡沒有米也沒有麵，他說出門去想法子的，等了三四天沒回來。怎會變成這個樣兒？」

二斗嫂對丈夫的死，不能說是悲痛逾恆的；因為他們不是羅密歐與茱麗葉，他們活在一個確切的世界，在這裡有些事情比愛情更重要或更迫切。

---

*本文節錄自〈《人間選集》讀後感〉，《文學經驗》（臺北：志文出版社，1972 年 7 月），題目為本書編選者張恆豪重新命名。
**顏元叔（1933～2012），湖南茶陵人。評論家、散文家。中華民國比較文學學會、Tamkang Review、《中外文學》、《英文報章雜誌助讀月刊》、《淡江評論》、臺灣大學比較文學博士班創辦人，發表文章時為臺灣大學外國語文學系教授暨系主任。

「沒有米沒有麵」，帶著五個孩子，叫她「怎麼辦」？

　　春天來了，二斗嫂帶著五個孩子到隔河的沙地裡去種西瓜，後來發現種錯了打瓜子，便過河回家去拿西瓜子，偏巧奶奶重病再發，忙了一天，過得河來，把西瓜子的事全忘了：

　　「媽媽，上次拿錯了嗎？」

　　大妮兒還沒睡，坐在地舖沿子上等她。二斗嫂進門脫鞋子，解掉白布包頭，她就這樣問。

　　「什麼拿錯了？」二斗嫂轉過臉說。

　　「瓜種呀！」大妮兒說：「到底是打瓜的還是西瓜的？」

　　愕然想起來，二斗嫂軟癱癱的坐在地舖上。「明天一早我還要過河，我們沒有時間再扒瓜種。」她疲倦的說：「下河洗衣服，把四個弟弟用長帶子綁在一起，妳會嗎？」

二斗嫂錯種打瓜，影響收成，影響一家六口的生計，甚至死活都靠在這一點上。她一再出錯卻沒有呼天搶地痛哭。一個在中國那種大地上抓食著滋養的人，她的神經末梢已經被碟石與霜雪，磨圓了，凍硬了──卻也並不麻木。她只知道活下去，活下去，用盡有限的方法活下去。所以，二斗嫂接著擔心的是怕四個小兒子，給河水沖了去，囑咐大妮兒把他們用帶子綁起來。個人的生命的延續，種族的生命的延續──這是中國人最強的本能。

　　實際上〈門框〉是一篇充滿求生欲的作品。二斗死了。二斗嫂帶著五個孩子，勉力地活下去。老奶奶連年多病，躺在床上不起來，又沒有早晚伺候，總該是求死不得的吧：她卻一再找醫生，吃湯藥，能活一天就要再活一天，把個想分家產的大兒子，等得不耐煩了。講到求生的慾望，講到死生之間的交遞，最感人的場面莫過於孩子們在二斗的墳上爬山玩，墳前就是那幾畝種瓜的沙地，二斗嫂帶著大妮兒在那裡種瓜……這個情節的整

個結構可說是非常有象徵的意味。後來二斗嫂獲得奶奶遺下來的錢，要買下一爿雜貨店——

> ……二斗嫂鬆一口氣說：「過兩天我們就搬回去，在那邊開雜貨店。」
>
> 「這邊的瓜地呢？」
>
> 「明年春天再來種。」二斗嫂說：「你爹還留下兩袋瓜種籽。」

我以為全篇到此結束最好。最後兩行：

> 「明年還有風雨呀！」大妮兒擔憂的說。
>
> 「在瓜熟以前，不是年年都有風雨的。」二斗嫂說。

這是一個不中用的尾巴，是反高潮；二斗嫂似乎變成一個預言家，頗有點形而上的味道。「你爹還留下兩袋瓜種籽」，以這句剎尾，恰好可和篇首二斗之死的題意（Motif）相呼應，一切也盡在不言中了。

無可諱言，〈門框〉也有相當顯著的濫情成分（Sentimentality）善有善報，惡有惡報，顯然是本篇的一個基本道德格式。於是，二斗嫂不辭辛勞，不計有無遺產，照顧臨死的奶奶，便得到了奶奶的錢。大斗和他的老婆是惡棍，便得不到這筆錢，濫情成分在最後一幕達到最高潮，當鄉長以及鎮上借過奶奶的錢的人都答應把錢還給二斗嫂：

> 「那塊綢子上到底寫些什麼？」
>
> 「寫的是河東河西的人心。」

這不是很濫情的對話嗎！不過，在現實生活裡，尤其在〈門框〉所描寫的那種鄉村世界：這一點濫情成分也許是常有的，也就是說，這一點對人心的玫瑰色樂觀看法，也許仍然有其寫實的基礎。

——選自顏元叔《文學經驗》

臺北：志文出版社，1972 年 7 月

評〈貨郎挑子〉

◎上官予[*]

  段彩華先生的短篇小說，多屬佳作，其中〈貨郎挑子〉一篇，尤為傑
出。貨郎挑子是一個具體而微的百貨行，麻雀雖小五臟俱全是其特點，在
承平年間的村鎮，是極受歡迎的行業。貨郎的搏浪鼓之能夠搖響一座村
莊，掀起婦女們一種歡樂的購物情緒，以其作用甚大。本篇以貨郎這個平
凡的小人物為中心，擴大塑造成一個特殊的親切的形相。作者運用寫實的
筆觸，浪漫的情調，象徵的手法，融和明鏡的透視，以主觀與客觀交相為
用的描寫技巧，表達貨郎心理變化及情意交錯的過程，細膩而完密。同時
看似不經意，又適度地呈現了一個寧謐的暮春時節，洋溢著一股溫和的生
活氣息，以及淳厚的人性與泥土的芬芳相與濡沫，令人眷戀回味的背景。
主題正確，技巧卓越。

  作者描寫貨郎是用視覺與聽覺交會的介入方式，簡潔而顯明。再從貨
郎身上引出來一位他所引頸期待的少女，層次清晰而動人。我們看：

  貨郎來到莊子，放下挑子，搖著搏浪鼓，招來了買百貨的婦女們。形
成一個小市場。但他的心緒是在：「看見鵓鴿從頂樓上飛出，一道小小的扶
梯，斜豎在頂樓邊，從高處伸下一雙紅繡鞋，在梯上趷穩了，才慢慢露出
綠褲角兒，魚白色小褂兒，還有一根烏油油的辮子。」貨郎的注意力全在
這裡：「那根辮子順著樓梯往下滑，漏在方孔中，影兒慢慢被牆頭遮住了，

---

[*]上官予（1924～2006），本名王志健，山西五寨人。詩人、評論家、小說家、劇作家，曾任行政院
文化建設委員會專門委員、國家文藝基金管理委員會總幹事，1945 年創辦並主編《帶槍者》詩
刊，來臺後創辦及主編《今日新詩》月刊，曾獲中國文藝協會新詩獎、中山文藝獎、國家文藝獎
等。

只剩下辮梢兒還掛在那裡。」這條黑油油的辮子真逗人，綽綽約約的身樣兒叫他等得心焦：「又飛起兩隻鴿子，向瓦屋脊上消失，才舉起一隻手將辮梢兒從梯上拿下」。我們此時設身處地做了那癡迷的貨郎，將必以為那挑子不是他的，那些買東西的婦人們是些影子，她們的聲音隔了一程路的感覺。生意儘管做著，但這好像不是貨郎他自己的真實生命。直到：「一隻手像洗過的蔥白，不沾一點泥，正把櫥門輕輕拉開。」彩華這一小段的描寫確使人有「眾裡尋他千百度，驀然回首，那人卻在燈火闌珊處。」的韻致。看：「他的眼前亮了一下，瓜子臉兒，長睫毛，眼睛裡面水汪汪，腮幫兒有紅似白的。」那是從鴿樓上下來的姑娘：「衣裳水樣新，蹲在那裡，背後的辮梢兒拖到地，紮著鮮艷的紅頭繩兒，」他「覺得有什麼東西順著瞳仁往裡鑽，闖到最深處，想轉回頭，卻被一扇門緊緊關閉。」細加玩味關閉這兩個字象徵的意念，使我們知道這是貨郎自己心裡的單戀，那姑娘是完全不知道的。不過，浪漫的情緒，使讀者也有點薰然欲醉。至於貨郎自己，則已醉得癡迷，卻看：

「貨郎」買粉的婦人說：「我買兩盒，你要饒我一個髮夾子。」

姑娘找出小鏡子和襪兒吊帶，把褲角兒提高一點，將吊帶放在襪筒兒上去比。

「生意不想做啦？」買粉的婦人又說：「你怎麼不理人呢？」

彩華這段描寫真是好，儘管那婦人急吼吼地在熱衷地要買粉，並且責問貨郎為什麼不理人？讀者當會明白那貨郎魂兒出竅的獃呆相，全是迷醉於那姑娘俏生生的嬌模樣。感到那姑娘沒脫紅繡鞋，順著鞋底套上去，啪的一聲（把吊帶）繫在襪筒兒上，姑娘便跟他講價錢：「別的地方我賣十五個銅板兒，」貨郎說：「妳給十四個吧。」

彩華寫姑娘買了襪帶，自己沒有帶錢的轉變亦極精彩，所謂轉折自如，亦在此等處：

　　姑娘把手插進衣襟裡摸了幾把臉又是一紅，身子又是半轉過去，咯咯的笑了：「我早晨換過衣裳，剛才又出來的忙，」她說：「錢忘記帶了，等一會兒，我回家去拿給你吧。」姑娘連說帶笑的樣子，如在眼前。等她走進門去，繞過一道影壁，貨郎覺得眼前全空了。這種簡潔但生動的描寫，把人物習性態度，語言模樣寫活了，實在是了不起的成就。

　　後來貨郎等久了不見姑娘出來給錢，才走近用搏浪鼓叫開一扇窗子，屋裡的婦人招呼他等在外間門旁，貨郎由婦人手裡繡鴛鴦戲水的鞋幫聊起，得知姑娘不久就要出嫁了，貨郎聽了差點沒栽倒在門坎兒上。等姑娘從鴿樓上拿著鴿子進來。貨郎避開視線，聽到自己說話的聲音不像是自己的。「我要跑到天邊去！」他說：「挑著挑子，不再見一個熟人！」這時，他替姑娘放掉鴿子，看鴿子鑽進雲縫兒，象徵著貨郎的心無個著落處，他沒心沒緒地收了 14 個銅子兒出來全扔給一個賣糖人，聽這老頭兒講說著姑娘的婚事。貨郎接過一對連在一起，衣飾精緻，新娘頭戴鳳冠，新郎頭上是瓜皮小帽的模子，把糖泡吹脹啪的一聲碎了，一直吹碎了五六隻，他哈哈的笑著，把模子放下，擔子挑在肩頭，覺得渾身輕輕的，賣糖人問他要到那裡發財？他說：隨便那一方吧，以後不會再到這個莊子來了！他搖著手鼓，從垂柳下走去，直到鴿子的翅膀把手鼓的聲音遮起。一種愁緒隨著悽迷的柳條兒漸行漸遠還生。使人有一種不盡其情的餘味。

　　彩華這個短篇，確實寫出了一種四處行腳的貨郎人生，他偶然來到一個莊子，迷戀上一位嬌俏的姑娘，可是，他的戀情，只能屬於自己而深埋心底，搖著流浪的手鼓到別處去，這就是他的人生。貨郎的浪漫情調在暮春季候雖然顯得十分濃郁，可是隨著鴿子飛去，糖人碎掉，他也只好帶著失望的悽迷離緒飄泊而去；這裡竟也有「斷腸人在天涯」的意境。尤令人感動的是貨郎性格上的善良忠厚，充分表現了他的謙卑容忍的美德。當賣糖人受向姑娘家提親人託付打聽姑娘是不是一個不知雙數的人時，貨郎先問出了男家是不錯的人家，反而替姑娘說好話，讚美她是聰明伶俐連去年朝針裡穿了多少次線都記得真的人兒。這就是貨郎喜歡成人之美的性格，

寧願自己吃苦頭也絕不願昧了良知說姑娘半點不好,而影響了她美滿的婚姻;何況男家的青年是非她不娶的。這也就是作者仁愛忠恕內在靈智閃爍光輝,造成了作品在結構布局上追求圓滿充實的效果。所謂:己所不欲勿施於人的懷抱,是合乎自然常理,使天道人事各有安排和歸趨。

──選自上官予《傳統與現代之間》

臺北:眾成出版社,1975 年 12 月

淺析段彩華的〈駱家南牆〉

◎司馬中原[*]

　　在眾多短篇小說作家之中，段彩華以他的作品，建立了他極為傑出的地位。他的取材面寬實，對索材選擇的敏感度高，同時在藝術表現上，盡力追求圓熟和完美，這許多年來，他奮筆不輟，飽滿的創作經驗和多面的創作技巧，對當代文壇有著重要的貢獻和深遠的影響。

　　〈駱家南牆〉是他早期作品，也是他取材於鄉土的一系列作品的一篇，他述說小鎮上的一個孩子小龍，為想取得一隻掛在駱家裡的斷線風箏，夥同鄰舍的孩子們，搬開牆磚，潛進那座荒廢已久的宅院裡去，在月夜裡所遭遇的奇怪的事，——土匪綁票，窩藏在宅內，並且撕票的一幕。

　　一個單一的事件，很合於短篇取材的要旨，但作品的深度如何，全繫於作者的表現技巧和苦心的經營了。〈駱家南牆〉只是用斷線風箏作為引子，緩緩的牽到這座荒廢的宅子上，使讀者跟著小龍一起走進去，然後，逐漸加深亂世的恐怖氣氛，突出一場暴力事件，故事在意趣上，和馬克吐溫的《頑童歷險記》有異曲同工之妙，但段彩華用筆之精，含蘊之深廣，卻非前者所能及。

　　我們不難發現，戰亂流離，使人感覺地層陷落下去，普天下一片荒涼，每個生存的人，都有著一股無奈和孤伶之感，〈駱家南牆〉，通篇都籠罩著這種感覺。

　　一個興旺的家宅，在戰亂中荒落了，宅主人全家飄流在外，不知去了海角？還是天涯？而留下來的生靈，也都在熬忍中艱苦度日，哪裡才是人

---

*本名吳延玫，作家、著名小說家，著有小說《荒原》、《狂風沙》、《狼煙》、《靈河》等數十部。

間樂土呢？麻雀成群的飛逐，青草長滿院落，斷線風箏掛在殘牆上，多天沒人挑走，故事進行的同時，作者一再以精練的筆墨來暈染這種荒落感，使人進入那種墨色的情境，去體會一個時代的最最深沉的痛楚，和藏在人心裡的無告的悲涼。

作者並不曾使用痛楚和悲涼一類的字眼，去正面的宣告什麼，他完全用情境去顯示這種感覺，這便是段彩華作品一貫的特色，他摒棄了娓述的方式，一切著重於表現。這種顯呈情境，引導讀者以感覺進入的手法，不單〈駱家南牆〉如此，凡是段彩華的創作，大多如此，我們稱他為表現主義應該是允當的。

一般說來，所有作品都著重於藝術表現的，只是表現技巧的高低，表現方式的差異而已，段彩華在這方面不斷的突破，所顯露的不僅是他的才情，而是對生活的體認和透察，使他掌握了生活豐實的肌理，這樣，他才能在不經意處，以淡淡的筆墨暈染成境罷。

在文字的運用上，段彩華的作品總是本著簡潔的要旨，以準確的切入角度，一開始就直入核心的，〈駱家南牆〉如此，其它作品也莫不如此，他習慣使用獨立而完整的句子，組合成段落，以最少的文字去顯示多面情境，而且虛與實併用，以實的文字去推動情節，以虛的文字作成高度的暗示和象徵，這樣的文字，作成了意象的撞動和感覺無盡的延伸，當然，若干高明的短篇小說作者，也懂得準確的運用文字，而像段彩華這樣圓然精鍊的，實在少見，讓我們看駱家南牆的末段罷：

> 再過兩天，他已經走出大門。天上還起滿風箏。（人們在荒亂飢饉中生活，習慣了對任何悲慘事件的駭怪，總以最大的堅忍，淡然處之，兒童們照樣在戰火中放著風箏，中國就是這麼堅韌的國度。）一羣兵正在空場上穿梭，他們拆駱家西牆上的磚，修補被砲彈炸毀的城牆。鄰居們傳說著，八路（共匪）又要從北面上來了。（在滔天苦難中，個人的不幸已司空慣見，不再為人們注目，但整體的安全，尚有人亟力屏障著。）有

幾個難民搬到駱家的瓦屋裡住，明知井裡剛撈出死人，仍飲用井裡的水。（在那種年代哪條河裡沒有大量的浮屍？哪個池塘又是乾淨的？）……小龍從磚牆倒塌處，可以看見那些難民坐在牆根下晒太陽，有的扯落在草上的風箏線子補衣裳，有的脫下小襖捉蝨子。（人物形象如此，他們的內心感受如何？）

本文最後說：

鄰居們都抬頭看看天。天是圓圓的，四面垂下來，看樣子離人很近。（真是很近嗎？凡是經歷過那種日子的人，恐怕今生都擦不淨心上的淚痕罷？）

——選自《中華文藝》第 108 期，1980 年 2 月

簡析〈酸棗坡的舊墳〉

◎何寄澎*

　　近百年來，中國人可以說是恆在亂離中浮沉的。先是清末的動盪，繼而軍閥割據，而後是日本侵略，最後是共黨竊據大陸。幾乎每一個家庭都有過流離失所、生離死別的慘痛遭遇。這一頁頁民族血淚患難史，無疑提供了寫作絕好的題材，而不自外於時代的作家也的確貫注了心力來表現時代的傷慟，段彩華〈酸棗坡的舊墳〉便是這樣一篇作品。

　　一個離家八、九年的青年，好不容易回鄉了。清明時節，以慎終追遠的民族而言，是重要的日子。二馬上山掃祭祖墳，卻驚愕地發現自己祖先墳塋的前面已有別人在祭掃。接下來的情節是二人的爭執與求證，誰都認為這塊墳塋是自己的祖墳。但爭執、求證的結果，更令讀者驚奇，因為沒有人能分辨出它究竟歸屬於誰，最後只好把墳掘開，一家一半，重新埋葬。

　　全篇之中，並沒有提到戰亂的情形以及戰亂給人們帶來的痛苦，但段彩華透過爭墳而終於無奈地共同擁有一墳的描寫，讓讀者深深體會到戰爭的可怕，也強烈感受了諷刺性的心酸。

　　酸棗坡上找不到一棵酸棗樹，放眼望去，新墳、舊墳胡亂地重疊著，野狗穿梭於圮廢的墓穴間；而躺在墓穴中的人又大都來自外鄉。作者在此指出人們因戰亂而流離、死亡。「可憐無定河邊骨，猶是深閨夢裏人」，這樣多的羈留異地的孤魂野鬼，讓讀者感染到濃重的悲劇氣氛。

*發表文章時為臺灣大學中國文學系兼任講師、臺灣大學夜間部主任，後任臺灣大學學生事務處學務長、臺灣大學臺灣文學研究所所長、臺灣大學中國文學系系主任、臺灣大學中國文學系教授，現為臺灣大學中國文學系名譽教授、考試院考試委員。

　　讀至篇末，令人更陷入深沉的悲哀中：「兩個人都嘆一口氣，再回頭朝上看，分開的墳子前，都立著青青的石碑。」但我們不禁要問：如果戰爭不停止，這二塊青青的石碑能永遠立著嗎？它能保證讓流離歸來的子孫找到自己祖先的墳塋嗎？

　　綜觀全篇：文字委婉簡潔，故事以人物的對話來交待──這是段氏一貫使用的技巧。選擇「祭墳」為小說最重要的事件，可稱高明，因為中國本是慎終追遠的民族，最重祭拜祖先，段氏此舉自易引起大多數讀者悽愴的共鳴。它所顯示的時代不安與民間悲苦也絕非歷史教科書所能提供，由此，吾人益可體會小說的功用。

──選自施淑、何寄澎等編著，《中國現當代小說選析 1》
臺北：長安出版社，1984 年 2 月

〈情場〉導讀

◎陳芳明

　　段彩華曾任文學雜誌《幼獅文藝》的主編，亦從事戲劇研究工作多年。其作品特點在運用電影蒙太奇的效果，以引人入勝的故事情節，使讀者彷彿身歷其境，著有《花彫宴》、《段彩華自選集》、《五個少年犯》、《龍袍劫》、《花燭散》、《上將的女兒》、《北歸南回》等二十多部。〈情場〉原載於 1967 年 12 月 12 至 13 日《徵信新聞報》副刊，寫兩個男人為一個女人廝殺，最後卻被另一個年逾花甲之情場老手漁翁得利的故事。

　　故事的布局近似通俗小說的表現，首先以一封信的留言製造懸疑的氣氛，預示一個愛情的戰場即將展開。全篇更緊追著時間的進度，扣住情節的發展。涉世未深的吳祖銘和祝廷顯同時愛上女播音員王玉花，一意地討好她，送她金項鍊、大衣、金手鐲、收音機、電唱機……，以求滿足她的芳心、爭取她的愛情。小說中，兩人以各方面相比，企圖以自己優勢的一面一較高下，證明自己才是玉花的真命天子。兩人的爭奪中，作為和事佬的史緒玄，看似為兩人解圍，想辦法在這一場似無止盡、難分軒輊的口沫之戰中作出評斷。然而，最後情節急轉直下，吳祖銘和祝廷顯誰也沒有得到心儀的女人，反倒落入年逾花甲的史緒玄手中。情節發展充滿通俗劇情的趣味，這個急轉，更激起一種誇張的諷刺，具有強烈的畫面感。

　　兩人爭奪的過程中，深陷愛情迷戀之中而顯現的愚昧、兩人對玉花及愛情的無知、世俗輿論足以改變事實的影響力、對金錢物質錙銖必較的醜惡，都在小說人物充滿喜感的動作言語中，一一透露出來；最後史緒玄得到玉花，並稱「『年齡夠用火車裝，有什麼妨礙呢？』史緒玄得意的說：

『我的手一伸出去，就摸對了號碼。女人呀，就是對號鎖！』」給先前不顧一切衝鋒陷陣的吳祖銘和祝廷顯的搶奪強烈的對比與訕笑，這也正是本文特出之處。

——選自陳芳明編著《青少年臺灣文庫 II——小說讀本 2：約會》
臺北：國立編譯館，2008 年 12 月

評《段彩華自選集》

◎微知[*]

　　細讀《段彩華自選集》，我的印象是：這是一部平實、紮實的作品。平實指它的風格，讀者容易接受，不像某些以現代自炫的作品，拒人於千里之外；紮實指它的內容，不以奇情或什麼「純純的愛」取寵讀者，而是從生活中來，反映真實人生。

　　全書共選 17 篇小說。以寫作時間來說，最早的一篇是民國 46 年的〈狂妄的大尉〉，最近的是民國 59 年的〈山崩〉。

　　從目錄的編排次序看，從〈黃色鳥〉到〈孩子和狼〉、〈毛驢上坡〉、〈小孩求雨〉、〈九龍崖〉、〈插槍的枯樹〉、〈病厄的河〉、〈門框〉等八篇，可說是童年生活的回憶。從上述作品中，不難探索到作者對生長他的鄉土，懷有無限的依戀、嚮往與思念。

　　從〈星光下的墓地〉到〈玩偶〉、〈壽衣〉、〈紅色花籃〉、〈女人〉、〈山崩〉等六篇，我們似乎從追求物欲的現代生活的燦爛外衣，隱隱發現憑「本能」生活的變形蟲的蠕動。但作者的筆不是解剖刀，不是皮鞭，他只是冷靜地、神定氣閒地加以輕輕揭露，間或給予難以發覺的嘲弄、揶揄與諷刺。

　　首篇〈黃色鳥〉，寫貧窮家庭的親情和人與人之間的溫情。

　　一個十三、四歲的孤兒小鹿，在磨坊替人看驢磨麥，因打瞌睡沒把驢看好，被磨坊老闆攆出去。他從河東涉水回河西，在河水的反映下看到自

---

[*]本名林學禮，另有筆名吳湘文、林丁。小說家、散文家、評論家。發表文章時為桃園大華高級中學教師，現已退休。

己的臉色是蠟黃的，大吃一驚。「我揮揮腮幫上的麵渣子，白的落光了，從底下露出蒼黃的顏色，那真是我嗎？……」

這是伏線。這孩子生的是黃疸病，因為病他才在工作中打瞌睡，才被磨坊老闆攆出來，故事就在「病」的關鍵上發展開來。在這裡作者以母親和姐姐對小鹿前後不同的態度，來襯托出自天性的親情。

一、小鹿涉水過河，「覺得天有點轉，擔心會倒在水裡」時，她看到姐姐在河邊洗衣，就大叫：「是我啊，姐姐，快脫鞋下來吧，扶我一把。」姐姐以為她撒嬌撒賴，「都十三、四歲了，是誰慣的你」。沒有去扶她，繼續幹她的活。「你自己沒有長腿？沒有誰過河過一半，長年留在河中央的。」後來媽媽向她訴苦說，為小鹿抓一付藥，「就花了洗兩天衣服的錢」，她就毅然要挑大任：「我會炒菜……到城裡誰家當廚子去。」

二、母親知道小鹿被人攆回，極為憤怒，把孩子從床上拉起用棍揍。她忽然發現女兒的臉色不對，舉起的棍子打不下去了。叫孩子「臉仰起來」，從門外照進的陽光，看清女兒的病容，慌了。「乖孩子，我知道了，那不是你的錯。」「老天爺啊，連眼珠子都黃了，怎麼不害在我身上，害在你身上呢？」孩子說自己沒有病，睡一覺就好。「但願你不是，藥都讓媽一個人吃。」

親情如海。作者藉故事的推演，把母愛與情節揉和，一一鋪陳展現。

中藥舖的醫生看過了，走方郎中看過了，病仍無起色。只是從走方郎中那兒知道「黃嗡子」的肉是治黃病的偏方，是特效藥。黃嗡子是怪鳥，只聞其聲，難見其形，別說是把牠捉住了。於是母女兩個人陷入絕望的苦境。孩子卻並不在意，趁母親、姐姐外出，偷溜出去，到田野去捉黃嗡子。這一段文字很生動，令人彷彿看到一望無邊密密的玉蜀黍綠色的稈子，聞得到泥土的芳香，感得到毒毒的太陽和涼爽醒人的微風。

自此，展開孩子與提鳥籠蹓鳥的老人的交往。老人捉到黃嗡子，就地烤給孩子吃。經盛夏而秋涼，「我的病傳染給樹，葉子變得焦黃」，孩子的臉一天天紅潤起來了。

等到孩子拿著母親買的糕點去西莊向老人道謝時，老人不在家，只見空鳥籠掛在門口樹上。從鄰人口中知道那隻像老人的命根子一樣的百靈鳥，幾個月前，被老人染上黃顏色後不久，就不見了。

故事至此結束，讀者所感到的是恍然大悟的驚喜。

高潮一過，即刻落幕。

另一篇〈毛驢上坡〉也採用最後點題的筆法。

〈毛驢上坡〉寫一個私鹽販子，被稅警團逮捕，關了好幾個月，釋放出來時，什麼都沒有了。他走出稅警團大門時，聽到咯噠聲，一看，背是青色的，正是他的小毛驢。「他抱著驢頭，心裡湧出一陣喜悅」。一路上小毛驢步子緩慢沉重，眼眶淌著黃屎。途中有人要買他的病驢，他說：「我情願牠死在路上，都不願賣給人家的」。人與牲口感情如此深，不是都市人所能體會的。

第二天一大早，他牽驢趕路，「驢蹄子突然在地上打絆」。過河時，「他攬著驢脖子向河堰下走」，驢子跌倒一次，「脖子向前一栽，一骨碌滾下去，四條腿朝天」。他努力幫牠站起來。過了河，往堰上去。「驢的前蹄一登上坡，就咚的一聲跪倒」，眼睛掉下黃豆大的淚珠。他用盡辦法，包括鞭打和「用手指去扣牠的糞門」，驢掙扎上坡頂，猛一跳又摔倒，前腿趴在堰上，後腿仍掛在坡腰間。這一倒，永遠爬不起來了。

作者寫驢跟人一路掙扎苦鬥前進，再穿插在河邊放風箏的孩子們對他（以及病驢）的嘲笑，極為深刻感人。小毛驢不死在路上、下堰、河中，而死在已上河堰坡頂。作者的用心是顯而易見的。

堰上是一片大荒地。疲累力竭的他，眼冒黑花，踉蹌跌倒。驢跟人都倒了，驢是一倒不起，人倒下還能站起來。他看見腳邊有一棵杏苗，一棵生長在石礫砂地的嫩綠的杏苗。他腦際一閃，下決心在這荒地開墾植杏。地雖荒，「撒上麥種，長青草。撒上豆種，還是長青草」，而它的主人，卻是不願出賣產業的老人。人不親姓親，老人說：「好吧，我也姓程，看在同宗的份上，我們打個商量。」老人掏出一枚銅板舉著。「要是落下來，朝天

的一面是青龍，我給你鋤頭和種子，你沒有吃的，我給你吃的……」如果是反面的字，那當然是請他走路。結果銅板丟在地上，一看：「朝天的一面剛好是青龍」。從此，他就在這塊荒地上生根。十年以後，荒地成為杏林，「每逢開遍杏花的二月，連河堰都照成白色。」

這是一個令人心頭盪漾起感激之情的好作品。生活在那土地上的人，如此的親切，樂於助人；是農村醇厚人情的表露，是「仁」——推己及人的傳統文化的根源。

不過，故事未完。「直到老頭臨終時」，他去探望。老人「掏出那枚銅板兒給他看，他的眼淚掉下來了，銅板的兩面全是鑄成青龍的。」

這最後點題的筆法，是敗筆。一來老人並未預知有人想在那塊荒地墾殖，二是兩面青龍的「變體」銅板，少見。如此落幕，雖富傳奇性，卻減弱了真實感受。

〈插槍的枯樹〉與〈孩子和狼〉都是以狼為題材的小說。前者寫於民國 50 年，後者寫於民國 58 年。時間相隔 8 年。由此可以推想作者的童年生活裡，有關狼的傳聞（甚至見聞）一定很多。如果一個作家對於他所攝取的題材不是從真實生活中來，那麼他不可能一再採用。

〈插槍的枯樹〉一開始就有吸人的氣勢。那是師兄黑三跟紅四比劃過招，師父白昆在旁指點，很像時下中國功夫一類影片的開場戲。

故事敘述老武師死在一隻大公狼的爪吻之下。徒弟殺狼替師報仇。

老武師醉酒夜行，死在狼的使詐。這隻貪心的大公狼，用同樣的詐術，卻逃不過徒弟的白纓槍。師父之死，是暗寫，徒弟殺狼，是明寫；暗明相輔，是全文用力之處。人與狼的鬥智、搏力，節奏跳躍明快，尤其是背景的襯托——荒地、野草、蘆葦、枯柳，氣氛的渲染——野火、濃煙、野雞、獵犬，展現出驚心動魄的一幕。

〈孩子和狼〉寫的也是狼的狡詐、貪狠。如果說〈插槍的枯樹〉筆法浪漫與明快，後者則是寫實的細緻。同樣是狡猾貪狠的狼，老武師死在自己的自負，孩子逃過狼吻，卻由於有忠心勇敢的狗與機智。

在〈孩子和狼〉中，人與狼有三次遭遇。第一次是在除夕山野的黃昏。一個孩子跟他心愛的黃狗與狼相遇，先是，狗跟狼單獨打鬥，繼而另三隻狼加入圍攻，情勢「九死無生」。結果由於孩子的急智，救了狗也救了自己。第二次是孩子的父親出場，結果敗落——死了一隻驢，傷了一隻狗（重傷而死）。第三次又是孩子單獨與狼相對。由於孩子的機智所施展的拖延戰術而又獲救。

作者筆下的孩子不是神童，不是小英雄，而是真真實實鄉村裡的普普通通的孩子。可貴就在這裡。

如果我們並不嚴格要求文一定要載什麼道，那麼這兩篇有關狼的小說，是很值得一讀的。

〈門框〉是憶往部分的後篇。主題明顯，故事平凡。但作者以他純熟的技巧表達出中國婦女的堅忍撫孤，不屈不撓，為生活而掙扎的可敬精神。

小說的主角是「二斗嫂」。她的丈夫二斗在臘月三十快到的大雪天死在溝坡底。窮人家連哭喪的時間都沒有的。「第二年春天，孝服還沒脫，她就帶著五個孩子，到河東去種瓜」。河東有一溜五畝沙地，有一間「丁頭屋」。那地是丈夫在世時養活一家七口唯一的憑藉。現在，一家子的擔子全由二斗嫂一肩挑了。

最大的女兒 14 歲，最小的男孩才三個月大，中間三個一順水排下去。我們不妨聽聽孤兒寡婦的對話。

二斗嫂一邊忙，一邊叫：「大妮兒，放下那個小的，看著那三個大的。別讓他們跑下河，水漲得快啊，一沖就四五里。」

「他們在爬爹的墳。」（二斗就埋在沙地）

「讓他們爬，不下河摸魚就好。」

二斗嫂除了忙翻地、播瓜種，還要忙著趕回河西照顧老奶奶的病。她交代大女兒說：「下河洗衣服，把四個弟弟用長帶綁在一起，你會嗎？」

「會。」

「到野地去挖野菜，把他們全帶著，一步也不能離開的。」

可憐二斗嫂太忙亂又不識瓜種，忙了一陣子後，「只剩下兩三行」，才發現有一半地下錯瓜種，長大了是不值錢的「打瓜」。打瓜的肉像死貓肉，不能當水果賣。那一肚子的黑瓜子，只能賣瓜子給人嗑著玩。二斗嫂的困難像洪水滾滾而來，接著老奶奶的病與死，更叫她難以支撐。

大房的孩子大斗跟孫媳大斗嫂的忤逆不孝，因之與二斗嫂起了衝突。

大斗嫂在老奶奶病床前盼望老奶奶早嚥氣，說：

「奶奶，你覺著不行了，該留什麼話，快對我跟你孫子說吧。」

大斗更情急：「我們會買喜材，會當喜事辦的。你的箱子，跟這塊養老的宅子，該怎麼分，總得留句話……」

氣得老奶奶眼睛翻白，哆嗦著嘴唇，半晌才迸出一句：「滾！給我滾！」

二斗嫂看不過去，「沉下臉說：『春天發病時，比這陣還重，奶奶都熬過去了。現在不去找醫生，卻逼她分財產，把她氣成這個樣子，虧你們是當老大的。』」

當二斗嫂請來醫生，老奶奶已嚥了氣。她趕回河東帶孩子過來，「木箱、桌子、奶奶的床舖，還有別的傢俱全不見了。」

但好人終得好報，二斗嫂在「門框」裡得到老奶奶早已安排好的「遺產」，擺脫了她的困境。可是她並不忘本，當大女兒問她：「這邊的瓜呢？」二斗嫂毫不猶豫地說：「明年再來種，你爸還留下兩袋瓜種。」

〈門框〉這個短篇，雖乏新意，但很感人。如果說這是作者寫作技巧的成功，倒不如說，那是由於段彩華對生長他的鄉土無盡思戀的真情所孕育。

在《自選集》的後半部作品中，作者對這個物質文明高度發達的現實社會的觀感、感情、態度，卻有很大的不同。關於這一點，我們可從〈玩偶〉、〈壽衣〉、〈紅色花籃〉、〈山崩〉幾篇小說中可以感覺或體會到——儘管作者所表達的鄙視、嘲弄、揶揄、諷刺是那樣的隱約、含蓄。

　　〈玩偶〉寫一個青年在酒店醉酒出來，與轎車司機互毆，被司機打倒在快車道上。沾他年輕的光，被一個路過的風塵女郎救回她的居處。接著發生的事可以推想，他被當「童子雞」「吃」了。一切所發生的，都是透過醉酒青年的模糊意識、錯亂精神而扭曲、變形甚至顛倒。初讀，會有條理不清、辭意不明之感；再讀，可能會認為作者一定有多次醉酒經驗。否則，他怎能寫得這樣絕。

　　〈壽衣〉寫計程車司機遇「鬼」的故事。

　　讀者中可能有人聽過這樣的鬼故事：一個計程車司機，深夜載客至荒郊，問乘客到底開往何處？一回頭，乘客不見了。或者乘客給的車資，竟是冥紙。作者可能拾綴這類傳聞而成篇，但剪裁轉接頗見功夫。又以壽衣為故事的焦點，經濟而又具實效。

　　壽衣是從壽材店租來，壽材店在殯儀館附近，殯儀館是人生的終站，做的是死人生意。於是，鬼故事有了很好的發生背景。

　　小說以第一人稱寫的。文中的「我」為了某種需要，向壽材店租了一套壽衣，又趕在深夜 12 時前送還。因為過了 12 時，要多算一天的租金。「我」就在將近十二時攔車趕往壽材店。作者使用曖昧的言詞，以及冷風、斜雨、閃動的房子，明滅的路燈做襯景，使得計程車司機漸漸進入恍惚恐怖之境。由於被懷疑為鬼的「我」在明處，讀者的視覺、聽覺很是清明，所看到、聽到的不是魅影鬼啾的恐怖，而是被嚇滾下車來的司機的可笑。

　　論剪裁布局文字技巧，都相當可觀，但缺內涵，只是「如此而已」。

　　〈紅色花籃〉有很強的諷刺性。被諷刺的對象有兩個人，兩個具有今日社會「共相」的人。

　　一個躺在殯儀館受人祭奠。有人送紅色花籃去祭弔。送死人紅花籃不合宜而犯忌，尤其是死者生前喜歡開會、剪綵，在議壇上讓記者照相。

　　於是，紅花籃被一個「蒙紫頭巾」哭喪的婦人討走，轉送給一個第七次結婚的「老青年」。新娘 19 歲，是老青年兒子的同學。老青年在洞房發

現花籃中有一張紅色名片，名片上的悼辭（在老青年看來當然是賀辭）簡單明瞭：

「你到底也有今天！」

這叫老青年驚愕得合不攏嘴來。

至此，我們不得不欣賞作者的「損人」藝術。

那個「蒙紫頭巾」哭喪的女人，是小說中的「針」，紅色花籃的「線」，作者穿針引線，把殯儀館跟洞房串連起來，是一絕。只是這個「蒙紫頭巾」的女人是何身分，頗費思量，是作者故意使她「撲朔迷離」，或者是無意的缺失，值得推敲。

末篇〈山崩〉，是壓軸之作。有兩點須要一提。一是〈山崩〉是自選集所選最近的作品（民國 59 年 12 月）；二是作者的寫作態度甚為嚴肅。是應該給予較大注意的作品。

山崩發生在颱風過境之後，七個男女青年被埋，另一個雖被挖出抬往醫院急救，終因傷重不治。只有文中的「我」是唯一的生還者。

這八個慘遭不幸的男女青年，先是在颱風過後閒來無事，相約在「我」家相聚玩樂。他們的玩，是規規矩矩的玩「擊鼓傳花」遊戲，其中一對姐妹下廚房做晚餐。玩著、吃著、鬧著，一個女孩子賭吃三碗冰塊，吃壞肚子，深夜「我」跟另外一個男孩子出去請醫生，接著發生山崩慘劇。「我」的家整個被埋，與「我」同行的男孩子在半山也逃不出劫數。

我們所要討論的是，作者透過這個悲劇性極為濃厚的故事，所要表達的是什麼？

一、寫迷失的一代嗎？不像。寫墮落的一群嗎？又不是。

二、寫樂極生悲？寫少年不知愁滋味而造成慘劇？又缺乏邏輯上的必然性。

慢尋細嚼，我發現了「老鼠」。

第一次，「一隻老鼠從腳前跑過，我追著牠踩了幾腳，沒有踩到，……」

第二次,「三隻老鼠跑出來……把怕老鼠的尤蕙嚇得尖叫。」於是大家用鞋子打,用掃把打,鬧成一團,結果還是全跑掉。

作者為什麼一再寫老鼠,下文有了答案。

山崩後,醫院裡忙急救。有人提到:「沒有一點預兆嗎?」有人回答:「有老鼠亂竄!」另一個人說:「那就是惡兆了。」

老鼠一再出現,是山崩的伏筆,而這伏筆的另一端,指向一個指標:那是當「我」的父親知道只有「我」還活著時,說:「這是我們的住宅,砸在屋底下的,卻不是我們一家人,不是神差鬼使嗎?」

這說明什麼?生死有命嗎?我不禁廢然長歎:「可惜,這壓軸戲『砸』了!」

最後我要提一提一篇較為特殊的小說——〈狂妄的大尉〉。

〈狂妄的大尉〉在風格上有它的特色,雖是作者較早期的作品,但很可以看出作者的寫作才能跟他說故事的本領。

主角「中村佐木」大尉的脖子有一道刀痕,為了顯露這光榮的紀錄,他把衣領做得特別低。他因「裹傷再戰,連克三鎮」的戰功,受天皇親賜戰刀及太陽勳章。天皇並當所有臣屬的面讚譽:「誠然英勇,日本皇國的勳業,最需要勇將!」並把「御手」放在大尉的肩膀。

大尉受此殊榮,傲視群倫,至死感激。直到「叛軍」的刀口對準他的脖子,仍「用一種具有威脅性的聲音大喊:『不要命的支那人,這是天皇封過的腦袋,你敢殺嗎?!』」

作者以漫畫筆法,把中了「武士道精神」之毒的日閥軍官的可惡、可厭、可怕、可笑、自大、狂妄、愚昧、僵頑的性格,鮮活的呈現在讀者面前。他是英雄,也是丑角。我們所看到是個悲劇,是個含笑的悲劇。

——原載民國 64 年 12 月 27、28、29 日《中華日報》副刊

——選自微知《隨風而去》
臺北:秀威資訊科技公司,2006 年 9 月

棋仙・小丑・幽默
評介段彩華的兩本小說

◎張健

　　創作踰三十年的小說家段彩華，最近推出兩本幽默小說集——《流浪的小丑》與《一千個跳蚤》。

　　這是兩本性質極接近的小說，其中包含各型不同的人物，不同的生活背景，不同的故事情節，甚至不同的時代，但它們大致都有一些近似之處：

　　一、平易順暢的表現手法。

　　二、幽默的筆調和寓意。

　　三、輕俏而具有個性的對話。

　　四、諷刺人生或人性。

　　五、若干篇中更流露些許悲憫的情懷。

　　六、歐亨利式的結局。

　　《流浪的小丑》集中有攝影家（〈雪山飛瀑〉）、業餘棋手（〈棋仙〉）、桌球選手（〈兩個冠軍〉）、練武師（〈武術教師〉）、母親（〈多產母親〉）、小丑（〈流浪的小丑〉）、軍人（〈國際友軍〉）、學生（〈三瓶葡萄酒〉），篇篇不同；《一千個跳蚤》亦復如此。而且他們絕大多數是男性。段彩華本是一位善寫男人、少寫女人的小說家。〈雪山飛瀑〉中的攝影家在故事發展到一半才出場，但由於前半的蓄勢醞釀，早已有呼之欲出之態。使我想起關漢卿的雜劇〈單刀會〉。作者在他（馬興邦）出場時，只用了淡淡的三筆：「帶一點客氣，又帶一點藝術家漠然的態度，把我們往裡讓。」但已讓人有如見其形貌的感受。然後用了兩百多字描寫這一家的背景——孩子、院子、

小巷、耶誕樹……，使主角頓有一種立體化的神采。最後三分之一，則有如謎底揭曉大會：原來那集錦攝影中的山是假山石，雪是麵粉，大樹是髒兮兮的耶誕樹，尼加拉瀑布（原文誤作尼加拉瓜……）是他兒子的一泡尿。如繭抽絲，一一道來，而細檢前半，則伏筆宛然盡在。在主題上，除了「巧奪天工」、「美感距離」之外，也令人省思真與偽的問題。

〈棋仙〉的篇幅稍長（似可略加濃縮），作者也處理得悠徐不迫，如一白鬚老人娓娓話天寶遺事。由父親再三叮嚀兒子出門後不要隨便跟人下象棋開始，敏感的讀者便已嗅出一些有趣的訊息。果然，主角落入了職業棋士的陷阱，也可以說是自我的陷阱──人性的陷阱：貪婪、自是、耽溺的嗜欲。最巧妙有趣的是：使主角吃癟的竟是「岑臣」──諧音「稱臣」；結果稱臣敗北的反而是他的對手！這是一大反諷。（說不定還蘊含著老子哲學）。不過，末段似可刪略，以收戛然而止之效。

〈兩個冠軍〉中布局奇巧，抒寫最妙的還是「我」大吹自己「最得意的一隻球」那一段：「……球旋著旋著，就把地面鑽出一個洞。」這種半漫畫的筆法，使人不禁聯想起馬克吐溫早期的若干短篇作品。

〈塞浦路斯葡萄〉本是一個小型的詐騙故事，作者在幽默的對話及從容的敘述中，步步為營，最後卻峰迴路轉，把它變成一個「國王的新衣」型寓言，人欺我，我欺人──這是一個爾虞我詐的社會，但人們卻寧可信其虛、不肯信其實，最初指出所謂「塞浦路斯葡萄」根本是冬瓜的鄰居，後來反而向主角（篇中的「我」）高價收買了兩顆種子，也拿回去種植，而且還要把「果實」送到市場去販賣。「『四百塊賣給你一隻，還算便宜的哩！』他又直著脖子叫……」一言以蔽之：利令智昏！最有趣的是：一開頭「我」就在用錘子敲敲打打，「在發明尚未製造成功的包餃子機器」，然後又借題發揮：「雞蛋放在電冰箱裡，一星期不會變壞，人性放進去就不成。」他和王大化兩個，一個學農的「發明」機器，一個學電機的搞農場，這是典型的身分錯置，也成了後文受騙者化為騙人者的有力伏筆，全篇脈絡井然，效果渾成。〈悍婦〉、〈失車記〉稍弱。

　　〈計畫車禍〉巧妙的安排了兩種車禍——壓死鄰居白狗飽口福、撞上別人的車假裝受傷詐財，而其結果卻大同小異——自食其果。主題很清晰：夜路行多了，總會出岔兒。但作者處理起來，卻能一波三折，最後還謅出一個化驗牛羊肉的「儀器」（警所裡的一位廣東佬）來，可謂妙趣橫生。

　　〈偷蟒〉是與〈計畫車禍〉半同型的故事，但人物複雜，過程曲折，尤其最後警察、里長等趕來追查失蹤的大蟒那一場面，更是緊張和趣味兼而有之，構成極佳的舞臺劇架勢。有野心的喜劇導演也許可以考慮改編拍攝段彩華的某些小說。

　　總之，這兩本幽默小說，雖非段彩華的代表作，卻可說是「仙」、「丑」同籠，雅俗共賞的作品。

——選自張健《文學的長廊》

臺北：幼獅文化公司，1990 年 8 月

段彩華和他的《我當幼年兵》

◎張行知[*]

　　曾獲中華文藝獎、國軍文藝金像獎、中山文藝獎、新文藝特別貢獻獎的名小說作家段彩華，他的小說以北方農村和戰爭流離為背景，而現代人的現實生活為題材。文字流暢，精簡而少有虛字；故事嚴謹而富有戲劇性，表現的技巧獨特處在作品中善於運用「蒙太奇」的效果；尤以「表現人生、指導人生、啟迪人生和美化人生」的「小說主題」蘊藏在筆底深處，讓讀者能欣然接受。他除了出版有二十多本長短篇小說集外，也曾出版了《新春旅客》等四本散文集，每篇作品含蓄雋永，讀後有橄欖留香的餘味。

　　段彩華先生去年初出版了一本《我當幼年兵》，他在〈序〉文中說：「長長的十三年半，在軍中磨練，包括操場當講堂，把風雨當糖果，多少個三百六十五天的成長過程，學習寫作經驗，克服各種困難，遇見的和看見的奇怪事情和各種異象……凡是值得記錄的，都寫了下來。這是我的回憶錄，也是我的自傳。」如果再仔細地把文學作品「分門別類」，《我當幼年兵》，說它是「回憶錄」、「自傳」，當然是理直氣壯。但，它應該是本道道地地十分精巧的報導文學作品，因為它至少突顯了報導文學必須具備的以下優點：首先它裝備了小說的架構：構成小說的要素缺少不了主題、人和故事，而由此三者交織而成的情節，讓讀者廢寢忘食地「且看下回分解」的愛不釋手。段彩華擅長小說的創作，他在本書中塞滿了小說的情節，讀來有如甘蔗倒啃，越啃越甜的美味。尤以對人物的描寫，雖然簡化

---

[*]張行知（1930～2008），別號先晴，筆名墨虹、墨龍，湖南新化人，《善心報導》月刊、《青溪》雜誌發行人。

了小說人物精雕細琢的刻畫，都能三五筆就畫出個十分肖似的牛伯伯。如對書中軍姊的描寫：「這位軍姊的鋼筆字也寫得極好，典雅中透露出另一種美。每一個字都規規矩矩，上下左右一般大小……剛的氣質多，柔媚的氣質少，如果你不知道寫信人是個女的，還以為是男子寫出來的……軍姊比張兆雲果斷，能掌握住適當的時機，引領群眾的情緒。她就是後來的專欄作家薇薇夫人，一直做到國策顧問」等。其次是雋永的散文語言：報導文學原本就是屬於散文的範疇，如第一屆國軍文藝金像獎徵文就只有小說、散文、詩歌、戲劇四大類，何年何月誰個文藝單位把它從散文中「分家」，樹立單獨徵文的旗幟，沒人也沒必要去「考古」了，但它永遠離不開「母體語言」，因為散文語言是各類文學作品的骨幹。《我當幼年兵》運用的散文語含蓄雋永，精簡細膩。再其次是新的新聞材料；今天的晨報新聞最新最吸引讀者了，明天便是舊聞被做廢紙出售；報導文學所報導的新聞，經過作者精心策劃的文學藝術手段處理，年代愈久可能更越新，像中國最古老的報導文學，首推唐三藏撰寫的《大唐西域記》，近年仍然被翻譯為「洋文本」。《我當幼年兵》，它是我國兵役史上前所未有——也許絕後的「兵」，是後代子孫仍然想知道的新的新聞，經過作者以文學的藝術手段處理後，不但讀來有滋有味，歷久愈新愈能發光生輝，這也是報導文學最基本的要求。本書最值得我們初習文學寫作者的閱讀，除了學習文學語言的運用外，其中還有作者許多文學創作的知識和獨特的技巧，如「我覺得小說和戲劇都注重戲劇性，從理論上去探討，有很多共同點，也有一些不同點。既然受環境限制，我不能從事戲劇工作，便把電影上的許多技巧運用到小說創作上來，這是很自然的表現。」又如「文學理論，並不是一個聰明人發明的，是歸納了許多好作品的共同點，凝聚而成的，得到它，就可衡量所有作品的好壞，還要修練自己心靈裡的尺度，越精確越好。」這也明白啟示寫作者必須邊讀邊寫，取他人之所長以補己之短。

　　淺見以為《我當幼年兵》是本精緻而能歷久彌新的報導文學作者，不知本書讀者和作者以為然否？

——選自《青年日報》，2004 年 11 月 29 日，10 版

評介《鷺鷺之鄉》

◎嶽峰[*]

　　凡是愛好文藝的讀者，對段彩華的作品不會陌生。他對小說人物、景象的刻畫，極盡細緻，連「秋毫之末」也不放過；而對情節的安排，更富巧思，益見其才華卓越，是別人無法學到的。

　　《鷺鷺之鄉》，好美的書名，不看書的內容，看著書名，即有一股濃郁的文藝氣息吸引讀者去讀。當然，你讀過之後，也不會失望；你更會為作品藝術內涵而高興。

　　《鷺》為段著的短（中）篇小說集，計有〈叫聲〉，〈馬陵斜潤〉、〈山地的奇事〉、〈鐵碉堡和軍車〉及〈鷺鷺之鄉〉五篇，約十萬字，是一本質量適中的集子。篇篇有它豐富的寓意和主題，讀後使人玩味，凝思不已。

　　在〈叫聲〉裡，使人看到共匪利用「抗戰」、「救國」的美名，誘惑青年人入彀。多少純潔無知的青年（學生）墜入陷阱而不能自拔。

　　「快點回家鄉吧！」她（李大媽）衝著我們說：「你們兩個是新來的，不懂得這邊陰險的事兒。屋裏抽屜有錢，進去拿出來，夠你們做幾天盤纏了。回到家鄉見到你老娘，可別提這件事，別的女人聽到了，會擔心出門在外的兒子啊！」（22 頁）這是受匪利用覺醒後的老女匪幹，對新騙來的青年勸著「早回頭」的話，寫得入木三分。

　　〈山地的奇事〉，為一個人在絕望中的奮鬥。為「天無絕人之路」、「沒有闖不過的難關」的好註腳。所謂「山窮水盡疑無路，柳暗花明又一村」。你只要奮起「生」之欲，前進，前進，再前進！一定可以化險為夷，苦盡

---

[*]作家。

甘來重見光明的。

　　〈馬陵斜潤〉寫出了戰爭致勝之道，不僅是血肉之戰，技藝之戰，更重要的是智慧鬥爭。在「馬陵」國軍與日本鬼子的戰鬥中，我們國軍就是憑著「智高一著」、「後來居上」獲致勝利；充分表現了吾軍人的「智、勇」武德。寫來驚險萬分，步步引人入勝，扣人心弦！

　　〈鐵碉堡與軍車〉，描寫陸軍官兵（張百勝、伍連城、馬保勝、李班長等）誓死達成任務的精神，也替「置之死地而後生」作了佐證。

　　人是肉長的，不是鐵打的，那麼自古至今都有「鐵軍」的維師，那是靠的什麼？一言以蔽之；意志、精神、技藝的鍛鍊。戰爭是綜合的藝術，融哲學、科學、兵學於一體。奇正互用，智力交替，虛實對比，就是勝敗的關鍵。革命的戰爭，要用革命的戰術，爭取最後的勝利。〈鐵碉堡與軍車〉中的革命健兒，就是以革命戰術、革命精神、革命意志贏得勝利的。

　　當然《鷺》集五篇中，最令人激賞的還是書名的〈鷺鷥之鄉〉。它像一首詩，一首歌樣的美。讀者有「戰爭與和平」感受。

　　而且〈鷺〉文的象徵手法也是上乘的。使人讀後興起更多的「人禽戀」、「鄉土情」、「民族愛」；有「民胞物與」、「天下一家」的理想；益憎恨戰爭的罪惡，咒詛戰爭的殘忍，進而戢止戰爭、消滅戰爭，追求和平的努力。

　　總之，這是一本上選的小說，水準頗高。要說有什麼短點，管見以為：1.人物的安排，缺乏對比的手法，顯得並不突出。如〈馬〉文、〈鐵〉文的人物，給人的印象不深，好像「差不多」一樣。

　　2.景物的描寫，有些過於「詞費」，缺乏大力的「剪裁」工夫。如〈馬〉文中：「順著斜打成行的釘子繞了彎……」等（61頁）令人讀來沉悶，比讀「遊記」還難下嚥。

　　3.涉及專門的知識，有待商榷：如「PAS」治肺病的效力（筆者曾服過），和山地求生的知識，據我所知，與作者書中所述，略有出入。不知作者以為然否？（限於篇幅無法詳述。）

　　「瑕不掩瑜」，即是這算缺失，也無損於作者本書的藝術價值。況且，藝術作品常有仁智之見，淺學如筆者，旨在介紹，實不敢言評，還是讓讀者諸君自己品評吧！

——選自《青年戰士報》，1971 年 11 月 7 日，10 版

《花彫宴》讀後

◎李寶玉[*]

　　你一定有過這種經驗──一顆很好吃的糖，總是慢慢地嚐，不忍心一口吃光。看《花彫宴》如吃一顆可口的糖，又如品嚐一杯上等好茶，在淡淡的煙霧裡，享受濃濃的香與醇，餘味無窮。

　　《花彫宴》共收集了段彩華的 11 個短篇，其獨特處在於運用電影「蒙太奇」的效果，呈現特異的境界，使小說充滿了內在的張力。擺脫敘述的舊路子，運用動的描寫，將小說推進一新的階段，特殊的手法，表現了不同的思緒，使小說充滿了吸引力，極富創意。

　　已經好久沒有被短篇小說如此吸引過，看完全書之後，思想被懸著，情緒仍未自迂迴的情節中回復，再次地打開第一頁，又從〈五個約會〉看起。〈五個約會〉以劉連禹赴約的等待和落空，襯托灰衣青年對等待的執著。劉連禹在咖啡館第一次約會，段彩華靈妙的筆，使讀者心底感染了等待的焦灼，那開門聲就響在耳邊。劉連禹等得黑人的臉變為粉白，黑人的女伴長出鬍子，唱片磨穿了，魚缸中的金魚死去，我不禁自心底發出重重的歎息，又跟著劉連禹赴其他的約會。第三個約會是劉連禹的婚禮，然而那曾有過熱吻，有過承諾的房子，已成墳墓，寫著姓氏的銅牌成了墓碑。荒謬的人生，什麼是恆常不易的，是那希望？等待？劉連禹接連遭遇三個「死亡」，歸來時，那比他更早開始等待，寧可相信是時間的錯誤，而非等待落空的青年，仍守候著，仍執著於一個等待，等白了頭髮等佝僂了腰，我們仍繼續著希望。在〈五個約會〉裡，蒙太奇的效果，運用得相當成

[*]作家。

功。

　　這本集子中的人物，大部分具善良的心，純樸的愛。段彩華感情的刻畫含蓄而可喜，令人自心底發出共鳴和淡淡的哀愁。〈貨郎挑子〉中的貨郎，最具這種特色，他或許不懂什麼是愛，甚至不懂得「愛」這名詞。然而他對春芸姑娘那分發自心底純樸、率真的情感，教人想哭。當春芸在他貨擔上選貨時，他覺得「有什麼東西順著瞳仁往裡鑽，闖到最深處，想轉回頭，卻被一扇門緊緊關閉，心砰砰的跳了，身子和腿是軟弱的。」而當他得知婦人做的花鞋是為春芸出門子而做時，只聽見自己在說話，聲音卻不像自己的，「我要跑到天邊去！」他說：「挑著挑子，不再見一個熟人！」愛曾深深地在他心裡撞擊，純然的喜愛，未曾想要去擁有她，而當喜愛的權利也失去時，他心中火火雜雜地，只想離得遠遠地。賣糖人兒攤上一段描寫，不著痕跡地點出貨郎失落了愛之後，感情的自我處理，他連接吹碎了五六隻新郎新娘模子的糖人，哈哈的笑聲高過了孩子們。放下模子，又挑起了貨擔子，手鼓搖得咚咚響，順著莊外的柳樹行，又慢慢地走遠了，覺得遠處的柳樹全是悽迷的。隱約中我聽到那逐漸微弱、單調而淒涼的手鼓聲，那分淒迷悄悄地伸延到我的心坎裡。

　　書中有許多吸引人的人物和故事，如〈外鄉客〉中，活在過去裡，心中蓄醞著濃濃的鄉愁，只航過一次海，即歸不得故鄉的老頭。〈花彫宴〉裡來得突然，去的也快的行腳僧。吃花瓣兒，喝露水長大的〈花園夫人〉……這是一本傑出的小說集，在黃昏的廊下，在花棚下，香煙茶霧裡捧讀，它是一股汨汨流過心田的清涼泉。

——選自《中華文藝》第 46 期，1974 年 12 月

一個或將湮滅的故事
《龍袍刼》

◎郭明福*

自從「經濟掛帥」的口號，成為建設新中國唯一的高音之後，臺灣社會即普遍瀰漫著粗俗、浮誇、矯情的氣氛，其中最有代表性的就是——日日呈現在大眾眼前的電視節目。

肉麻當有趣，純賣弄聲、光、色的「綜藝節目」姑且不論，戲劇節目的拖拉鬆散、膚淺幼稚，幾乎已到惹人想砸破電視機的地步。我曾潛心觀察三家電視臺的連續劇，發現其之所以如此荒唐可笑，癥結不在於演員，而在於故事架構來源的劇本。在演過的那麼多齣戲中，我們幾乎難得找到情節緊湊對白雋永的，電視編劇們只知在老圈子中打轉，或撿現成抄襲日本節目，推出來的節目一遇到港劇，當然只有灰頭土臉，落荒而逃。

如果職業編劇們能將目光放大，懂得從現代中國作家的小說作品中找材料，定會驚覺自己編出來的戲不堪和港劇對抗，是不可思議的事。當仔細讀過段彩華的《龍袍劫》後，我更堅定我的看法。

我當然不是強調《龍袍劫》是改編成電視劇的絕佳題材，但對世上解音人難尋，卻不能不有所感慨。尤其這本小說已列為絕版書。

從原出版《龍袍劫》的名人出版社，問到一些寫作的朋友，這本段彩華的代表作竟一冊都找不到，最後才透過同學黃武忠之介，自原著者手邊借來。題在扉頁上的「段彩華自存紀念本」八個字，已足說明了好書未必暢銷，好書常不免於受冷落。

---

*散文家、評論家，發表文章時為臺北西松國小教師，現已退休。

　　單是有故事未必能成為小說，然而一部好的小說，必定有個精采的故事。獻給當朝皇帝的龍袍被劫（另含多樣異玩奇珍），押運的官差、御前侍衛、錦衣衛，大隊人馬深入江湖查訪，是非恩怨波及黑白兩道，朝廷並派下欽差坐鎮指揮，剋日破案⋯⋯段彩華以曲折多變的情節，一波接一波的高潮，組合成《龍袍劫》的故事架構，使本書基本上即具備了吸引人的條件。

　　但段彩華並非以寫武俠小說的心情和目的，來經營《龍袍劫》；他冷眼注視他筆下的官差、大盜、綠林豪客，互相廝殺火併，以性命相搏，然誰都沒有得到最後勝利。在一連串的流血和死亡之後，龍袍被送到革命黨手中。此舉意味著一個古舊時代的結束，另一個嶄新時代將來臨。

　　龍袍是《龍袍劫》整個故事的牽引者、所有事件圍繞的中心、專制政體的象徵，也代表了不祥和死滅。在大灘外的瓜地上，武力智計並用竟劫到龍袍的滕陽紫、柳小玉、左山柱等人，離鄉逃亡身死；龍袍所經，追索者如影隨形，直如瘟神過境：臥虎山上，十八家寨主始而內鬨彼此砍殺，繼而血戰官兵，御前侍衛范仲御暗決湘江水淹大慈寺，都造成許多人命赴黃泉。以無數生靈來殉用絲線死物織成的皇帝龍袍，說明了君主獨裁政治的殘酷和野蠻。

　　臥虎山上的群盜，在總瓢把子薛志江的靈堂前，刀來劍往捨死忘生相拼，非是反抗壓迫，為的也是想得到龍袍，可當「真命天子」。清廷派出大批鷹犬不計代價要奪回龍袍，也因要維持「號令天下、宰制百姓」的特權，雙方身分各殊，但嗜欲貪婪則一。從夏商周三代到清朝，中國幾千年的歷史，就是人人想當皇帝，造反與鎮壓交錯循環不息，以暴制暴的歷史。這難怪孫中山先生要起來革命，讓充滿血腥的歷史至愛新覺羅氏而斬。

　　純由一個小說愛好者的角度來看，我認為段彩華寫《龍袍劫》最成功的地方，是人物動作、對話的逼真，無任何斧鑿痕跡；所塑造具悲劇性格的滕陽紫一角，尤為成功。

　　滕陽紫因「短了皇槓子」（即劫龍袍），使朝廷綠林皆震動，他身揹龍袍，踩著血跡往前走，最後在落鷹崖頂和范仲御單打獨鬥，力戰得勝後舉劍自戕。他走過漫漫長路，出生入死於刀山箭雨，但卻為師妹林蕙仙芳心他屬而不願存活世上，含莽蒼悲涼之意的「英雄氣短」四字，正足以形容他。

　　至如描勾林蕙仙和余崙由相識到相戀，含蓄委婉，呈現江湖兒女刀口舐血豪情外深致溫柔的一面，這又是段彩華的另一高招了。

——選自郭明福《琳瑯書滿目》
臺北：爾雅出版社，1985 年 7 月

「邊緣人」的世界

評段彩華的《野棉花》

◎方瑜*

  種瓜的、擺渡的、拾荒的、搖貨郎鼓的、走江湖唱戲的，再加上一個逃犯，段彩華的《野棉花》中收入了個短篇。由各篇主角的職業可知，他們都是社會中的「邊緣人」（Outsider）。作者大致上也將他們生存的環境限定在軍閥割據時代的華北地區，這種特殊時空的圍限，讓書中人物常常處於生存的極限狀況，而便於藉此描述人性的種種層面。飢餓、貧窮、奮力求生是不斷出現的主題。風沙、黃日、白楊、蘆花、半乾的河、貧瘠的土地、秋日的大雁、烏鴉，加上兵荒馬亂的年月、土匪和盜賊，這些幾乎是全書每一篇小說共同的背景。在這樣殘酷苛刻的條件下，掙扎求生的小人物，他們的辛勞、悲苦、自私、愚昧，是作者著墨的重點。一點點關懷、善意，純摯的小兒女之情，是荒原上的綠意零星，為整個荒謬愁慘的年代，添上些許顏色。

  段彩華似乎喜用對話形式，讓人物性格與故事情節自動呈現。這樣做固然有電影畫面的效果，但卻比較難有深層的剖析與刻畫。例外的一篇是〈雨傘〉，對話極少；以「黑色喜劇」式的映象手法，反諷古老傳統信仰下，鄉人的愚昧。將鄉野傳奇做了全新的詮釋，敘事觀點把握得很成功，是全書很出色的一篇。

  「失鄉」也是《野棉花》中不斷出現的另一重要主題。一般而言，作者處理這個慣熟的題旨，仍不脫常見的哀愁與感傷，並沒有特殊表現。但

---

*作家、評論家。

最後一篇〈外鄉客〉值得注意，篇中的時空背景與其餘七篇完全不同，而
拾荒老人、吹笛人、紙船、窄巷、港口、海洋……也全都在表面的敘述意
義之外，有更深層的象徵意義。作者在此將「故鄉」的定義，推廣得遠過
於狹隘地圖上的某些「定點」，意圖探索人存在的根本問題。雖然只不過略
加觸及，卻已預示一種突破的可能。如果本書的八個故事是按寫作年代編
列，那麼，「外鄉人」應該是可以期待的另一個「開始」。

——《聯合文學》第 31 期，1987 年 5 月

名畫血債
段彩華的冒險小說《清明上河圖》

◎保真^{*}

　　作家段彩華的長篇小說《清明上河圖》是一部題材新穎的作品，他刻意挑選宋朝張擇端的長卷名畫《清明上河圖》為主題，編排出一個充滿想像力的故事。

　　故事的背景是清朝太平天國起義前夕，英法聯軍攻進北京，紫禁城中保管字畫的太監偷著把字畫運出宮去，其中包括《清明上河圖》。洋鬼子撤軍之後，慈禧太后回京，照舊過以往的舒服日子，一天突然想欣賞《清明上河圖》，這才發現已被盜賣了。太后大怒，一口氣斬了 16 個保管字畫的太監，下令追查名畫下落。

　　畫是被太監偷出去的，可是馬上被張光白一夥人給騙到手。張光白想用這幅畫籌軍餉、買武器彈藥，支援太平天國，反清復明。皇宮這方面也派出了老太監任學海公公追捕，雙方人馬鬥智鬥力，其間還夾雜著想插花撈一筆油水的各路綠林好漢賊寇。

　　帶著長卷逃亡總是不方便，張光白早就計畫好了。暫時擺脫追蹤的勁敵，他們就來到法光禪寺，在骨灰塔的地下密室，拿出馬口鐵筒子裡的清明上河圖，抬出十來張中間鋸空的長桌，把畫卷攤開平放在兩塊玻璃之間，下面點起蠟燭，在同樣尺幅的宣紙上臨摹。這樣臨摹偽造的清明上河圖，張光白騙過好幾路人馬。

　　最後，太平天國起義，張光白全家投奔「天京」。可是幾個王之間互相

---

^{*}本名姜保真。作家、學者。

殘殺，張光白一夥人被軟禁在死亡的東王府裡。「天將」呂申由來看畫，雖有懷疑，卻被張光白幾句話唬住了，以為摹本是真本。他還出主意教張光白負責找人臨摹，出售給富商大亨和外國人，賺了好幾筆金子。

人心貪婪不見底，太平天國幾個陣營都想強占《清明上河圖》，決定比武奪畫，幾天下來死了幾十員上將。這時張光白提議把畫獻給天將再轉呈天王，可是先讓大家上樓欣賞一下真跡與摹本。他詐稱真本與摹本分別暗封在兩面牆上，請大家上樓。

三、四百位將士魚貫上樓，張光白藉故下樓，他對後續上樓的人低聲說：「天將剛才講了，那兩幅畫兒從牆裡啓封後，凡是看見的人，都有分兒。」於是人人狂喜，上樓後圍著呂申由吵鬧，一言不合就動起武來，刀劍叮噹，血流成河，從樓板滲出滴下。段彩華寫這一段廝殺，描繪得驚心動魄。

樓上平靜後，張光白搬梯子上去，看見全是屍體，兩面牆上托好的宣紙染上噴濺的血跡，「紅色接連著紅色……形成一幅奇異的長卷。」他找人連托加裱，裱起兩幅「潑血畫兒」，把其中一幅連賣摹本的金子送給了忠王李秀成。

至於真本清明上河圖在哪裡？張光白的弟弟把畫裝在樟木筒子裡，藏在一所寺廟的大抱柱之中。張光白的深沉，不但騙過了書中人物，也幾乎唬了讀者，這就是小說成功之處吧。

——原載民國 87 年 12 月 8 日《中華日報》副刊

——選自保真《保真領航看小說》
臺北：九歌出版社，1999 年 5 月

歸鄉何處？

◎林秀玲*

　　深寂好一陣子的知名老作家段彩華先生近期出版新作《北歸南回》。這位 1950 年代即已成名，與司馬中原、朱西甯並稱「鳳山三傑」的軍中作家，早年以鄉野傳奇、浪漫劇曲故事、抗戰思鄉為其主要關懷的主題，在 1980 年代寫了些甚與臺灣現實脫節的長篇小說如《上將的女兒》、《花燭散》、《清明上河圖》。之後，沉潛多時，在 21 世紀初，段彩華結合其長期關懷與臺灣現實，為史作誌，為海峽兩岸留下重要記載的《北歸南回》，令人耳目一新。

北歸南回　為史作誌

　　回鄉懷鄉的主題在段彩華這一輩的作家中是慣見的主題。早年短篇〈外鄉客〉、〈縮水的臉譜〉、〈酸棗坡的舊墳〉，長篇《三家和》（寫華僑返臺「回來了，到底回來了」），諸此等等，現下與《北歸南回》相較，之前的作品都只能算是作者段彩華未還鄉前對故土思念的心理投射，都是《北歸南回》的預言（prefiguration），所有對故土的「懷思」都在政府於 1987年開放兩岸探親時化為現實的接觸，更加印證時代歷史的無奈與無情，對於這一代的軍旅作家所嗚發的傷痛悠鳴，我們只能寄予深深的同情與憐憫。

　　《北歸南回》無疑十分符合段氏的文學主張，段主張語言應是樸實的，一看就懂，作品亦要能反映時代精神；但有時又失之以義害文，讀者

*作家，發表文章時為臺灣師範大學英語學系助理教授，現為臺灣師範大學英語學系教授。

閱讀時少了那點想像的空間。段彩華的主角都是社會邊緣人，這些老榮民在時代夾縫中進退失據、尷尬窘況畢露，失鄉、尋鄉，失而復得，或得之又不如不得，所以謂之「北歸」，又「南回」。

社會邊緣人　進退失據

　　這本小說中的人物，大部分都良善樸直，但是比較像是一些類型（types），或許失之心理深刻刻劃。對於人物刻劃典型之得失，西方現代主義作家如吳爾芙以及佛斯特都已論之甚詳，但證諸段彩華本人深喜《水滸傳》中對林沖、史進、魯智深等典型人物的刻畫，或許段彩華比較服膺的是中國戲曲小說對典型人物所作的刻畫這支典範與象徵系統。

　　有些作家不一定文如其人（如康拉德、王文興往往玩弄作者與主角之間的距離）；但段彩華絕對是那種文如其人的作家，他的小說中充分流露仁愛忠恕內在靈視，因為他信仰的樸實的語言風格、樸實無華的白描風格以及傳統的直線型敘述，由人物帶出另一個人物及敘事情節，情節連環相扣，結構嚴謹。如果將段放置在文學史脈絡下來看，段承繼的是五四寫實小說自巴金、老舍、魯迅、張天翼及謝冰心等人在臺灣的分支流脈，在今日的臺灣文風看來或許有點過時老舊或突兀扞格，然而絕非不合時宜，反而是在主題上，及時地為我們在 1980 年代兩岸重要關係的一刻作傳，留下記錄，我想，這也是《北歸南回》一書的歷史意義。當然，不可諱言，你也看出老作家的局限，除了親身經歷外，在形式上，小說的表現手法是否能引起受現代主義及後現代主義洗禮的當代讀者的共鳴，則有待觀察與考驗。

　　　　　　　　　　　　　　　　　——選自《聯合報》，2002 年 8 月 18 日，23 版

繞樹三匝，何枝可棲？
評段彩華《北歸南回》

◎范銘如[*]

　　反共懷鄉的謳歌早成四十年前的歷史舊曲。當年鼓吹最力的軍中文藝三健將不彈此調久矣。司馬中原如今喜談鬼神傳奇遠甚於豪俠列傳，朱西甯已列仙籍，而段彩華，銷聲暌違已久。老兵，似乎都逐漸凋零。

　　意想不到，段彩華在停筆十多年後，竟然以七十高齡推出這部三百多頁的長篇小說《北歸南回》。這本描寫遷臺老兵返大陸尋親的新作不僅在敘述技巧、視野內涵上超越作家以往的格局，也是筆者歷年來閱讀段氏小說時第一次深受吸引感動之作。重現文壇竟得如此佳績，應不只是作家醞釀構思多年的創作結晶，相信更是鬱結五內、不抒不快的肺腑心聲。

　　兩岸開放交流至今，外省老兵返鄉省親不再是熱門的話題，文學領域裡也從尋親轉變為近年來的經貿與觀光之旅。這時候再來處理這樣的題材原不新鮮討好，但由昔日的反共作家寫來，卻獨有一番況味。以三個退役榮民的返鄉經歷為主軸，《北歸南回》本著嫻熟的寫實主義筆法和說故事的高超本領，每段情節都在翔實推進下突有出人意表的發展。從榮民們如何輾轉聯絡上親人、踏上「賊窟」初見「共匪」的僵硬緊張，到返抵故里時人事皆非的激動悵惘，離散重聚間種種悲喜啼笑的心情起伏，刻畫入微細膩。雖然家庭變故、親友流離早在臆測中，四十年來發生的冷暖炎涼瞬間壓縮在幾天內體驗，箇中滋味可想而知。

　　親情的召喚裡，母愛的深厚恆久總是最令人動容。小說主角于思屏得

[*]發表文章時為淡江大學中國文學學系副教授，現為政治大學臺灣文學研究所特聘教授兼所長。

知寡母在他行蹤不明後固守門閭，忍耐著飢寒交迫、惡疾纏身，至死都不肯動用藏在醬缸裡預留給獨子當路費回家的三百塊銀元。親子永隔的遺憾，使他立意為朋友方信成跋涉尋母。方母因工作的調動一再遷址，雖每年回故址探問並留下新址線索直至年邁體殘，近乎絕望的她竟因此奇蹟似地母子團圓，並為兒子與四十年來未過門的兒媳證婚後，舉家遷臺；是為本書唯一的一樁喜劇。

正如書名所指示，「北歸」，是訪歸故居，而「南回」，則是重返臺灣。這部小說裡回大陸探親的榮民們，沒有一個不是選擇返回臺灣定居的。這一趟尋根返鄉之旅，也使他們從低吟「我的家在東北松花江上」變為高唱《寶島姑娘》；確定自己早已「移情別戀」「戀臺灣」了。老榮民們最後唏噓「那邊，雖然是我的故鄉、故土，卻不是我的國家了。」「我心目中的國家，絕不是那個樣兒。」與此同時，卻也無法降減「老榮民望大海，兩邊不是人」的鄉關何處之歎。也許是為了讓老兵們不必面對身分認同中兩邊拉鋸的窘境，段彩華循例在結局裡安排了光明伏筆，期許兩岸和平往來。但是這個樂觀的等待，不知為什麼，竟讓人想起「只等反共的號角一響」，那句已然飄逝的名言。

2002 年 9 月 8 日《中國時報》開卷版

──選自范銘如《像一盒巧克力──當代文學文化評論》
臺北：印刻出版公司，2005 年 10 月

輯五◎
研究評論資料目錄

作家生平、作品評論專書與學位論文

學位論文

1. 余昱瑩　　段彩華小說研究　東吳大學中國文學系　碩士論文　何寄澎教授指導　2011 年 8 月　153 頁

本論文藉由深入探索段彩華的小說文本價值與時代意義，以助益於了解臺灣文學的發展歷程，並適時地補上臺灣文學史建構中的缺口。全文共 5 章：1.緒論；2.人生經歷及創作生涯；3.小說的主題與內涵；4.小說的藝術與技巧；5.結論。正文後附錄〈段彩華採訪稿〉。

2. 彭嬌英　　段彩華長篇小說研究　臺北市立教育大學中國語文學系　碩士論文　陳光憲教授指導　2013 年 1 月　178 頁

本論文聚焦研究段彩華長篇小說的主題、人物角色，以及情節鋪陳，進而歸結其長篇小說之意涵特色。全文共 5 章：1.緒論；2.段彩華的創作歷程；3.段彩華長篇小說的主題內涵；4.段彩華長篇小說的人物與藝術特色；5.結論。正文後有〈段彩華訪問紀錄〉。

作家生平資料篇目

自述

3. 段彩華　　自序　五個少年犯　臺北　白馬出版社　1969 年 12 月　頁 1—2

4. 段彩華　　夢話五則　段彩華自選集　臺北　黎明文化公司　1975 年 1 月　〔1〕頁

5. 段彩華　　段彩華談小說故事　高青文萃　第 9 卷第 12 期　1977 年 3 月　頁 31—33

6. 段彩華　　《龍袍劫》前言　龍袍劫　臺北　名人出版社　1977 年 10 月　頁 5

7. 段彩華　　《賊網》序　賊網　高雄　臺灣新聞報社　1980 年 6 月　頁 1—2

8. 段彩華　　筆墨風霜三十年　文訊　第 16 期　1985 年 2 月　頁 247—252

9. 段彩華　　筆墨風霜三十年　文學好因緣　臺北　文訊雜誌社　2008 年 7 月　頁 331—339

10. 段彩華　自序　野棉花　臺北　爾雅出版社　1986 年 12 月　頁 1—2

11. 段彩華　序　一千個跳蚤　臺北　世茂出版社　1986 年 12 月　〔1〕頁

12. 段彩華　序　百花王國　臺北　世茂出版社　1988 年 1 月　〔2〕頁

13. 段彩華　自序　上將的女兒　臺北　九歌出版社　1988 年 9 月　頁 1—3

14. 段彩華　自序　國劇故事第三集　臺北　行政院文化建設委員會　1992 年 7 月　〔2〕頁

15. 段彩華　在成長的歲月中　聯合文學　第 112 期　1994 年 2 月　頁 177—178

16. 段彩華　深入作者的精神世界　中華日報　1998 年 1 月 25 日　16 版

17. 段彩華　序　北歸南回　臺北　聯合文學出版社　2002 年 6 月　頁 5—6

18. 段彩華　序　我當幼年兵　臺北　彩虹出版社　2003 年 3 月　頁 1—2

19. 段彩華　雞頭抱著雞尾　文訊　第 237 期　2005 年 7 月　頁 66

20. 段彩華　長篇小說的新境界　文訊　第 246 期　2006 年 4 月　頁 50—53

21. 段彩華　青春的瞬間——成長的標記——段彩華　臺灣文學館通訊　第 12 期　2006 年 9 月　頁 23

22. 段彩華　自序　無限時空逍遙遊　臺北　文史哲出版社　2009 年 8 月　頁 5—6

23. 段彩華　大動亂中小玩童——段彩華童年回憶錄（一、二）　文訊　第 309 —310 期　2011 年 7—8 月　頁 188—197・178—185

24. 段彩華　自序　放鳥的日子　臺北　新北市文化局　2013 年 11 月　頁 4—5

25. 段彩華　我的第一信仰　放鳥的日子　臺北　新北市文化局　2013 年 11 月 〔1〕頁

26. 段彩華　〈花彫宴〉的場景來源　考辨・紀事・憶述——臺灣文學史料集刊 第四輯　臺南　國立臺灣文學館　2014 年 8 月　頁 210—217

他述

27. 張道藩　序　幕後　臺北　文藝創作出版社　1951 年 10 月　〔頁 1〕

28. 李慶榮　鐵肩担道義・彩筆寫文章・才高識卓兩堪誇・請看朱夜、段彩華 中國時報　1966 年 3 月 29 日　9 版

29. 李廣淮　段彩華少年、大兵、作家的夢　中國一周　第839期　1966年5月
　　頁21—22

30. 黃　姍　段彩華的寫作生涯　自由青年　第35卷第12期　1966年6月16
　　日　頁21—23

31. 黃　姍　段彩華的寫作生涯　作家群像　臺北　大江出版社　1968年10月
　　頁303—308

32. 編輯部　作者簡介　五個少年犯　臺北　白馬出版社　1969年12月　頁1

33. 華　生　段彩華這個人　五個少年犯　臺北　白馬出版社　1969年12月
　　頁2—4

34. 桑品載　一立方公分的段彩華　純文學　第41期　1970年5月　頁64

35. 桑品載　一立方公分的段彩華　純文學好小說（上集）　臺北　純文學出版
　　社　1982年7月　頁15—16

36. 〔書評書目〕　段彩華　書評書目　第20期　1974年12月　頁69—70

37. 茅以儉　性格老生　中華日報　1977年2月8日　11版

38. 茅以儉　性格老生　我的另一半（二）　臺北　中華日報社　1982年7月
　　頁115—120

39. 〔編輯部〕　段彩華小傳　中國當代十大小說家選集　臺北　源成文化圖書
　　供應社　1977年7月　頁200

40. 〔聯合報〕　在軍中成長的新文藝作家——段彩華・柳營生活最富文學性藝
　　術性　聯合報　1979年9月4日　8版

41. 〔呼嘯編〕　段彩華　當代名家小說選集（一）　臺北　金文圖書公司
　　1981年9月　頁175

42. 齊邦媛　段彩華　中國現代文學選集（小說）　臺北　爾雅出版社　1983年
　　7月　頁249

43. 何寄澎　段彩華　中國現代短篇小說選析1　臺北　長安出版社　1984年2
　　月　頁231—232

44. 司馬中原　一射中的——序段彩華《流浪的小丑》　流浪的小丑　臺北　駿

馬出版社　1986 年 7 月　頁 2—3

45.〔九歌雜誌〕　　書緣‧書香〔段彩華部分〕　九歌雜誌　第 110 期　1990 年
　　4 月　4 版

46.〔九歌雜誌〕　　書緣‧書香〔段彩華部分〕　　九歌雜誌　第 183 期　1996 年
　　6 月　4 版

47.〔九歌雜誌〕　　書緣‧書香〔段彩華部分〕　　九歌雜誌　第 197 期　1997 年
　　8 月　4 版

48.　萱　　段彩華要為歷史存真　文訊　第 139 期　1997 年 5 月　頁 84

49. 計璧瑞，宋剛　　段彩華　中國文學通典‧小說通典　北京　解放軍文藝出版
　　社　1999 年 1 月　頁 1062

50.〔編輯部〕　　作者簡介　我當幼年兵　臺北　彩虹出版社　2003 年 3 月
　　〔1〕頁

51. 王景山　　段彩華　臺港澳暨海外華文作家辭典　北京　人民文學出版社
　　2003 年 7 月　頁 117—119

52. 楊樹清　　繁花盛景 50 春——一九五四—二○○四：《幼獅文藝》的主編年代
　　——雅俗共賞——段彩華、陳祖彥主編年代（一九八一——一九九
　　九）　幼獅文藝　第 604 期　2004 年 4 月　頁 22—23

53. 許俊雅　　新店溪流域的文化與文學——永和市——現代文學——段彩華（一
　　九三一）　續修臺北縣志‧藝文志第三篇‧文學（上）　臺北　臺
　　北縣政府　2008 年 3 月　頁 168—169

54.〔封德屏主編〕　　段彩華　2007 臺灣作家作品目錄　臺南　國立臺灣文學館
　　2008 年 7 月　頁 564

55. 宋雅姿　　段彩華：著手進行自傳寫作　文訊　第 276 期　2008 年 10 月　頁
　　63

56. 楊　明　　段彩華：著手進行自傳寫作　文訊　第 276 期　2008 年 10 月　頁
　　63

57.〔陳芳明編著〕　　作者介紹／段彩華　青少年臺灣文庫 2——小說讀本 2：

　　　約會　臺北　國立編譯館　2008 年 12 月　頁 67—68

58. 張玉法等編　　軍中長大讀兵書　紮根臺灣六十年——百萬人的奮鬥、成長、
　　　融合（第一冊）　臺北　渤海堂文化公司　2009 年 11 月

59. 張俐璇　　外省作家在臺南——旭町小兵〔段彩華部分〕　經眼‧辨析‧苦行
　　　——臺灣文學史料集刊（三）　臺南　國立臺灣文學館　2013 年 7
　　　月　頁 126—128

60. 林奴霜　　小說家段彩華逝世　文訊　第 352 期　2015 年 1 月　頁 149

61. 馬　森　　臺灣現代小說的眾聲喧嘩〔段彩華部分〕　世界華文新文學史——
　　　中國現代文學的兩度西潮（下編）‧分流後的再生：第二度西潮與
　　　現代／後現代主義　臺北　印刻文學生活雜誌出版公司　2015 年 2
　　　月　頁 1046—1047

62. 桑品載　　西出陽關有故人——悼念朱西甯、段彩華　跨國‧跨語‧跨視界—
　　　—臺灣文學史料集刊第五輯　臺南　國立臺灣文學館　2015 年 8 月
　　　頁 184—198

63. 段西寶　　照片盒——憶我的爸爸段彩華　跨國‧跨語‧跨視界——臺灣文學
　　　史料集刊第五輯　臺南　國立臺灣文學館　2015 年 8 月　頁 199—
　　　215

64. 李瑞騰　　沇河東海那一片花海——感念段彩華先生　聯合報　2015 年 9 月
　　　16 日　D3 版

65. 路況〔萬胥亭〕　　兒童相識盡，宇宙此生浮——紀念段彩華　思想與明星：
　　　中西文藝類型的系譜與星圖　臺北　聯經出版公司　2016 年 3 月
　　　頁 275—277

訪談、對談

66. 白　步　　閃亮的星辰——段彩華訪問記　中華文藝　第 57 期　1975 年 11 月
　　　頁 4—12

67. 白　步　　閃亮的星辰——段彩華訪問記　作家的成長　臺北　華欣文化事業
　　　中心　1978 年 7 月　頁 5—13

68. 采 薇 本刊第二次文藝月談[1] 中華文藝 第 8 期 1971 年 10 月 頁
264—272

69. 丘秀芷 段彩華的「陽春白雪」 書評書目 第 36 期 1976 年 4 月 頁 74
—83

70. 張淑媛，李天 巴山夜雨翦燭時——訪林煥彰、段彩華、張默、張曉風、辛
鬱、司馬中原 興大法商 第 36 期 1977 年 6 月 頁 59—83

71. 黃武忠 小說的結構——訪段彩華先生 小說經驗——名家談寫作技巧 臺
北 富春文化公司 1990 年 8 月 頁 53—62

72. 馮季眉 文學性的俠義情懷——訪段彩華談〈清明上河圖〉 中華日報
1993 年 11 月 12 日 11 版

73. 周昭翡 他們的書桌是軍用的畫圖板 中央日報 1994 年 5 月 4—5 日
16 版

74. 林麗如 以創作為時代發聲——專訪段彩華[2] 文訊 第 170 期 1999 年 12
月 頁 84—87

75. 林麗如 小說像電影——很中國的段彩華 走訪文學僧：資深作家訪問錄
臺北 文訊雜誌社 2004 年 10 月 頁 147—154

76. 丁文玲 段彩華——歸回之間再譜歷史悲歌 中國時報 2002 年 9 月 8 日
21 版

77. 鍾淑貞 大力培植青年作家的段彩華 幼獅文藝 第 604 期 2004 年 4 月
頁 42—43

78. 〔民生報〕 段彩華創作 50 年對談臺灣文學館回溯歷史 民生報 2005 年
1 月 8 日 A13 版

79. 張健，段彩華講；張志樺記 鄉土與現代之間——段彩華創作五十年 徬徨
的戰鬥／十場臺灣當代小說的心靈饗宴：國立臺灣文學館・第三季
週末文學對談 臺南 國立臺灣文學館 2007 年 12 月 頁 318—347

---

[1]主持人：韋德懋；與會者：蔣維揚、田原、王集叢、彭邦楨、瘂弦、趙二呆、尹雪曼；紀錄：采薇。
[2]本文後改篇名為〈小說像電影——很中國的段彩華〉。

80. 李上儀　段彩華——以幽默嘲諷人生的寫作者　20 堂北縣文學課——臺北縣
　　　文學家採訪小傳　臺北　臺北縣政府文化局　2009 年 12 月　頁
　　　140—147

81. 余昱瑩　段彩華採訪稿　段彩華小說研究　東吳大學中國文學系　碩士論文
　　　何寄澎教授指導　2011 年 8 月　頁 141—153

82. 彭嬌英　段彩華訪問記錄　段彩華長篇小說研究　臺北市立教育大學中國語
　　　文學系　碩士論文　陳光憲教授指導　2013 年 1 月　頁 167—173

年表

83. 〔編輯部〕　年表　段彩華自選集　臺北　黎明文化公司　1975 年 1 月　頁
　　　1—2

84. 〔編輯部〕　段彩華年表　中國當代十大小說家選集　臺北　源成文化圖書
　　　供應社　1977 年 7 月　頁 201—202

其他

85. 〔編輯部〕　二屆青年文藝獎評定・蔣主任今主持頒獎　聯合報　1966 年
　　　3 月 26 日　2 版

86. 〔編輯部〕　四位新時代的歌手——記第二屆青年文藝獎金得主〔段彩華部
　　　分〕　中央日報　1966 年 3 月 26 日　3 版

87. 郭士榛　國軍文藝獎頒獎・191 人獲殊榮——段彩華、李奇茂、胡少安、魏
　　　甦・特別貢獻獎　中央日報　1998 年 10 月 30 日　18 版

88. 黃盈雰　中山文藝創作著作獎揭曉　文訊　第 171 期　2000 年 1 月　頁 75

89. 丹墀　作家段彩華辭世享壽 82 歲　聯合報　2015 年 1 月 21 日　D3 版

作品評論篇目

綜論

90. 司陽　段彩華與邵僴　中國時報　1969 年 6 月 5 日　9 版

91. 楊昌年　段彩華　近代小說研究　臺北　蘭臺書局　1976 年 1 月　頁 547

92. 何欣　三十年來的小說〔段彩華部分〕　中華文化復興月刊　第 10 卷第 9

期　1977 年 9 月　頁 30

93. 何　欣　　三十年來的小說〔段彩華部分〕　中國現代小說的主潮　臺北　遠
　　　　　　　景出版社　1997 年 3 月　頁 80—83

94. 姜　穆　　段彩華的營構　文藝月刊　第 112 期　1978 年 10 月　頁 13—23

95. 姜　穆　　段彩華的營構　解析文學　臺北　黎明文化公司　1987 年 10 月
　　　　　　　頁 357—370

96. 李　芸　　燒出來的作品——段彩華的彩筆由絢爛歸於平淡了嗎？　民族晚報
　　　　　　　1985 年 10 月 17 日　11 版

97. 萬胥亭　　印象、表現、蒙太奇——試論段彩華的小說　商工日報　1985 年 9
　　　　　　　月 8 日　12 版

98. 許建生　　朱西甯、司馬中原、段彩華等軍中小說家　臺灣文學史（下）　福
　　　　　　　州　海峽文藝出版社　1993 年 1 月　頁 422—427

99. 〔劉登翰等編〕　　「軍中文藝」的演變與軍中小說家的創作　臺灣文學史‧
　　　　　　　下卷　福州　海峽文藝出版社　1993 年 1 月　頁 422—427

100. 張超主編　　段彩華　臺港澳及海外華人作家辭典　江蘇　南京大學出版社
　　　　　　　1994 年 12 月　頁 90—91

101. 施英美　　逸出反共文學之外的現代性——軍中作家〔段彩華部分〕　《聯
　　　　　　　合報》副刊時期（1953—1963）的林海音研究　靜宜大學中國文
　　　　　　　學系　碩士論文　陳芳明，胡森永教授指導　2003 年 6 月　頁
　　　　　　　124—125

102. 吳兆剛　　臺灣著名作家的成熟作品——司馬中原、朱西甯、段彩華　五十
　　　　　　　年代《中國學生周報》文藝版研究　嶺南大學哲學系　碩士論文
　　　　　　　梁秉鈞教授指導　2007 年 9 月　頁 188—192

103. 吳兆剛　　努力拓墾，孕育新苗：《中國學生周報》文藝版創作園地——香港
　　　　　　　和臺灣作家的短篇小說——臺灣著名作家的成熟作品：司馬中
　　　　　　　原、朱西甯、段彩華　香港文學的傳承與轉化　香港　匯智出版
　　　　　　　公司　2011 年 3 月　頁 284—287

104. 陳芳明　一九六〇年代臺灣現代小說的藝術成就——另類現代小說的特質
〔段彩華部分〕　臺灣新文學史　臺北　聯經出版公司　2011 年
10 月　頁 412—413

105. 陳芳明　一九六〇年代の現代小說の芸術成果——オルタナティヴ現代小
說の特質〔段彩華部分〕　台湾新文學史　東京　株式會社東方
書店　2015 年 12 月　頁 451—453

106. 陳康芬　老兵不死，只是漸漸走向繆斯女神——軍中文藝系統、作家現象
與臺灣文壇——取得文壇位置的軍中作家與臺灣文壇〔段彩華部
分〕　斷裂與生成——臺灣五〇年代的反共／戰鬥文藝　臺南
國立臺灣文學館　2012 年 10 月　頁 285

107. 隱　地　段彩華、〈野棉花〉和其他　文訊　第 353 期　2015 年 3 月　頁
60—62

108. 隱　地　段彩華、〈野棉花〉和其他　手機與西門慶——隱地書話選　臺北
爾雅出版社　2016 年 4 月　頁 127—131

分論

◆單行本作品

散文

《我當幼年兵》

109. 張行知　段彩華和他的《我當幼年兵》　青年日報　2004 年 11 月 29 日
10 版

傳記

《王貫英傳》

110. 暉　　段彩華完成《王貫英傳》　國語日報　2000 年 1 月 29 日　2 版

小說

《幕後》

111. 謝崙溪　評《幕後》　文藝創作　第 7 期　1951 年 11 月　頁 115—116

112. 林少雯　段彩華《幕後》　中央日報　1999 年 6 月 28 日　22 版

113. 秦慧珠　五〇年代之反共小說──段彩華（三之一）　臺灣反共小說研究
（一九四九年至一九八九年）　中國文化大學中國文學系　博士
論文　金榮華教授指導　2000 年 4 月　頁 64─66

《神井》

114. 司馬中原　段彩華及其《神井》　神井　高雄　大業書店　1964 年 5 月
頁 1─3

《鷺鷥之鄉》

115. 嶽　峰　段彩華《鷺鷥之鄉》　青年戰士報　1971 年 11 月 7 日　10 版

116. 秦慧珠　七〇年代之反共小說──段彩華（三之三）　臺灣反共小說研究
（一九四九年至一九八九年）　中國文化大學中國文學系　博士
論文　金榮華教授指導　2000 年 4 月　頁 194─197

《花彫宴》

117. 李寶玉　《花彫宴》讀後　中華文藝　第 46 期　1974 年 12 月　頁 99─
100

《段彩華自選集》

118. 微　知　評《段彩華自選集》（上、中、下）　中華日報　1975 年 12 月 27
─29 日　11，9 版

119. 微　知　評《段彩華自選集》　隨風而去　臺北　秀威資訊科技公司
2006 年 9 月　頁 351─364

《龍袍劫》

120. 郭明福　一個或將湮滅的故事　琳瑯書滿目　臺北　爾雅出版社　1985 年
7 月　頁 151─154

《野棉花》

121. 方　瑜　「邊緣人」的世界──評段彩華的《野棉花》　聯合文學　第 31
期　1987 年 5 月　頁 215─216

《清明上河圖》

122. 保　真　　東南西北人——名畫血債[3]　中華日報　1998 年 12 月 8 日　14 版

123. 保　真　　名畫血債——段彩華的冒險小說《清明上河圖》　保真領航看小
　　　　　　　說　臺北　九歌出版社　1999 年 5 月　頁 234—236

《北歸南回》

124. 林秀玲　　歸鄉何處？　聯合報　2002 年 8 月 18 日　23 版

125. 范銘如　　繞樹三匝，何枝可棲？　中國時報　2002 年 9 月 8 日　22 版

126. 范銘如　　繞樹三匝，何枝可棲？——評段彩華《北歸南回》　像一盒巧克
　　　　　　　力——當代文學文化評論　臺北　印刻出版公司　2005 年 10 月
　　　　　　　頁 44—46

127. 范銘如　　文壇挑夫・志在千里　像一盒巧克力——當代文學文化評論　臺
　　　　　　　北　印刻出版公司　2005 年 10 月　頁 173

《段彩華小說選集》

128. 張　健　　段彩華和他的小說集　文訊　第 353 期　2015 年 3 月　頁 58—59

◆多部作品

《流浪的小丑》、《一千個跳蚤》

129. 張　健　　棋仙・小丑・幽默——評介段彩華的兩本小說　文學的長廊　臺
　　　　　　　北　幼獅文化公司　1990 年 8 月　頁 151—154

《野棉花》、《花彫宴》

130. 莊文福　　段彩華《野棉花》、《花彫宴》　大陸旅臺作家懷鄉小說研究　中
　　　　　　　國文化大學中國文學系　博士論文　邱燮友教授指導　2003 年
　　　　　　　頁 118—132

單篇作品

131. 徐　澂　　聯副七月小說試評〔〈喜酒〉部分〕　聯合報　1962 年 8 月 8 日
　　　　　　　8 版

132. 陳一山　　段彩華〈三馬入峪〉的剖析　新文藝　第 134 期　1967 年 5 月

---

[3] 本文後改篇名為〈名畫血債——段彩華的冒險小說《清明上河圖》〉。

　　　　　　　頁 101—106

133. 張　健　　評介段彩華的〈押解〉　幼獅文藝　第 167 期　1967 年 11 月　頁
　　　　　　　176—179

134. 張　健　　評介段彩華〈押解〉　讀書與品書　臺北　國家出版社　1973 年
　　　　　　　2 月　頁 76—80

135. 隱　地　　〈酸棗坡的舊墳〉附註　五十七年短篇小說選　臺北　爾雅出版
　　　　　　　社　1969 年 3 月　頁 49

136. 隱　地　　〈酸棗坡的舊墳〉附註　十一個短篇——五十七年短篇小說選
　　　　　　　臺北　仙人掌出版社　1969 年 3 月　頁 59—60

137. 何寄澎　　簡析〈酸棗坡的舊墳〉　中國現代短篇小說選析 1　臺北　長安出
　　　　　　　版社　1984 年 2 月　頁 251—253

138. 王德威　　溫文爾雅——《爾雅短篇小說選》序論〔〈酸棗坡的舊墳〉部
　　　　　　　分〕　爾雅短篇小說選：爾雅創社二十五年小說菁華（一）　臺
　　　　　　　北　爾雅出版社　2000 年 5 月　頁 5—6

139. 陳　戈　　氣氛與佈局——評《文藝月刊》第一期段彩華的小說〈怪廟〉
　　　　　　　（上、中、下）　青年戰士報　1969 年 8 月 25—27 日　7 版

140. 上官予　　讀段彩華〈風雨港汊〉　中國時報　1970 年 3 月 7 日　10 版

141. 原上草　　評段彩華的〈沙河對岸〉（1—5）　臺灣日報　1972 年 3 月 9—
　　　　　　　13 日　9 版

142. 顏元叔　　《人間選集》讀後感〔〈門框〉部分〕　文學經驗　臺北　志文
　　　　　　　出版社　1972 年 7 月　頁 47—51

143. 張　健　　談〈鳥叫〉　讀書與品書　臺北　國家出版社　1973 年 2 月　頁
　　　　　　　132—133

144. 周漢文　　〈琢璞記〉中的刑責問題　中央日報　1974 年 6 月 29 日　10 版

145. 陳克環　　段彩華的〈插映的片子〉　書評書目　第 20 期　1974 年 12 月
　　　　　　　頁 18

146. 顏元叔　　《人間選集》讀後感〔〈門框〉部分〕　文學經驗　臺北　志文

出版社　1975 年 1 月　頁 47—51

147. 上官予　　評段彩華〈貨郎挑子〉　中華日報　1975 年 8 月 20 日　12 版

148. 上官予　　評〈貨郎挑子〉　傳統與現代之間　臺北　眾成出版社　1975 年
12 月　頁 268—272

149. 王志健　　新進作家與新銳作家——段彩華　文學四論（下冊）　臺北　文
史哲出版社　1988 年 7 月　頁 567—568

150. 野　渡　　段彩華〈風箏之鄉〉試析——題材和小說寫作　中華日報　1978
年 3 月 29 日　11 版

151. 司馬中原　　淺析段彩華的〈駱家南牆〉　中華文藝　第 108 期　1980 年 2
月　頁 46—48

152. 沈萌華　　微雲淡月迷千樹——七月份國內短篇小說佳作選評（上、下）
〔〈對臺戲〉部分〕　臺灣時報　1981 年 9 月 7—8 日　12 版

153. 沈萌華　　綠樹蔭濃一院春——九月份國內短篇小說佳作選評（上、下）
〔〈鉅款〉部分〕　臺灣時報　1981 年 10 月 28—29 日　12 版

154. 馬各，丁樹南　　〈情場〉編者的話　五十六年短篇小說選　臺北　爾雅出
版社　1983 年 2 月　頁 210—211

155. 陳芳明　　〈情場〉作品導讀　青少年臺灣文庫 2——小說讀本 2：約會　臺
北　國立編譯館　2008 年 12 月　頁 96

156. 張　曦　　〈狂妄的大尉〉作品鑒賞　臺港小說鑒賞辭典　北京　中央民族
學院出版社　1994 年 1 月　頁 313—316

多篇作品

157. 秦慧珠　　六○年代之反共小說——段彩華（三之二）〔〈雪地獵熊〉、〈星
夜的突襲〉、〈沙家挖之變〉、〈霧〉、〈古行宮〉〕　臺灣反共小說
研究（一九四九年至一九八九年）　中國文化大學中國文學系
博士論文　金榮華教授指導　2000 年 4 月　頁 177—182

作品評論目錄、索引

158. 〔編輯部〕　　關於本書作者批評及專訪目錄索引——段彩華　中國當代十

大小說家選集　臺北　源成文化圖書供應社　1977 年 7 月　頁 595

159. 鄒桂苑　段彩華研究資料彙編　文訊　第 112 期　1995 年 2 月　頁 106—108

160. 〔封德屏主編〕　段彩華　臺灣現當代作家評論資料目錄（三）　臺南國立臺灣文學館　2010 年 11 月　頁 2034—2039

國家圖書館出版品預行編目資料

臺灣現當代作家研究資料彙編. 86, 段彩華 / 張恆豪編
選. -- 初版. -- 臺南市：臺灣文學館, 2016.12
　　面；　　公分
ISBN 978-986-05-0140-7(平裝)

1.段彩華 2.傳記 3.文學評論

863.4　　　　　　　　　　　　　　105018732

【臺灣現當代作家研究資料彙編】86
段彩華

發 行 人　廖振富
指導單位　文化部
出版單位　國立臺灣文學館
　　　　　地　　　址／70041 臺南市中西區中正路 1 號
　　　　　電　　　話／06-2217201　　　　傳　　　真／06-2218952
　　　　　網　　　址／www.nmtl.gov.tw　　電子信箱／pba@nmtl.gov.tw

總 策 畫　封德屏
顧　　問　林淇瀁　張恆豪　許俊雅　陳信元　陳義芝　須文蔚　應鳳凰
工作小組　白心瀞　呂欣茹　郭汶伶　陳映潔　陳鈺翔　張　瑜　莊淑婉
編　　選　張恆豪
責任編輯　呂欣茹
校　　對　呂欣茹　郭汶伶
計畫團隊　財團法人台灣文學發展基金會
美術設計　翁國鈞・不倒翁視覺創意
印　　刷　松霖彩色印刷事業有限公司

著作財產權人　國立臺灣文學館
　　　本書保留所有權利。欲利用本書全部或部分內容者，須徵求著作財產權人
　　　同意或書面授權。請洽國立臺灣文學館研究典藏組（電話：06-2217201）

經銷展售　國家書店松江門市（02-25180207）
　　　　　國立臺灣文學館藝文商店（06-2217201*2960）
　　　　　三民書局（02-23617511）　　　　五南文化廣場（04-22260330）
　　　　　台灣的店（02-23625799）　　　　府城舊冊店（06-2763093）
　　　　　南天書局（02-23620190）　　　　唐山出版社（02-23633072）
　　　　　草祭二手書店（06-2216872）

初版一刷　2016 年 12 月
定　　價　新臺幣 350 元整
　　　　　第一階段 15 冊新臺幣 5500 元整　第二階段 12 冊新臺幣 4500 元整
　　　　　第三階段 23 冊新臺幣 8500 元整　第四階段 14 冊新臺幣 5000 元整
　　　　　第五階段 16 冊新臺幣 6000 元整　第六階段 10 冊新臺幣 3800 元整
　　　　　全套 90 冊新臺幣 27000 元整

GPN　1010502247（單本）　　ISBN　978-986-05-0140-7（單本）
　　　1010000407（套）　　　　　　　978-986-02-7266-6（套）

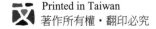